HÉLIOS

198 route de Saint-Paul
26200 Montélimar

ISBN : 978-2-36183-196-7
ISSN : 2275-1386

WWW.MOUTONS-ELECTRIQUES.FR

I
Kilomètre zéro : compte à rebours

À l'ouest des Açores, à plus de cent milles de toute côte habitée, *l'air se mit soudain à tournoyer sans cause apparente. Un minuscule entonnoir se creusa dans l'eau que parvenait à peine à agiter une houle paresseuse. Le phénomène ne dura que deux ou trois secondes, puis les molécules un instant dérangées reprirent leur cours sans surprise.*

À chaque fois que François fermait les yeux, une étrange sensation affectait chacun de ses nerfs jusqu'à s'emparer totalement de lui. Son esprit soudain libéré s'en allait orbiter très loin de son corps, qui ne lui apparaissait plus alors que comme une dépouille dont lui parvenait un flux d'impressions si ténues qu'elles en atteignaient presque à l'abstraction. Ou alors l'enveloppe charnelle enflait démesurément tandis que le centre de la conscience rétrécissait, minuscule pois chiche suspendu dans l'ombre d'une caverne qui eût pu contenir l'univers tout entier.

Cette sensation, François la connaissait pour l'avoir souvent recherchée : elle signifiait simplement qu'il oscillait du sommeil à l'état de veille. Son oreille posée sur l'une des protubérances du matelas pneumatique enregistrait avec une agréable passivité le ressac, amplifié par les chambres à air, des courtes vagues contre l'étrave du canot. Ce vacarme régulier, loin de le gêner, berçait sa somnolence. Et il y avait le soleil, qui le pénétrait par chacun de ses pores. Ainsi jeté à la limite de la conscience, François parvenait presque à atteindre au bonheur.

Quelque chose vint effleurer son omoplate, et la peau frémit sous le contact furtif. Saleté de mouche ! pensa-t-il vaguement en se contraignant à l'immobilité, sachant que le moindre mouvement suffirait à le réveiller complètement.

« Tu dors ? » fit une voix à son oreille.

Ce n'était pas une mouche, bien sûr. Les mouches ne parlent pas. Et d'ailleurs François venait de se rappeler qu'il n'en existe aucune sous les dômes, ou alors seulement piquées sur un bout de liège, objets morts offerts à la curiosité des enfants d'âge scolaire.

Il s'étira en grognant et condescendit enfin à soulever ses paupières. Devant son visage dansait un soleil roux dont les pointes lui agaçaient les joues. Il s'écarta afin de mieux distinguer les traits qui se nichaient au creux de la chevelure dérangée par la brise marine.

« Je dormais », murmura-t-il, esquissant un sourire approximatif. « Désolée », dit-elle en s'écartant à son tour, sans doute déçue par la réaction du jeune homme.

Elle détourna les yeux et regarda vers le large.

Les coudes plantés dans les nervures du matelas pneumatique, François la considéra avec un soudain intérêt. Julie, se souvint-il. Vingt-deux-vingt-trois ans, à peu près mon âge, un mari en train de trimer loin de là, à Paris par exemple, pendant qu'elle se laisse draguer par le premier oisif venu pourvu qu'il arbore un épiderme doré par le soleil et les embruns… À qui devait-il sa présence sur le chriscraft ? Il n'en avait aucune idée ; elle avait paru se matérialiser tout à coup, alors qu'ils voguaient déjà loin des côtes. Encore son fichu égocentrisme. Il n'avait remarqué la fille qu'à partir du moment où elle-même avait montré quelque intérêt pour lui. Il faudra bien que je finisse par me décider à consulter un psychanalyste, se promit-il pour la centième ou la millième fois.

La maladie dont je souffre, enfin peut-être pas une maladie, disons une particularité mentale, doit bien porter un nom dans leur jargon. À moins que ça ne soit que de l'égoïsme…

« Qu'est-ce que tu voulais ? demanda-t-il. Tu ne m'as pas réveillé pour rien, quand même… »

Le regard vert pâle de Julie glissa sur lui l'espace d'une seconde, puis retourna à la contemplation de l'horizon. « Je ne sais pas, articula-t-elle enfin. Je m'ennuie. »

Il n'insista pas, la détailla avec complaisance. S'il n'y avait pas les autres tocards qui nous épient – ils feignent de dormir mais je sais qu'ils ne perdent pas une miette de la scène – s'ils n'y étaient pas je m'avancerais vers elle, j'écarterais deux ou trois mèches de cheveux afin de poser ma bouche sur sa nuque, je caresserais ses cuisses, son ventre et pour peu qu'elle en montre le désir, nous ferions l'amour ici, sous le soleil. Mais les autres, bien sûr, ils n'attendent qu'une chose : que je me ramasse. Je sais, les rebuffades, ça n'a jamais tué personne, pas plus que le ridicule. Mais tout de même, on se passerait bien de témoins.

Et d'ailleurs, je n'ai pas envie d'elle, pas vraiment. Il est encore trop tôt. Ce que j'aime, c'est la lente montée du désir, les rêves moites, la complicité qui anticipe le jeu des corps. En ce moment, si je bande, c'est à cause de la brûlure du soleil sur mes reins, de l'élasticité du matelas contre mon ventre, de la torpeur qui s'attarde tout au long de mes nerfs.

Quelle qu'en fût la raison, il ne pouvait pourtant empêcher ses pensées de tourner autour de la fille. Très vite, l'agacement se mua en une sourde colère.

« On rentre ! » s'écria-t-il en se relevant. Les garçons installés à l'arrière protestèrent avec ensemble, mais Julie, les yeux dans le vague, ne parut même pas l'entendre.

Au loin, la citadelle qui couronne les hauteurs de Granville luisait de toutes ses pierres aux feux du couchant. Bien au-delà se déroulaient les diaprures pareilles à des aurores boréales qui, seules, attestaient l'existence du dôme.

François s'installa aux commandes du chriscraft et lança les moteurs. Du coin de l'œil, il guettait une marque d'attention de Julie. Mais la jeune femme s'allongea sur les matelas jetés sur le pont et ferma ses paupières, offrant son corps aux coups de fouet des embruns.

Au cœur de l'Himalaya, sur un versant escarpé, quelques arpents de neige se mirent à fondre sans cause apparente. Le phénomène ne dura qu'un bref instant et n'atteignit que la couche superficielle qui, sous l'effet du gel, se reforma dans la seconde qui suivit en une pellicule de glace mince et craquante. Il n'eut pour seuls spectateurs que des moulins à prière installés là par quelque lama sans doute mort depuis longtemps, et qui continuèrent à lancer leurs stridulations plaintives vers le ciel couleur de plomb.

Sur le chemin du port, François prit en chasse l'hovercraft qui ramenait un chargement de touristes de Guernesey. Malgré des coups de sirène alarmés, il le serra au plus près, au point qu'il eut un instant l'impression d'être écrasé par l'énorme masse de l'engin. Autour de lui, des cris fusèrent, noyés dans le vacarme des turbines qui vomissaient leurs trombes d'air sous pression. Quelqu'un tenta de lui arracher les commandes, mais il bouscula l'importun, hurlant lui-même de peur et d'excitation. Forçant encore l'allure, il parvint enfin à extraire le chriscraft de la zone perturbée par les coussins d'air. Alors seulement, il s'aperçut qu'il était trempé et qu'une profonde flaque s'était formée dans le fond du poste de pilotage. Il n'eut pas le loisir de s'en préoccuper ; la dentelle de béton qui ceint le port était maintenant toute proche, et il lui fallut encore négocier un virage très serré afin de franchir la passe avant l'hovercraft. Puis il renversa les gaz et se dirigea à vitesse réduite vers le port de plaisance tandis que son adversaire d'un moment poursuivait sa course vers le grand appontement, non sans lui adresser un dernier coup de trompe vengeur.

« C'était moins une », souffla quelqu'un derrière lui. Il acquiesça distraitement, stupéfié par l'attitude de Julie qui, toujours allongée sur les matelas, paraissait ne s'être rendu compte de rien. Puis il vit que ses mains étaient rivées à la petite rambarde d'acier qui courait tout autour du pont avant.

Il sourit. Cette petite course lui avait rendu sa bonne humeur.

Le débit de l'Amazone se figea sur toute la largeur du cours (à cet endroit plus d'un kilomètre et demi) et sur une longueur comprise entre cent et deux cents mètres. Le hasard voulut qu'à cet instant passât justement le pororaca, *haute vague accompagnée de tourbillons par laquelle se manifestait la lente remontée du flux de marée. La lame s'immobilisa en équilibre instable tandis qu'un silence d'une lourdeur inhabituelle retombait sur la forêt. Lorsque cette stase éphémère prit fin, la vague parut se résorber dans le cours du fleuve. Quelques Indiens postés en amont, qui avaient tiré leur canot hors de l'eau en prévision du passage du mascaret, n'osèrent pas s'étonner, de peur de s'attirer le courroux des démons qui se complaisent dans les lieux humides, et ils décidèrent tacitement d'attendre quelques heures de plus. À Obidos, à près de mille kilomètres de l'Atlantique, l'événement passa inaperçu : le* pororaca *n'y était généralement observé que sous la forme d'une très faible ondulation que des vents contraires ou la crue subite d'un affluent suffisaient à faire disparaître.*

L'incident n'affecta pas que l'élément liquide : dans les environs immédiats de l'endroit où il s'était produit, un vent violent dérangea le fouillis végétal qui régnait au niveau de la strate arbustive, chassant des nuées d'insectes et quelques oiseaux microscopiques et multicolores, puis retomba aussi brusquement qu'il s'était levé, sans avoir entamé l'immobilité des hautes frondaisons. Les feuilles touchées par ces tornades minuscules noircirent, se détachèrent et allèrent grossir la couche d'humus.

« Non merci ! déclara Théo, les rafraîchissements, ça suffit pour aujourd'hui !… Pour moi, ce sera un grog, s'il vous plaît. »

L'allusion à la course de tout à l'heure ne suscita que quelques sourires de politesse ; la peur éprouvée était encore trop présente. Installée dans le fauteuil d'osier qui jouxtait celui de François, Julie était la seule qui parût avoir déjà tout oublié. Indifférente à ce qui l'entourait, elle poursuivait d'obscures pensées en suivant du regard les piétons qui flânaient le long du quai.

Assise à l'autre bout de la table, Nath, une petite brune potelée, se pencha et tira de son sac une plaque noire de l'épaisseur du doigt, qu'elle lança au milieu du plateau de faux marbre en même temps qu'une visionneuse.

Théo tendit la main et s'en saisit, sifflant doucement entre ses dents. « Un holo... porno, j'imagine ! Eh bien, Nath, nous allons tout connaître sur toi... » Mais le sourire moqueur s'adressait moins à la fille qu'à François. La peste soit de la jalousie ! songea celui-ci. Nath a remarqué l'intérêt que je portais à Julie, c'est sûr, et elle a beau savoir qu'entre nous ça n'était que du provisoire, il lui faut tenter d'établir devant tous les droits qu'elle croit avoir sur moi... L'instinct de possession, toujours la même saloperie. Et l'autre petit con qui se prête au jeu ! Ça lui plaît, ce genre de situation, l'odeur du scandale le fait frétiller.

Un déclic : la plaque de l'hologramme s'encastra dans le socle de la visionneuse. L'image vint tout de suite, formant comme un îlot de lumière au centre de la table. Rien de bien affriolant : allongée à l'avant du chriscraft, les cuisses relevées, Nath s'y masturbait, noyée dans le halo irisé formé par les myriades de gouttelettes rejetées par l'étrave. Ses cheveux trempés collés sur son visage, de minces filets d'eau couraient tout le long de son corps pour finir par se rejoindre juste en dessous de son sexe. Des rires et des plaisanteries fusèrent. François croisa le regard brillant, pitoyable de Nath. Pauvre conne ! Qu'est-ce que tu croyais prouver – qu'est-ce que tu croyais *me* prouver ? Que nous avons fait l'amour ensemble ? La belle affaire ! Chacun a essayé de donner à l'autre le maximum de plaisir, cela ne t'autorise pas à me considérer comme ton bien, à chercher à restreindre ma liberté...

« C'est... plutôt convenu, non ? » dit soudain Julie.

Il lui jeta un rapide coup d'œil. L'expression affichée par la jeune femme était limpide. Aucune intention dissimulée derrière cette appréciation. Julie était bien la seule à ignorer la provenance de cet holo.

« C'est moi », dit-il très vite afin de couper court à l'avantage que Nath pouvait retirer de ce jugement. Un geste vague de la main : « Un passe-temps parmi d'autres. » Bien sûr, un petit malin ne put retenir un ricanement. « Euh… je parle de l'holographie, bien sûr », précisa-t-il, mettant ainsi les rieurs de son côté. Pas très élégant, mais Nath ne lui laissait pas le choix.

— Ah… » Plutôt dans ses petits souliers, Julie. Elle comprenait tout à coup les raisons du geste de Nath et devait se demander comment se sortir de ce bourbier. « Tu n'as jamais songé à faire appel à un modèle professionnel ? »

Autant pour cette pauvre Nath. François ne put s'empêcher de sourire. Plutôt gonflée, la petite nouvelle ! Au lieu de se retirer sur la pointe des pieds d'une joute qui ne la concerne que par ricochet, la voilà qui porte l'estocade. Alors seulement il se souvint qu'on la lui avait présentée comme un mannequin, ou quelque chose comme ça. « Bonne idée, Julie ! J'aimerais prendre des holos de toi… » Il ricana bêtement. « Je veux dire… Pas ce genre d'holo, bien sûr. »

Elle lui jeta un coup d'œil rapide où ne perçait aucune ironie. « Ma foi oui… Ça peut se faire. »

Il sauta sur l'occasion. « Maintenant ? »

La hâte brusquement affichée par François amena un sourire sur ses lèvres. « Comme ça ? » Elle secoua la tête et ébouriffa sa chevelure des deux mains. « Après cette randonnée en mer, je ne dois pas être très présentable… Il faudrait au moins que je me lave les cheveux… »

Il se leva, lui saisit le poignet. « Tu te les laveras chez moi. Tu viens ? »

L'ombre d'une hésitation. Puis elle se leva à son tour. Saisissant un billet au fond de sa poche, il le lança sur la table. « Pour les consommations ! clama-t-il. Désolé de vous laisser boire sans nous, mais… » Au moment où il la prononçait, il regrettait déjà la mesquinerie de cette phrase qui ne s'adressait en réalité qu'à Nath. Bah, quelle importance ? Elle avait bien mérité cette petite vengeance, et d'ailleurs François ne se faisait aucune illusion : elle oublierait très vite.

Bercé par le souple cheminement du dromadaire, le Touareg s'abandonnait à la somnolence. Soudain, sans que rien ne soit venu troubler le silence, sans que l'animal ait marqué le moindre frémissement, la moindre hésitation, l'homme ouvrit les yeux tout grands. Il hoqueta et, sans même prendre le temps de forcer sa monture à s'agenouiller, sauta sur le sol caillouteux où il se prosterna, psalmodiant des bribes de prières entrecoupées de gémissements.

Dans le ciel, il y avait deux soleils, l'un plus petit que l'autre mais tout aussi brillant et duquel se détachaient des lambeaux de feu qui voletaient quelques secondes avant de disparaître. Ce second soleil, à la vérité, ne se trouvait qu'à deux cents mètres de la surface du sol, et son diamètre n'atteignait pas un mètre cinquante, mais faute de points de repère l'indigène ne pouvait pas le savoir. Et d'ailleurs cela n'eut rien changé à la peur qui lui nouait les entrailles.

La durée de l'apparition n'excéda pas deux minutes, mais le Touareg demeura plus d'une heure à genoux au milieu des pierres avant d'oser relever les yeux. Ayant enfin constaté que tout était rentré dans l'ordre, il remonta sur son dromadaire, lui fit tourner bride et s'éloigna à toute allure vers son campement. En chemin, sa peur décrût. Il résolut de ne parler à personne de ce qu'il avait observé ; pour peu qu'il en ait été le seul spectateur, personne ne voudrait le croire et même les femmes se moqueraient de sa couardise ; en outre, il commençait lui-même à douter de ce qu'il avait réellement vu.

Pendant que Julie utilisait la salle de bains, François disposait son matériel holo dans la chambre où auraient lieu des prises de vue. Les plaques vierges sur une table basse, le lourd appareil vissé sur son trépied télescopique… Placer les floods et les éclairages secondaires lui demanda plus de temps : il craignait que la fille ne le prenne pour un amateur, elle qui avait dû travailler avec les plus grands holographes parisiens. Pourtant lorsqu'il eut terminé, le ronflement assourdi du séchoir lui signala qu'il faudrait encore attendre.

Il alluma un cigarillo, puis ouvrit sans bruit une porte et se retrouva dans la pénombre d'un corridor dont l'une des extrémités était constituée par une plaque de verre dépoli. De l'autre côté se trouvait la salle de bains. L'ombre de Julie s'y découpait, mouvante, distincte ou floue selon la position occupée par rapport à la vitre. François demeura quelques instants sur le pas de la porte, regardant les seins haut perchés, les reins creusés, savourant le trouble plaisir du voyeur, se demandant vaguement si de son côté elle pouvait distinguer sa présence. La lueur du cigarillo, peut-être… Il se retournait pour aller l'écraser dans un cendrier lorsque le séchoir s'arrêta de fonctionner. Saisi d'une panique absurde, comme un gamin qui craint d'être pris en faute, il s'engouffra dans la chambre et referma la porte derrière lui.

Quelques minutes encore, puis Julie fit son apparition. Elle avait troqué ses vêtements de mer contre une chemise et un pantalon appartenant à François. L'éclat qui émanait d'elle, maintenant coiffée et maquillée, était tel que le jeune homme en eut le souffle coupé. Elle regarda autour d'elle avec un petit sourire.

« Tu es pas mal outillé, dis donc !… On commence par quoi ? »

Bien entendu, François eût préféré qu'elle choisisse les poses d'elle-même ; il ne se sentait pas de taille à diriger un mannequin professionnel… Terriblement intimidé, il la prit par le coude et l'amena devant un coin de mur sur lequel il avait déroulé une grande feuille de papier blanc. « Voilà. On va faire un gros plan. Tu tournes le buste de ce côté et puis tu te retournes brusquement. Un geste très vif, très rapide, tu comprends ? Il faut que tes cheveux accompagnent le mouvement, mais avec un très léger décalage… »

Il prit plusieurs clichés. Julie était parfaite, mais il craignait que ses connaissances techniques ne fussent pas à la hauteur.

Puis il la prit en pied. Plongée, contre-plongée… L'imagination commençait à lui faire défaut. Sans doute s'en renditelle compte, car elle proposa bientôt d'aller se changer. Elle revint avec une longue robe noire aux découpes audacieuses qui moulait son corps nerveux. François ne songea même pas à s'étonner qu'en plus de son nécessaire à maquillage, la petite sacoche dont elle s'était munie pour la promenade en chriscraft pût contenir une robe aussi habillée. L'œil vissé à son appareil, il ne pensait qu'intensité lumineuse, vitesse de déclenchement et mise au point de l'objectif.

Elle était couchée sur le lit, et lui, juché tout en haut d'un escabeau, cherchait à mettre en concordance les exigences de l'art avec celles, plus prosaïques, de l'équilibre. Obéissant à l'une de ses directives, elle pivota pour lui présenter son corps de profil tandis que sa tête demeurait tournée vers lui. L'œil du jeune homme quitta un instant le viseur.

« Excuse-moi, dit-il. La fermeture de ta robe bâille un peu trop. Tu peux arranger ça ? »

Cinq minutes plus tard, un incident interrompit la séance de pose. Une plaque s'était coincée dans l'appareil, et François, assis sur le lit, s'escrimait sans pouvoir l'en déloger. Allongée auprès de lui, Julie paraissait s'ennuyer à mourir, ce qui ajoutait à sa confusion.

« Et si tu ouvrais le boîtier ? » suggéra-t-elle.

Il secoua la tête. « La plaque serait foutue… Non, il faut que je porte l'appareil à un spécialiste. » Il hésita : « Désolé, mais je crois que ce sera tout pour aujourd'hui. »

Elle se mit à rire sans bruit. Piqué au vif, il s'écria que bien sûr il n'avait pas les connaissances d'un holographe professionnel et merde qu'est-ce qu'elle avait cru il avait fait tout son possible mais si elle n'était venue que pour se payer sa tête…

« Pauvre François. » Elle le considérait avec perplexité. « Je me fiche pas mal de tes holos. Tu ne veux donc rien comprendre ? » Sans lui laisser le temps de répondre, elle se redressa et retourna à la salle de bains. Moins d'une minute lui fut nécessaire pour se changer à nouveau. Lorsqu'elle sortit, vêtue du pull et du pantalon de marin qu'elle portait en arrivant, elle passa devant lui, toujours assis sur le lit son appareil à la main, sans s'arrêter. « Pas la peine de me raccompagner, je connais le chemin. » Au moment de franchir la porte, elle se ravisa pourtant : « Si tu as envie de me voir... tu sais comment me joindre. »

C'est vrai que je ne comprends rien à rien, songeait François, saisi à la fois par la honte et les regrets. Maintenant, elle me prend pour un crétin, et elle a raison. Pourquoi faut-il toujours que je tienne des rôles qui me dépassent ? Celui de séducteur que je joue habituellement n'est pas fait pour moi : les femmes qui me plaisent vraiment me glacent, surtout celles qui – comme Julie – ont conscience du désir qu'elles inspirent. Devant elles je redeviens un adolescent empêtré dans sa timidité, pataugeant avec une grâce pachydermique dans des situations que je n'ai pas vraiment voulu créer... Il se leva en proie à la colère, déchira les enveloppes hermétiques des plaques holo qu'il exposa à la lumière, détruisant les clichés qu'il venait de prendre, gommant ainsi, du moins le croyait-il inconsciemment, la blessure d'amour-propre qu'il venait de subir.

Ensuite, il se morfondit un long moment avant de se résoudre à saisir la perche qu'elle lui avait tendue avant de quitter son appartement. La joindre ? Facile.

Pas si facile, pourtant. D'abord, il passa plusieurs minutes à sa fenêtre, à scruter le ciel – ou plutôt la paroi vaguement scintillante du dôme – avant de dénicher enfin un nodule argenté assez loin vers l'Est. Bon, la communication ne serait pas fameuse, mais tant pis. « Julie ? » dit-il.

Un temps de silence, puis une voix résonna dans son oreille. « Désolée, François. » La tonalité était indubitablement féminine, mais ce n'était pas Julie. Une opératrice anonyme des télécoms. « Il n'est pas possible d'identifier la personne avec laquelle vous désirez communiquer . Cent-soixante-cinq Julie sont en ce moment recensées sous le dôme. Vous pouvez me fournir des critères de sélection, le nom de la personne recherchée, par exemple ? »

Non, il ne lui était même pas venu à l'esprit de lui demander son nom. « Passez-moi tous les hôtels de Granville. En commençant par les plus étoilés. »

Par chance, la quatrième tentative fut la bonne, car François ne se sentait pas la force de répéter sempiternellement à des réceptionnistes interchangeables qu'il recherchait une certaine Julie, une très jolie jeune femme peut-être top-model de son état au regard vert pâle et aux cheveux blond vénitien.

« Mlle Lédanowicz ? Mais bien sûr, monsieur Rossac. Elle vient de rentrer. Vous désirez lui faire parvenir un message ? »

Il mit fin à la communication sans prendre la peine de répondre, chercha des yeux un nodule, en trouva cette fois un presque au zénith. « Julie Lédanowicz ?

— François ? » Aucune suprise dans sa voix, mais une nuance amusée.

« Je suis un crétin, Julie. J'arrive. »

À l'instant précis où il quittait son appartement, une sirène de brume signalait l'entrée de l'hovercraft en provenance de Jersey dans le port. Sans savoir exactement pourquoi, il vit dans cette coïncidence un présage favorable.

Au fond d'une vallée déserte et glacée de l'Alaska, une tornade s'éleva, soulevant la neige amassée là au cours des derniers mois.

Un cône d'un blanc immaculé se dressa jusqu'à atteindre la taille d'un homme et parcourut quelques mètres, puis le tourbillon qui assurait sa cohérence cessa d'un coup, et les particules qui le constituaient retombèrent sur le sol où elles formèrent un petit tertre que la bise aigre commença tout de suite à éroder.

La mer des Sargasses déroulait ses longues ondulations à perte de vue. Une très faible détonation – à peine le plop ! d'un bouchon de champagne – déchira l'air : sur une épaisseur avoisinant le mètre, une couche liquide d'un diamètre de près d'un kilo-

mètre venait brusquement de disparaître, suscitant des remous inhabituels dans ces eaux prisonnières des algues.

La tiédeur vespérale assoupissait les rues de Villeneuve. Maurice M. rentrait chez lui en sifflotant, une baguette de pain sous le bras. Un éclair très blanc, le fracas d'un coup de canon, et il n'y eut plus, à la place qu'il avait occupée, que le pain, à présent peut-être un peu trop cuit, et une paire de chaussures desquelles s'élevait un double ruban de fumée bleuâtre. Le docteur C., attiré par le vacarme et les cris qui suivirent, diagnostiqua un cas particulièrement intéressant de foudre sous un ciel clair. Il examina les pieds un tantinet roussis qui habitaient encore les chaussures et se promit d'en prendre quelques clichés qui agrémenteraient l'article qu'il allait écrire pour les Cahiers de la Médecine.

À Zanzibar, deux personnes disparurent ensemble, dans les mêmes conditions.

Non loin des côtes du Groenland, un iceberg s'éleva au-dessus de la surface des flots, puis implosa.

En arrivant à New York, les passagers du 2747 qui se pressaient aux hublots dans l'espoir d'apercevoir la statue de la Liberté eurent la surprise de constater qu'il lui manquait le bras qui, d'ordinaire, tenait haut la flamme.

LES PASSAGERS SONT PRIÉS DE REGAGNER LEURS PLACES IMMÉDIATEMENT ET DE BOUCLER LEURS CEINTURES DE SÉCURITÉ.

Alertée par le grelottement insistant de la sonnerie, Julie jeta un coup d'œil aux lettres qui clignotaient sur le panneau. Ses sourcils se froncèrent. « Quelque chose ne va pas ?

— Une simple formalité, sourit François. Tu n'as donc jamais pris l'hovercraft ? Les assurances exigent que toutes les précautions, même si elles paraissent superflues, soient prises lorsque le navire quitte le dôme. »

La fille pâlit imperceptiblement. « Nous allons quitter le dôme de protection ?

— N'exagérons rien ! Il ne s'agit que de passer du dôme

de Granville à celui de Jersey. Ça ne dure qu'une seconde à peine. D'ordinaire, on ne s'en rend même pas compte. Et puis, ça ajoute du piment à la traversée. Le goût du danger… »

Sans répondre, Julie inséra la griffe de sa ceinture dans le logement prévu à cet effet, le regard toujours fixé sur le panneau qui virait lentement au rouge au fur et à mesure de l'approche de la zone de transition. Les passagers qui déambulaient tout à l'heure dans les travées avaient maintenant regagné leur place, et tous attendaient, le visage crispé. François s'étonna fugitivement du silence inquiet qui venait de s'installer. Lui-même était mal à l'aise, plus tendu que de coutume, mais cette sensation lui semblait provenir moins de l'appréhension de ce qui allait suivre que d'une sorte d'osmose qui lui aurait fait éprouver, à un moindre degré, le sentiment proche de la peur partagé par ceux qui l'entouraient. Aucun n'avait donc l'habitude de ce genre de voyage ? Voilà qui paraissait difficile à croire. À une époque où les hovercrafts à destination des îles anglo-normandes se succèdent toutes les demi-heures, rares sont les estivants en quête d'exotisme facile qui n'effectuent pas la traversée plusieurs fois par semaine…

Se retenant d'une main à la barre de métal luisant qui courait tout au long du passage, une hôtesse vérifiait que les instructions avaient été correctement suivies. Son regard allait d'un fauteuil à l'autre et revenait périodiquement au panneau lumineux. Elle aussi, elle a peur ! comprit François. Peur de quoi ? Bon Dieu, mais qu'est-ce qui se passe ?

La stridence de la sonnerie atteignit les limites du supportable tandis que le panneau tournait au rouge vif. Le visage exsangue, l'hôtesse s'accrocha des deux mains à la rambarde, la bouche écarquillée comme si elle retenait un cri.

Maintenant ! pensa le jeune homme. Il y eut un léger bruit semblable à celui produit par une feuille de papier qui se déchire. L'hovercraft fit une légère embardée, puis se stabilisa à nouveau. Le panneau s'obscurcit tandis que la sonnerie s'arrêtait.

Il y eut comme un immense soupir, après quoi tout le

monde se mit à parler en même temps. Des rires fusèrent, contrepoint de la tension qui régnait un instant plus tôt. L'hôtesse s'éloigna vers la cabine de pilotage en titubant légèrement malgré l'absence totale de tangage. Elle adressait des sourires à la cantonade. Cette réaction étonna autant François que la peur qui l'avait précédée.

Julie se tourna vers lui. Sa respiration précipitée faisait saillir ses seins sous la blouse de soie. « C'est fini ?

— C'est fini », confirma-t-il. Il l'aida à dégrafer sa ceinture puis, comme leurs visages étaient près à se toucher, qu'elle ne cherchait pas à s'écarter et qu'il avait à cœur de lui faire oublier sa balourdise de l'après-midi, il posa sa bouche sur ses lèvres, qu'elle avait fraîches et humides.

À l'ouest des Açores, à cent milles et plus de toute côte habitée, un cyclone prit naissance. D'immenses murailles liquides se dressèrent au-dessus de la mer. Très vite, le phénomène acquit des proportions inhabituelles et continua de croître, tandis que la zone de tempêtes qui le précédait s'étendait de plusieurs kilomètres à la minute. L'œil du cyclone était un trou noir, un gouffre d'obscurité où tout ce qui était projeté cessait d'exister.

D'autres régions du globe furent le théâtre d'événements semblables : le versant escarpé d'un mont perdu de l'Himalaya, l'un des méandres du cours inférieur de l'Amazone ; un coin de désert proche de la Mauritanie.

Une vallée anonyme des confins de l'Alaska.

Un point situé en pleine mer des Sargasses.

Un gros village du Sud-Ouest de la France.

L'île de Zanzibar.

Le Groenland.

New York.

Et d'autres lieux encore. Beaucoup d'autres.

Partout un cyclone s'éleva, doté d'un terrifiant pouvoir dévastateur. Un cyclone dont l'œil était un puits de néant.

Tout se passa à la perfection – c'est-à-dire comme François l'avait espéré. Saint-Hélier brillait de tous ses feux et éblouit Julie qui condescendit enfin à abandonner ses allures de fille blasée. Ils commencèrent par une tournée des boutiques, s'extasièrent devant la profusion des marchandises hors-taxes mais n'achetèrent rien, poursuivirent par la visite des pubs où la stout et le gin coulaient à flots, passèrent un long moment devant les orchestres qui se produisaient en plein air de The Parade à La Motte Street.

Tout se passa très bien jusqu'au retour, vers trois heures du matin. Arrivée devant l'embarcadère, Julie saisit le bras du jeune homme :

« Je t'en prie, murmura-t-elle. Restons ici quelques jours. » Elle se pressa contre lui. « Jersey, l'île des lunes de miel… Je voudrais que nous louions un cottage de l'autre côté de l'île, vers Gorey, là où tu m'as dit que les touristes sont moins nombreux… Ce serait formidable, non ? »

Fait curieux, cette proposition épouvanta François qui dut faire un effort considérable sur lui-même pour parvenir à répondre calmement. « C'est impossible, voyons. Nos billets ne sont valables que pour vingt-quatre heures, et d'ailleurs nous n'avons pas de vêtements de rechange. Il faut que nous rentrions maintenant. »

Un haussement d'épaules. « S'il ne s'agit que des billets !… N'importe quelle agence de voyage te les changera, tes billets ! Quant à cette histoire de vêtements…

— Impossible ! » s'entêta-t-il, luttant pied à pied contre la panique qui s'installait en lui.

Elle se dégagea. « Alors vas-y tout seul ! Moi, je reste. D'ailleurs tu as vu le nom de notre bateau ? Le *Progéria*… Tu parles d'un nom !

— Mais… mais c'est idiot, voyons ! balbutia-t-il en la retenant par le bras. Et d'abord tu ne peux pas rester ici !

— Ah !… Et pourquoi ça ?

— Parce que… » Il respira profondément, ravalant les mots qui lui étaient spontanément montés à la bouche. *Parce que bientôt Jersey n'existera plus ?* Qu'est-ce que c'est que cette absurdité ? Bon Dieu, si c'est l'alcool qui me fait cet effet… !

Par bonheur, elle céda brusquement, de façon imprévisible. « D'accord, on y va. Mais c'est toi qui l'auras voulu ! »

Ils s'installèrent côte à côte dans l'hovercraft dont les turbines sous pression vrombissaient doucement. Cinq ou six minutes passèrent, pendant lesquelles aucun des deux n'osa ou ne désira briser le silence chargé d'hostilité. Enfin, un bref coup de sirène annonça le départ. François jeta un coup d'œil étonné autour de lui : à part eux, le véhicule ne transportait qu'une vingtaine de passagers alors qu'à l'aller aucune place libre ne subsistait. Il est tard, pensa-t-il, les touristes d'un jour ont déjà regagné le continent…

De l'autre côté des grandes baies vitrées, il vit la foule massée à quelques mètres de l'embarcadère. Des badauds ? À trois heures du matin ? Le départ d'un hovercraft ne peut pourtant pas être considéré comme un événement inhabituel… Combien sont-ils ? Au moins une centaine. La vérité lui apparut soudain : cette foule était celle qui aurait dû se presser dans les flancs de l'hovercraft, mais qui n'avait pas eu le courage de le faire. Si lui-même n'avait pas insisté pour que Julie le suive… Mais qu'est-ce qui leur arrive, bon sang ? Et comment se fait-il que tout à l'heure ma peur ait eu un objet exactement inverse de la leur ? L'alcool, sûrement. Nos estomacs de continentaux supportent très mal la bière anglaise.

Le véhicule quitta son assise bétonnée dans le vacarme de ses turbines portées au maximum de leur puissance, puis se mit à glisser vers la mer. Julie avait fermé les yeux, mais elle ne dormait pas. Ses traits crispés, sa lèvre inférieure qu'elle mordait trahissaient la peur.

Il lui prit la main. « Tu n'as rien à craindre, dit-il. Tu verras, tout se passera bien, comme à l'aller.

— Tais-toi, murmura-t-elle. Oh, tais-toi ! »

Vexé, il feignit de dormir – et s'endormait réellement lorsque la sonnerie qui annonçait le passage d'un dôme à l'autre retentit dans l'habitacle. Julie s'était redressée, les yeux exorbités, les doigts convulsivement serrés sur le dossier du siège qui se trouvait devant elle. François dut la tirer en arrière afin de l'attacher avec sa ceinture. Il s'occupait de son propre harnachement lorsqu'une hôtesse fit son apparition. Elle esquissa quelques pas entre les fauteuils, mais l'entreprise était bien au-delà de ses forces et elle éclata en sanglots en se laissant choir sur un siège inoccupé.

François se précipita. « Qu'est-ce qui vous prend ? Tout le monde est fou ou quoi ? »

N'obtenant aucune réponse, il procéda avec elle comme il venait de le faire avec Julie, la repoussa dans le fond de son fauteuil et boucla sa ceinture. Il inspecta ensuite la cabine du regard et s'aperçut que pas un des passagers n'avait obéi aux directives inscrites sur le panneau. Tout près de lui, un homme d'une quarantaine d'années à la calvitie luisante s'était arc-bouté sur les accoudoirs de son siège et poussait des cris inarticulés, apparemment en pleine crise d'hystérie. Une femme d'un âge incertain se tordait sur le sol en essayant d'ouvrir une issue de secours avec ses ongles. Quant aux autres, ils semblaient plongés dans une profonde catalepsie et n'eurent aucune réaction lorsque François leur cria de s'attacher. Après une brève hésitation, il se leva et entreprit de le faire à leur place, ce qui n'alla pas sans difficulté lorsqu'il en vint aux hystériques. Pour la femme, une gifle suffit à la calmer momentanément ; quant à l'homme, ses muscles tétanisés ne se relâchèrent que lorsqu'il se fut résolu à lui allonger une solide droite.

Il n'eut ensuite que le temps de se précipiter vers son siège et, pour la seconde fois, de boucler sa propre ceinture : déjà, le panneau avait atteint le rouge vif qui signifiait l'imminence du passage d'un dôme à l'autre.

Soudain, il y eut un craquement sec vers l'avant de l'appareil qui se mit à vibrer violemment, le côté bâbord se souleva (presque à la verticale, pensa François, qui comprit tout de suite que ce n'était qu'une illusion : la gîte, certes importante, ne dépassait pas trente degrés), puis retomba avec un choc qui fit s'ouvrir à la volée la porte de la cabine de pilotage. Un homme vêtu de bleu marine en jaillit, boula tout au long de la travée qui séparait les rangées de fauteuils et alla heurter la paroi du fond contre laquelle il demeura inerte, contemplant sans les voir les globes lumineux disposés de part en part sous le plafond et qui clignotaient d'inquiétante manière. À sa mine, François comprit que le pilote se trouvait dans le même état que les passagers dont il venait de s'occuper.

L'hovercraft était maintenant livré à lui-même. Un rugissement anarchique grandit jusqu'à ébranler toute la structure du bâtiment. Les turbines ! comprit le jeune homme. Étrange, tout de même : il n'éprouvait toujours aucune peur, rien que l'excitation provoquée par la conscience du danger. Il déboucla sa ceinture et, à moitié suspendu à la main courante rivée au plafond, se dirigea vers le poste de pilotage, ballotté de droite et de gauche par les mouvements désordonnés du navire. Plusieurs minutes lui furent nécessaires pour parvenir à s'installer à la place du pilote. Les instruments, contrairement à ce qu'il avait craint, ne paraissaient pas trop différents de ceux qu'il connaissait, et il réussit bientôt, en jouant sur la puissance des turbines, à réduire le roulis et le tangage. Après quoi il se mit en devoir de faire le point. Brouillé par des myriades de parasites, l'écran du radar paraissait refléter la tempête. Deux curseurs placés en dessous permettaient sans doute d'obtenir une meilleure image ; ne connaissant rien à leur maniement, François procéda par tâtonnements. Presque tout de suite, la chance lui sourit : les parasites disparurent, remplacés par une ligne courbe reliant deux points que le jeune homme supposa figurer Jersey et Granville. Vers l'ouest, très à l'écart de ce tracé lumineux, une étincelle clignotante matérialisait la position de l'hovercraft.

Cette étincelle se dirigeait tout droit vers une masse diffuse ressemblant à un nuage, que François reconnut sans peine : Chausey et ses dizaines d'îlots dont la plupart n'émergent qu'à marée basse.

Jouant à la fois sur la barre et sur les turbines, il lui fallut plus d'un quart d'heure pour faire coïncider l'étincelle avec la ligne Jersey-Granville. Après quoi, il brancha le pilote automatique, allongea les jambes et se renfonça dans son siège. Maintenant, il n'y avait plus qu'à atteindre l'entrée sous le dôme de Granville…

Il dut s'endormir. Quand ses paupières se soulevèrent, les instruments de bord avaient disparu. Il se trouvait à présent dans une pièce exiguë tapissée de lattes de bois, le mur qui lui faisait face était percé d'une ouverture par laquelle s'engouffrait un vent violent chargé d'écume. Il poussa un cri inarticulé : par cette fenêtre dépourvue de vitre, il venait de distinguer la masse énorme d'une vague haute de plus de dix mètres qui se précipitait sur lui. Ses pieds, dotés d'une volonté propre, se mirent en mouvement. Ils reposaient sur des sortes de pédales de bois, et les battements réguliers qui provenaient de sous le plancher attestaient que celles-ci étaient reliées à un jeu de pales qui constituait peut-être le seul moyen de faire avancer le bâtiment. Et les turbines ? s'étonna François, fugitivement, avant de redoubler d'efforts. Les questions, tu te les poseras plus tard ; pour l'instant, ce qui compte, c'est de regagner le dôme. Par tous les moyens possibles.

« Tu as peur, petit ? »

Il lui sembla que son cœur, soudain, se rétractait. Sans cesser de pédaler, il se retourna, mais ne vit personne – l'endroit était d'ailleurs beaucoup trop étroit pour contenir plus d'une personne à la fois.

« Je n'ai pas peur murmura-t-il entre ses dents serrées par l'effort. Je n'ai pas peur, je…

— Alors, pourquoi fuis-tu ? »

Pour la seconde fois, il inspecta la cabine. Le lambris, sur sa droite, paraissait éclairé de l'intérieur. Ou plutôt non : le bois qui le constituait s'était mué en une matière dotée d'une transparence un peu trouble, semblable à du verre soufflé artisanalement. De l'autre côté de la paroi, il y avait à présent une étendue plate et désolée, une caricature de désert. Quoi de plus normal ? songea François, stupide. Je pédale sur une mer démontée, des paquets d'embruns me giflent le visage, mais à moins d'un mètre de moi, il y a un désert de bandes dessinées… Au centre de cette plaine improbable, très loin, se dressait une silhouette floue, mouvante, qui pouvait aussi bien être constituée par plusieurs personnages proches à se toucher que par un seul, juché sur une monture animale, un cheval ou un chameau. En tout cas, bien que la distance l'empêchât de distinguer le moindre détail de cette silhouette, François sut qu'elle manifestait la présence d'un ou de plusieurs personnages. Et il ne douta pas un seul instant que la voix qui l'apostrophait provenait de cet endroit.

Bon, se dit-il. Trop, c'est trop. Pour qu'un rêve soit crédible, il faut un minimum de réalisme. « Je ne fuis pas, répondit-il. Je me balade en pédalo en plein milieu de la nuit. Ça ne se voit pas, peut-être ?

— Inutile de fuir, reprit la voix, insensible à ses sarcasmes. Nous finirons bien par te manger, petit. »

François haussa les épaules :

« Foutez le camp ! Vous n'êtes que des hallucinations ! »

Presque instantanément, le bois recouvra son opacité. Mais avant que la vision ne disparaisse, la silhouette se scinda en plusieurs éléments, cette fois indubitablement humains. Trois, à ce qu'il sembla au jeune homme.

Le désert s'était évanoui, mais la petite cabine de bois demeurait, de même que l'écume qui salait les lèvres de François et lui brûlait les yeux. Il pesa de tout son poids sur les pédales, ignorant si ses efforts avaient pour but de lui permettre de regagner le dôme ou de quitter le cauchemar.

Combien de temps dura cette course absurde ? Rivé à l'anachronique guidon de vélo qui avait remplacé le volant de la barre, pédalant sans relâche, François avait perdu tout sens de la durée. Une seule idée l'habitait : faire retrouver à son esquif l'abri du dôme. Une seule hantise le possédait, celle de faire dévier sa course de la ligne que le radar, tout à l'heure, avait tracée.

Enfin, il y eut le bruit de déchirure tant désiré. D'un coup, le bâtiment cessa de danser. Par l'ouverture, le jeune homme distingua les lumières de Granville qui se reflétaient sur les eaux maintenant calmées. Terrassé par la fatigue, il s'abattit sur le guidon.

Il se réveilla le front posé sur l'écran glacé du radar, les reins soutenus par les coussins du siège déserté des éternités plus tôt par le pilote. Des doigts s'activaient autour de son sexe : c'étaient ceux de l'hôtesse qu'il avait attachée sur son fauteuil avant que les premières vagues ne frappent l'hovercraft. Étrange, pensa-t-il. Les rêves se suivent et ne se ressemblent pas. Tout de même, je préfère celui-ci… Il se rencogna dans son fauteuil afin de faciliter la tâche de la fille. Fatigué, si fatigué… Bon sang, on dirait vraiment que j'ai pédalé des heures et des heures durant !

Il n'eut plus de réaction lorsqu'elle l'enjamba et le guida en elle. Passif, il la laissa aller et venir sur lui. La situation était agréable, très agréable même ; il n'arrivait toujours pas à croire à sa réalité.

Plus tard, elle se dégagea, et dans ce mouvement une lourde goutte de sperme retomba sur la jambe de François. Cet incident prosaïque l'amena à penser que peut-être il ne rêvait pas.

Il lui prit le poignet. « Tu es bien réelle ? Je veux dire… Tout ceci est tellement étrange ! »

Elle lui éclata de rire au nez.

« Réelle ? Bien sûr ! Nous sommes sauvés, il faut bien fêter ça, non ? »

Sauvés… François secoua la tête. À aucun moment je n'ai vraiment cru au danger, pour moi il s'agissait seulement d'une sorte de jeu qui mobilisait toutes mes forces, toute ma volonté, mais ni mon existence ni celle des autres passagers n'était en question. Cette épouvante qui les pétrifiait, et maintenant cette exubérance… Avaient-ils été drogués ? Non, ça ne colle pas, je n'aurais pas été épargné – et pourtant si, moi aussi j'ai ressenti les atteintes de cette curieuse psychose : la panique qui m'habitait à la seule idée de passer la nuit à Jersey, et tout à l'heure cette aberration de tous mes sens qui travestissait l'hovercraft en un gigantesque pédalo… Mais comment expliquer que ma peur n'avait pas le même objet que la leur ?

Un instant de folie collective ; oui, ça n'est peut-être pas très satisfaisant comme explication, mais pour le moment il faudra s'en contenter.

« Sauvés de quoi au juste ? » demanda-t-il. Le visage souriant du pilote apparut dans l'encadrement de la porte. « Et vous, pourquoi avez-vous quitté votre poste ? Bien sûr, les dômes n'étaient pas exactement jointifs, mais ce n'est pas la première fois qu'une bavure de ce genre se produit, je suppose. Et ce navire est conçu pour affronter sans dommage les plus grosses tempêtes ; le tout, c'est de ne pas abandonner les commandes et de maintenir le cap !

— Quelle tempête ? demanda le pilote. Je ne comprends pas ce que vous voulez dire. Nous sommes passés d'un dôme à l'autre, c'est tout. » Il découvrit l'hôtesse, jusqu'ici cachée par la porte, et qui finissait de rajuster ses vêtements ; l'air gêné, il fit un pas en arrière.

« Vous ne vous êtes aperçu de rien, vraiment ? » Pensant que l'homme était resté évanoui pendant toute l'alerte, François se tourna vers l'hôtesse. « Racontez-lui, vous.

— Raconter quoi ? » Elle fronça les sourcils en signe d'incompréhension.

Ça ne s'arrange pas, songea le jeune homme avec désespoir. Se seraient-ils donné le mot pour me jouer la comédie ? C'est possible… Abandon de poste dans un moment critique… ils risquent peut-être leur place. « Mais enfin, la tempête…, plaida-t-il. Vous vous rappelez, voyons ! Souvenez-vous de vos propres paroles : *nous sommes sauvés !…*

— J'ai vraiment dit ça ? » Elle réfléchit intensément. « Non, c'est impossible. Vous devez vous tromper. »

Il la dévisagea sans parvenir à déceler la moindre trace de duplicité dans son regard. « Bon, marmonna-t-il. Je suis peut-être le seul dingue de l'histoire. Après tout… oui, l'explication la plus plausible, c'est sans doute celle-ci. »

La mine préoccupée, il franchit le seuil – et éclata d'un rire tonitruant. Dans la cabine des passagers se déroulait une scène à faire pâlir de jalousie les magnats du pornobiz. Vautrés sur les fauteuils et le tapis de caoutchouc qui recouvrait le sol, hommes et femmes se livraient les uns aux autres dans toutes les positions imaginables. Certains s'étaient dévêtus, mais la plupart s'étaient contentés, dans leur hâte, de dégrafer ou de retrousser leurs vêtements. Du coin de l'œil, François aperçut Julie qui s'offrait à deux hommes – dont le quadragénaire chauve – en même temps. Il en éprouva un léger pincement d'amour-propre, mais sa préoccupation immédiate se situait ailleurs. Il attira l'hôtesse à lui :

« Et ça ? demanda-t-il en désignant du doigt les acteurs de cette scène. Comme l'expliquez-vous ?

— Oh ! La fille rougit violemment. Mais c'est… Je ne…

— Merde alors ! éclata le jeune homme. Ça ne vous rappelle vraiment rien ? Faites un effort, bon sang ! Tout à l'heure, c'était nous qui…

— Lâchez-moi ! s'écria-t-elle. Ça ne va pas, non ? »

Non, dut convenir François, elle ne se souvient de rien, ce n'est pas du cinéma…

Mais déjà, comme si son intrusion avait brisé quelque enchantement, les emmêlements de corps se défaisaient, les vêtements étaient rajustés, les regards perdaient l'éclat extatique qui les illuminait quelques secondes plus tôt. Bientôt, chaque participant se retrouva à sa place, comme si rien ne s'était passé. François regagna son siège à côté de Julie.

« C'était bien ? » demanda-t-il.

Elle posa sur lui un regard perplexe. « Quoi ? Qu'est-ce qui était bien ? »

Il se força à sourire. « Avec le type chauve, là, et cet autre, là-bas… C'était bien ? »

Devant son incompréhension manifeste, il dut une fois de plus se rendre à l'évidence : elle non plus ne conservait aucun souvenir de ce qui venait de se passer. « Ça ne fait rien, dit-il. Mais tu te rappelles la tempête, quand même ?

— La tempête ? » Elle se mit à rire sans conviction. « Bon sang, mais tu as rêvé !… Il ne peut pas y avoir de tempête, bien sûr. C'est même toi qui me l'as dit : les dômes sont là pour empêcher leur formation. »

À force de questions, il parvint à se faire une idée un peu plus précise de la situation : pour Julie, il n'y avait eu qu'une traversée sans histoire, elle avait oublié jusqu'à la peur qui l'habitait lors de l'embarquement à Jersey. Pis : elle refusait énergiquement d'envisager qu'elle ait pu avoir peur. Comme si ce qui l'avait rendue malade – et avec elle tous les occupants de l'hovercraft à l'exclusion de François – n'avait eu comme origine que le fait de douter de l'efficacité des dômes.

Se peut-il que la foi en l'appareillage technique dont il s'est entouré soit si exclusive que l'homme ne puisse seulement imaginer la possibilité d'une avarie ?

Voilà que je nage dans la théorie, songea-t-il. Mais ce que je viens de vivre, c'était bien concret !

Il en était là de ses cogitations lorsqu'un coup de sirène annonça l'entrée dans le port de Granville. Il se leva, imitant les autres passagers.

À la sortie, le quadragénaire à la calvitie luisante s'effaça sans un mot pour laisser le passage à Julie qui le remercia d'un sourire machinal. François secoua la tête, agacé par leur attitude hors de mise après la scène à laquelle il avait assisté. Mais il put vérifier que le regard indifférent de l'homme ne contenait aucune trace de connivence, non plus que celui de Julie.

Ainsi qu'il se l'était promis dans le courant de la soirée, François proposa à Julie de passer le restant de la nuit chez lui. Ainsi qu'il l'avait espéré, elle ne fit aucune difficulté pour accepter. Alors qu'il conduisait à travers la ville déserte, une pensée lui vint soudain à l'esprit. Il jeta un coup d'œil à sa montre. Cinq heures moins le quart. Ils étaient partis de Jersey à trois heures et la traversée ne durait habituellement qu'une demi-heure… Il regretta l'espace d'un instant de ne pas avoir pensé à cette question de temps alors qu'il discutait avec le pilote et l'hôtesse, puis se dit qu'ils auraient à coup sûr trouvé une explication apparemment rationnelle à lui opposer. Finalement, il renonça même à en parler à Julie.

Autant pour les fantasmes que François avait pu nourrir : arrivés chez lui, ils se couchèrent et, d'un accord tacite, décidèrent de dormir. François pensait que les questions qui l'assaillaient l'empêcheraient de trouver le sommeil, mais cinq minutes après s'être glissé dans les draps, il commençait déjà à s'assoupir.

Il s'éveilla avec la conscience d'avoir parlé dans son sommeil. La pièce baignait dans la lumière glauque chichement diffusée par les fentes des persiennes. Penchée vers lui, Julie souriait, ses yeux pâles encore tout gonflés de fatigue. Il se redressa :

« J'ai dit quelque chose ? »

Le sourire de la fille s'accentua. « Oh, sois sans inquiétude, ça n'avait rien de compromettant ! Il était seulement question de pédalo et de tempête… »

Il sourit à son tour. Était-ce vraiment un rêve ? Il en était presque sûr, à présent. Encore heureux qu'il ne lui ait pas parlé d'autres rêves, qui d'ailleurs quittaient sa mémoire au fur et à mesure que le sommeil refluait : images de cyclones qui dévastaient le Sahara, l'Alaska, le nord-ouest des États-Unis et bien d'autres régions encore, cyclones dont l'œil s'ouvrait sur un puits de néant…

La joue posée sur la poitrine de l'homme, elle lui caressait le cou d'un geste apaisant. « Tiens ! s'exclama-t-elle soudain. Tu portes une médaille ? Je n'avais pas remarqué… » Elle l'approcha de ses yeux, tenta sans succès d'en déchiffrer l'inscription. « On dirait des lettres. Ce sont tes initiales ?

— Oui, bâilla-t-il en s'étirant. Non… Je ne sais pas. » Il l'enlaça et voulut l'attirer contre lui. Mais elle se dégagea d'un mouvement preste :

« Laisse-moi voir, d'abord. » Elle tendit le bras et tâtonna une seconde à la recherche de l'interrupteur. La lumière jaillit. François ferma les yeux.

« Ça à l'air vieux, dis donc… Les lettres sont à peine lisibles. E et… G, je crois. Curieux, on croirait qu'il s'agit plutôt d'un chiffre. Un 6. » Elle se mit à rire. « E6, ça signifie quelque chose pour toi ? C'est peut-être une plaque du genre de celles que portent les militaires…

— Peut-être, soupira-t-il, vaguement agacé. Quelle importance ? »

Elle lui agita le bijou sous le nez : « Tu as déjà vu des plaques d'identité militaires coulées dans l'or fin, toi ? Je vais te dire ce que j'en pense : cette médaille, c'est une femme qui t'en a fait cadeau. Elle était très riche et très vieille, et toi, tu te faisais entretenir. Comme elle était vraiment très, très riche, elle pouvait s'offrir des tas d'amants, alors à chacun elle donnait une médaille avec un numéro, ce qui lui permettait de s'y retrouver. Ça, elle avait de l'organisation, cette femme, pas à dire. »

Il éclata de rire à son tour. « Exact. Tu as tapé en plein dans le mille. Seulement là où tu te trompes, c'est que je faisais partie des eunuques. J'étais même le sixième. E6. Ça te va, comme explication ?

— Pas du tout. Les eunuques ont peut-être leur utilité lorsqu'il s'agit de garder un harem composé de femmes, mais leur… fiabilité laisserait à désirer devant des hommes, non ?

— Gagné, reconnut-il. Bon. La vérité, c'est que j'ai toujours porté cette médaille. Un bijou de famille, tu sais ce que c'est, on te dit de quel ancêtre perdu dans la nuit des temps ça te vient, et puis tu oublies… » Tirant sur la chaînette, il fit glisser le fermoir sur sa poitrine. Il l'examina avec perplexité. « Je crois bien ne l'avoir encore jamais quitté, ce truc… ah, voilà ! » Un ressort joua. Il prit la chaîne par les deux extrémités et la passa, d'un geste emphatique, autour du cou de Julie. « Maintenant, je peux te dire la vérité. La vraie vérité. Le *E* signifie esclave. Ça te convient mieux ?

— Pas très flatteuse, ton explication. Si je comprends bien, j'occupe la sixième place dans ta hiérarchie intime… Eh bien ! Il me faut trouver le moyen de monter en grade… Attends ! Laisse-moi deviner… »

Elle se coula sur lui et l'enveloppa de son corps tiède. Puis ils firent l'amour. Ce fut très tendre et très doux. Ensuite, ils se rendormirent.

II
Anatomie du pilote, neuro-physiologie du circuit

La jambe me fait mal

Boute chaîne boute chaîne
La jambe me fait mal
Boute chaîne à mon cheval

Amplifiées par les haut-parleurs disposés tout autour de l'estrade circulaire, les paroles chantées par le barde prétendument breton frappèrent François alors qu'il abordait le grand virage. D'un geste vif, il relâcha la voilure et commença à braquer tandis que le char continuait sur son erre. Attentif à faire suivre à son véhicule la ligne de moindre distance, il prit appui sur l'une des traverses et inclina son corps vers l'intérieur de la courbe, modifiant ainsi la position du centre de gravité du char et lui permettant de vérifier que les roues avant n'approchaient pas de trop près la construction de béton. Demi-tour sans bavure ; cette prestation impeccable suscita quelques applaudissements parmi les spectateurs, mais François haussa mentalement les épaules, sachant que la qualité du sable entrait pour beaucoup dans la bonne exécution de cette manœuvre. Pour le moment, on était encore en début de course, le sol était ferme et lisse, mais quelques tours de plus, et de profonds sillons se creuseraient qui seraient autant de pièges dangereux sous les roues des conducteurs néophytes ou imprudents.

À la fin de la courbe, sa vitesse récurrente avoisinait toujours les trente kilomètres-heure, ce qui lui permit de rechercher le vent avec toute l'attention nécessaire. D'expérience, il savait combien déterminante pouvait s'avérer cette manœuvre généralement dédaignée parce qu'elle ne présentait aucun caractère spectaculaire. C'était elle qui décidait de la vitesse de pointe qu'atteindrait le véhicule en bout de ligne droite, juste avant l'Épingle. Si l'angle était correct, il fallait profiter de ce moment pour doubler quelques concurrents sans risque inutile ; si au contraire on avait mal estimé l'ouverture, il fallait se résigner à perdre quelques dizaines de mètres – et à se laisser dépasser par celui qui était parti plus tard, mais à qui le vent avait fait trouver plus tôt sa vitesse optimale.

Pour l'instant, de telles préoccupations ne s'imposaient pas : parti en tête, François n'avait personne à doubler ; quant à ceux qui le suivaient, un coup d'œil dans le rétroviseur lui apprit qu'ils piétinaient encore à bonne distance. Il s'accorda quelques secondes de distraction et, passant en revue les spectateurs assis dans les dunes, chercha à reconnaître Julie, mais la distance et la vitesse l'en empêchèrent.

Donville étalait ses toits d'ardoise sous la tiède caresse du soleil couchant. Il était déjà neuf heures du soir ; la nuit ne tomberait pas avant onze heures. Sous les dunes à la végétation clairsemée – chardons bleus, touffes de chiendent des sables charnu et acéré – s'étalaient les immenses étendues sableuses laissées par le reflux. À cette distance, la mer n'était plus visible que comme un mince fil d'argent soulignant l'horizon, mais encore ne pouvait-on l'apercevoir que des crêtes ; de partout ailleurs, il semblait qu'elle eût totalement disparu, remplacée par cette surface immobile et plane, d'un beige luisant, à la déclivité presque nulle, où la monotonie n'était rompue, de loin en loin, que par le double pointillé laissé par quelque promeneur solitaire.

Occupée le reste du temps par les baigneurs, cette plage devenait, par marée basse, le domaine réservé des chars à voile. Tolérante, l'administration portuaire de Granville acceptait alors d'entrouvrir le dôme afin que s'y engouffrent les vents nécessaires à la pratique de ce sport. Et déjà, les frêles carcasses de bois ou d'aluminium étaient en place le long de la plage, toute voilure déployée afin de saisir le premier souffle, celui qui mènerait à coup sûr à la victoire. Car il s'agissait bel et bien d'une compétition, d'une course qui durait aussi longtemps que le dôme restait ouvert aux vents. Les amateurs avaient abandonné un à un, laissant la place libre aux professionnels ; la course quasi quotidienne (elle ne pouvait avoir lieu les jours de morte eau car l'étendue de sable laissée par la mer était alors trop étroite) s'était muée en un spectacle complet, où les chars tenaient une place essentielle mais non exclusive. Parallèlement, le jeu avait fait son apparition ; les paris n'avaient pas tardé à être institutionnalisés et les coureurs étaient devenus des sortes de fonctionnaires du risque qui se disputaient les primes offertes par les spectateurs en guise d'encouragement. François Rossac était l'un d'eux. Selon le jour et l'humeur, il se prenait pour un moderne aventurier ou se qualifiait en privé de vieille pute.

À moins de trente mètres de l'Épingle, il opta pour son côté vieille pute. C'est parti pour l'esbroufe ! clama-t-il à tue-tête, certain que personne ne pouvait l'entendre. Les yeux plissés, il enregistra la moindre ondulation de terrain qui eût pu compromettre son équilibre, la moindre flaque qui eût diminué l'adhérence de ses pneus. Il estima les distances, la vitesse de son véhicule, celle du vent…

Le simple mât de béton qui à cette extrémité du parcours marquait le virage n'était plus qu'à quinze mètres, dix mètres…

Maintenant !

D'un même geste, il libéra la voilure qui claqua avec violence, bloqua la roue avant gauche et jeta son corps de côté, s'agrippant au longeron latéral, seulement retenu par les étriers qui lui serraient les pieds.

Le char se dressa à la verticale. Un cri énorme monta de la foule. François sourit malgré la tension qui l'habitait. Le char en équilibre sur deux roues, la voile qui battait, comme folle, le sable qui jaillissait tout autour et son corps qui devait paraître sur le point d'être éjecté… oui, malgré tout, le spectacle était de qualité !

Je suis une vieille pute, mais vous en trouverez souvent, qui vous en donnent autant pour votre argent ?

Dans son dérapage, le char frôla le mât de béton. À ce moment, François imprima une violente secousse à son véhicule qui retomba de l'autre côté du pylône, l'avant tourné vers l'estrade circulaire, tout là-bas, à l'autre bout de la piste.

Cette fois, ce fut un concert d'acclamations qui fusa du public. Quelques primes en perspective, ricana le jeune homme. Il salua d'une main tandis que son char reprenait de la vitesse, croisant ceux de ses poursuivants immédiats. Aucun d'eux n'oserait sans doute prendre les mêmes risques ; cette manœuvre lui avait fait gagner une bonne centaine de mètres.

À condition de rester vigilant, une centaine de mètres gagnée en début de course peut décider du sort final de celle-ci. À onze heures moins le quart, lorsque les projecteurs vinrent suppléer à la clarté du jour, François était toujours en tête, et il y avait fort peu de chances pour qu'un de ses concurrents parvînt à le rattraper avant la fermeture du dôme.

J'entends la chanson sereine du rossignolet joli

« Rossignolet, mon cul ! hurla-t-il à l'adresse du barde qui ne pouvait pas l'entendre. J'ai faim, moi ! Je me sens de taille à dévorer un bœuf entier ! »

À la sortie du virage qui contournait l'estrade, il eut un instant d'hésitation : trois silhouettes sombres étaient plantées au beau milieu de la piste.

« Foutez le camp ! » leur cria-t-il, alors qu'il reprenait le vent. Et merde ! décida-t-il, comme les importuns ne bougeaient toujours pas. S'ils veulent jouer au plus con…

Au dernier moment, il fut pourtant contraint de louvoyer pour les éviter et les insulta copieusement au passage. Il crut distinguer une femme et deux hommes, mais ce n'était peut-être qu'une impression : dans la pénombre, leurs visages inexpressifs et figés étaient curieusement semblables. Le triple regard posé sur lui lui procura une indéfinissable sensation de malaise. Pendant qu'il repartait vers l'Épingle, d'antiques légendes lui vinrent à l'esprit, où il était question de grèves hantées et de revenants poursuivant les promeneurs égarés. Les fantômes surgissent toujours entre chien et loup… Il est grand temps que cette course finisse, songea-t-il. Si je commence à avoir des visions…

Dans la ligne droite, il doubla deux chars dont les conducteurs avaient déjà plusieurs tours de retard sur lui, et les délicates manœuvres de dépassement lui firent oublier ses angoisses.

Mais les trois inconnus aux allures de spectres l'attendaient au bas de l'estrade circulaire.

Il ne les vit qu'au tout dernier moment, alors qu'il s'était déjà engagé dans le virage. Dans la même fraction de seconde, il nota que les trois personnages avaient troqué leurs vêtements couleur de nuit contre des capes chamarrées et qu'ils portaient maintenant des couvre-chefs aux formes bizarres, qu'il avait juste la place de passer entre eux et le socle de béton, mais qu'une des roues de son char s'engagerait immanquablement dans une profonde fondrière creusée au fil des passages.

Avec désespoir, il tenta de modifier la course de son véhicule et de le contraindre à passer au large du groupe, mais il était beaucoup trop tard. Le char se mit en travers et percuta de plein fouet l'assise de l'estrade, envoyant François bouler dans le sable à plusieurs mètres de là.

Il se releva d'un bond en jurant. Un seul regard lui fut nécessaire pour constater que ses pires craintes s'étaient réalisées : le choc avait brisé l'essieu avant par le milieu. Pour lui, la course était terminée.

Se précipitant vers l'enchevêtrement pitoyable de tubes d'aluminium au-dessus duquel flottait la voile maintenant inutile, il se mit en devoir de tirer les ruines de son appareil hors du circuit. Mais le sable qui s'était amassé autour des roues s'opposa à ses efforts et il dut se résoudre à demander de l'aide. Deux hommes descendirent de la dune.

« Qu'est-ce qui vous est arrivé ? » demanda l'un d'eux tandis qu'ils poussaient et tiraient chacun de leur côté. « Vous vous êtes endormi ?

— Endormi ? » manqua s'étouffer François. « Ben merde ! Si ces conards de l'orchestre n'étaient pas descendus sur la piste…

— Les musiciens ? Non, je n'ai rien vu. Tu as vu quelqu'un, toi ?

— Personne, répondit l'autre. C'est peut-être la fatigue. Quelques heures de course, avec ce vent et ce sable, et on ne doit plus très bien savoir ce qu'on voit… »

Jurant entre ses dents, François s'abstint de répondre : l'attitude des deux hommes montrait assez qu'il risquait de se ridiculiser s'il maintenait sa version des faits.

Ils halèrent encore le char sur une dizaine de mètres, puis François leur fit signe d'arrêter : à cet endroit, il n'était plus susceptible de gêner la course qui devait d'ailleurs approcher de la fin. Après leur avoir serré la main, il revint à son véhicule endommagé et commença, dans la demi-obscurité trouée de loin en loin par l'éclat cru des projecteurs, d'établir le bilan des dégâts.

« Tu n'as rien ? » s'enquit la voix de Julie, toute proche.

Il leva les yeux vers elle. « Moi, non. C'est ce nom de Dieu d'appareil à la con qui a morflé, pas moi. »

S'approchant du char, elle posa sa main sur un longeron et caressa le métal lisse et froid avec une sorte de volupté.

« C'était donc si important pour toi, de gagner cette course ? »

Il haussa les épaules sans répondre. Une course, c'est toujours quelque chose d'important. Si on n'en est pas persuadé, on ne devient jamais coureur professionnel.

« Je veux dire… Tu pourrais gagner ta vie sans prendre autant de risques, insista-t-elle. Après tout, celui qui emporte la course ne gagne pas beaucoup plus que celui qui arrive bon dernier.

— Tu oublies les primes, dit-il. Et la gloriole, surtout la gloriole. Merde, ça compte, de se savoir adulé. Les applaudissements. La vénération qu'on lit dans les yeux des filles, en fin de course. Le sentiment d'être quelqu'un de célèbre… »

Les doigts de Julie jouaient avec les tubes d'aluminium comme s'il s'était agi de sexes d'hommes. Ils se posèrent à l'endroit de l'essieu où la brisure nette figurait une castration symbolique. « Ça coûte cher, un char comme celui-ci ?

— Plutôt, oui. Seuls des alliages spéciaux, ultra-légers, sont utilisés, alors… » Il s'assit à ses côtés sur le sable humide et respira un grand coup. En lui, la colère et la rancoeur avaient déjà commencé à refluer. « Mais je pense qu'il suffira de changer l'essieu. Le reste n'a pas l'air d'avoir souffert. » Il ricana : « Une opération blanche, en somme. Les primes gagnées ce soir paieront la réparation. »

Au loin, il y eut le coup de klaxon qui annonçait la fin de la course. François ne s'étonna pas du peu d'applaudissements qui saluèrent le vainqueur ; pour tout le monde, le véritable gagnant, c'était lui, et s'il n'y avait pas eu ce stupide incident…

Julie épiait son visage à travers l'obscurité. « Pourquoi cette colère, alors, si les dégâts ne sont pas trop graves ? Parce que tu aimes gagner ?

— Bien sûr, mais quand je perds, je sais reconnaître ma défaite. Mais ce qui s'est passé, cette fois, c'est… » Il soupira. « Écoute : au moment de l'accident, tu n'as pas vu trois personnes, une femme et deux hommes, au milieu de la piste ? »

Elle secoua négativement la tête. Il insista : « Des musiciens de l'orchestre…

— Des musiciens ?

— Oui, ils ont dû descendre de l'estrade pendant que les autres continuaient à jouer… En tout cas, ils portaient des vêtements bariolés et de drôles de chapeaux, ce n'étaient pas de simples spectateurs.

— Et ce sont eux qui ont provoqué l'accident ? » Elle réfléchit, les sourcils froncés. « Non, je n'ai rien vu, et pourtant de ma place je distinguais très bien l'endroit… Tu vas porter plainte ?

— Tu parles ! Personne n'a rien vu, à ce qu'on dirait, même les spectateurs les plus proches, alors je ne pense pas que les officiels, placés vers l'Épingle, c'est-à-dire à l'autre bout de la piste, aient pu se rendre compte de quoi que ce soit !

— Quand même…

— Pas la peine, je te dis ! Je ne tiens pas à passer pour un mauvais joueur qui s'invente des prétextes pour justifier sa défaite… Mais je retiendrai la leçon : la prochaine fois qu'un conard se plantera au milieu de la piste pour contempler les coureurs d'un peu plus près, je ne dévie pas d'un pouce et je lui rentre dans le lard ! »

À cet instant, l'éclair d'un flash les éblouit tous deux. Un groupe d'une dizaine de personnes les entoura, interpellant François et le questionnant sur les circonstances de son accident. Saisissant le poignet de Julie, le jeune homme se redressa.

« Viens, dit-il. On rentre à Granville.

— Comme ça ? La fille désigna le char : Tu le laisses ici ? La mer ne va pas tarder à remonter…

— Les types de mon écurie s'en occuperont. En tout cas, moi, je préfère ne plus avoir à supporter la vue d'un char pour ce soir. Et je ne supporterai pas non plus qu'on m'en parle », ajouta-t-il, assez fort pour que tout le monde l'entende.

Pendant le retour à Granville, François conduisit très lentement, contrairement à son habitude – ou plutôt à l'image de marque à laquelle il se conformait habituellement et qu'à tort ou à raison il pensait correspondre aux goûts de ses admirateurs. D'abord, parce que, assise derrière lui sur le siège de la moto, une superbe UTO offerte par un sponsor, Julie se pressait contre son dos et que ce contact très tendre le lavait de la tension accumulée pendant les heures qui avaient précédé. Ensuite, à cause d'une douleur sourde qui irradiait de chacun des muscles de ses jambes ; il pensa d'abord qu'il s'agissait d'une conséquence de son accident, puis il se revit, avec une netteté saisissante, en train de pédaler comme un forcené dans l'impossible esquif de bois de la nuit dernière…

Les efforts musculaires accomplis en rêve peuvent-ils occasionner des courbatures réelles ? Difficile à admettre, mais il se souvenait d'avoir lu des articles qui prétendaient que les rêves avaient toujours des conséquences physiologiques chez le dormeur. Si ce genre de cauchemar se reproduit, je consulte un spécialiste, finit-il par décider. Bien entendu, il savait déjà qu'il n'en ferait rien.

L'avenue qui borde le port était très animée, plus encore qu'elle ne l'avait été tout au long de la journée, alors que de multiples centres d'intérêt drainaient les estivants en d'autres endroits. Les bars et les boutiques, ouverts malgré l'heure tardive, déversaient des flots de lumière et de musique sur la foule qui processionnait avec une lenteur appliquée sur la chaussée. Grâce aux grondements menaçants de la grosse BMW, François parvint à se frayer un passage entre les groupes compacts. Dédaignant *Les Enfants de Mathusalem* où il était sûr de tomber sur la bande bruyante qui accompagnait d'ordinaire chacun de ses déplacements nocturnes, il alla garer l'UTO près de *La Marine.*

« Qu'est-ce que tu fais, cette nuit ? » demanda-t-il d'un ton qu'il s'efforça de rendre léger, tout en dégrafant la fermeture de son casque. « Tu restes avec moi ? »

Elle acquiesça d'un mouvement de tête. Il sourit : « Je te promets de moins dormir, cette fois. »

Elle sourit à son tour. « J'aime *aussi* dormir avec toi. »

Ignorant la foule qui se pressait à moins d'un mètre d'eux, il l'enlaça. Étrange, pensa-t-il confusément, comme cette fille a le don de faire de moi un adolescent timide et maladroit. À chaque fois que je l'embrasse, j'oublie tout ce qui s'est passé entre nous la nuit dernière, mon cœur se serre comme s'il s'agissait du premier baiser. Serais-tu amoureux, fils ?

Les tables disposées en terrasse étaient toutes occupées, à l'exception d'une vers laquelle François se précipita, entraînant Julie à sa suite. Venant du côté opposé, un gros homme accompagné de deux femmes les précéda d'un quart de seconde. Prenant appui sur le dossier d'un fauteuil comme pour bien marquer cette victoire dérisoire, il toisa les jeunes gens avec un sourire satisfait qui tourna à l'obséquiosité lorsqu'il reconnut François.

« Monsieur Rossac ! Vraiment, je… » L'ombre d'une hésitation. « Asseyez-vous, je vous en prie !

— Et vous ?

— Allons, nous trouverons bien une autre table ! Prenez celle-ci, je vous dis. » L'homme avait haussé la voix, visiblement heureux d'être vu dans la compagnie du jeune champion.

Mal à l'aise, François s'exécuta, imité par Julie.

« Et la course d'aujourd'hui ? s'enquit l'autre, toujours appuyé sur le dossier du fauteuil. Comment ça s'est passé ?

— Mal , répondit le jeune homme d'un ton sec. Et je préfère ne pas avoir à en parler. » Les deux femmes les avaient rejoints ; leurs visages étaient empreints à la fois de gêne et de fierté. « Écoutez, poursuivit François, je vous remercie de m'avoir laissé votre place, mais ce soir, il se trouve que je n'ai pas envie de parler.

— Eh bien… » Le visage du gros homme s'empourpra. Il se redressa. « Bon… Je vous laisse. Bonne soirée, monsieur Rossac, bonne soirée, mademoiselle. »

Lorsqu'ils se furent éloignés, Julie se pencha sur lui. Les regards convergeaient sur eux, franchement appuyés ou délibérément indifférents. « C'est quelquefois utile, d'être célèbre… » dit-elle avec ironie.

« Quelquefois, oui », acquiesça le jeune homme sur le même ton. « Ce qui me gêne, ce n'est pas tant la célébrité que de ne pas pouvoir choisir mes admirateurs. Tu dois connaître ce sentiment, non ? Après tout, tes photos ou tes holos sont publiés à des millions d'exemplaires, tu es donc beaucoup plus connue qu'un champion local de char à voile comme moi. »

Elle paraissait ne pas avoir entendu. Sourcils froncés, elle contemplait fixement un point situé à la base du cou de François. « La médaille ! » souffla-t-elle.

« Ma médaille ? » Ses doigts jouèrent une seconde avec le petit disque d'or terni. « Dis donc, tu ne vas pas remettre ça ! Je t'ai déjà déclaré qu'il s'agissait d'un bijou qui me venait de ma famille… » Soudain, il hésita. Son sourire s'effaça. « Mais…

— Ah, bravo ! s'exclama-t-elle, l'air furieux. Tu aurais quand même pu me le dire, que ce n'était qu'un prêt ! Moi qui croyais l'avoir perdue… J'envisageais de demander à un bijoutier de me refaire la même pour que tu ne t'en aperçoives pas !… Et hypocrite en plus ! Monsieur récupère son bien en douceur… Tout de même, j'aimerais bien savoir comment tu t'y es pris pour me l'ôter sans que je m'en rende compte. »

La vigueur de son ton ébranla François. « Qu'est-ce que c'est que cette histoire ? murmura-t-il. Cette médaille, je ne te l'ai pas reprise, c'est toi qui me l'a remise à mon insu. Pendant que je dormais, peut-être. »

Interloquée, elle resta silencieuse pendant quelques secondes. Puis elle eut un rire empreint d'hostilité. « Ça, c'est l'excuse la plus débile que j'ai jamais entendue ! Bon Dieu, mais garde-la, ta médaille, je n'en ai rien à fiche ! Mais au moins, ne te crois pas obligé de me jouer la comédie… »

Il préféra s'abstenir de toute réponse. L'un de nous deux ment, rien de plus évident – et si je puis jurer d'une chose, c'est que ce n'est pas moi ! Mais pourquoi toutes ces histoires à propos de ce colifichet ? Elle doit être mythomane, ou quelque chose dans ce genre… Enfin, cette médaille n'est pas revenue sur moi de sa propre initiative !

« Bizarre, tout de même, reprit-elle au bout d'un instant, d'une voix moins assurée. On dirait que ce n'est plus tout à fait la même. Celle-ci paraît plus neuve, ce n'est pas une pièce de musée comme celle que tu portais la nuit dernière. Tu en avais deux, n'est-ce pas ? Tu as dû mettre celle-ci machinalement à ton réveil… » Elle se pencha au-dessus de la table, saisit l'objet entre le pouce et l'index. « D'ailleurs, l'inscription est moins effacée. Tiens ! c'est bien un 6, pas un G. Et il y a un point entre la lettre et le chiffre, alors que sur l'autre, rien ne les séparait.

— Mais c'est pourtant bien la même ! se récria-t-il faiblement. Je n'en ai jamais possédé qu'une ! »

Julie, qui venait de tourner la tête, ne prêta aucune attention à ses paroles. Alentour, les conversations s'étaient suspendues ; tous les yeux se portaient maintenant vers l'avenue. Des hommes en uniformes sombres rehaussés d'or la traversaient, fendant la foule qui s'écartait à leur passage avec une sorte d'empressement respectueux.

« De quoi s'agit-il ? demanda François. Une parade de pompiers ou une fanfare 1900 ?

— Ni l'un ni l'autre, pouffa Julie, qui avait apparemment oublié sa rancœur. C'est Niklos.

— Niklos ? »

Elle se retourna et le dévisagea, les yeux ronds.

« Tu ne le connais pas, c'est vrai ? C'est pourtant une célébrité mondiale. Armateur, multimilliardaire… Le genre de type qui alimente en permanence les colonnes de la presse à sensation.

— Tiens donc ! Mais qu'est-ce qu'il fiche ici, alors ? Miami, les îles grecques… Je croyais que les magnats hantaient d'ordinaire des lieux autrement plus sophistiqués que Granville.

— Qui sait ? Peut-être recherche-t-il justement un autre genre de dépaysement… En tout cas, il y a déjà plusieurs jours que la presse locale fait toutes ses manchettes sur son arrivée prochaine. Tu devrais être au courant. Tu ne lis donc les journaux que lorsqu'il y est question de toi ?

— Même pas. Je trouve que je me connais assez bien comme ça… »

Un homme vêtu d'un strict costume gris, selon toute vraisemblance le patron du bar, se précipitait vers ces clients inespérés. Il leur indiqua une table miraculeusement libérée. Avec une dignité exagérée, l'escouade chamarrée se mit en devoir d'y accéder en contournant les consommateurs. Comme ils passaient à proximité, l'un d'eux posa son regard sur François. Celui-ci jura à mi-voix.

« Qu'est-ce qui t'arrive ? souffla Julie.

— Ce type… » Il désigna l'homme qui venait de détourner les yeux avec indifférence. « Il faisait partie du groupe qui a provoqué mon accident, tout à l'heure, j'en suis sûr ! »

Les yeux de la jeune fille s'arrondirent.

« Tu es fou ? C'est Niklos, justement ! Qu'est-ce que tu voudrais qu'il aille fiche sur une piste de char à voile ?

— J'en suis sûr, répéta François. Ce regard… »

Elle se mit à rire. « Voilà autre chose ! Tu n'as pas dû le voir très nettement, le regard de tes tourmenteurs, parce qu'au moment où l'accident s'est produit, il faisait déjà nuit ! Et sur un char à voile lancé à pleine vitesse, on ne doit pas avoir le temps de distinguer grand-chose de la physionomie des spectateurs… Tu fantasmes ou quoi ?

— O.K., je fantasme », marmonna le jeune homme, vexé. Il se retourna pourtant pour scruter le visage de l'armateur, installé à quelques pas de lui, et dont il apercevait le profil. Cette fois, le déclic ne se produisit pas. Tout à l'heure, lorsque nos regards se sont croisés, j'aurais pourtant juré…

Puis un barman vint prendre leurs commandes, et il n'y pensa plus. D'ailleurs, on ne lui en laissa pas le loisir. À peine le serveur venait-il de s'éloigner que quelqu'un se glissait entre eux et gratifiait François d'une tape amicale. C'était Théo qui les considéra avec complicité. « Alors, les lâcheurs ! tonitrua-t-il, on cherche à s'isoler ? »

Surcroît de malchance, il n'était pas seul. Toute la bande, y compris Nath qui paraissait avoir digéré l'affront de la veille, s'assit autour de la table. « Dis donc, champion, poursuivit Théo sur le même ton. Il paraît que tu as cassé du bois, ce soir ? »

Sans répondre, François se leva, entraînant Julie. « Viens, dit-il. J'en ai ma claque, de cette bande d'enfoirés ! »

Ils s'esquivèrent à la faveur du silence glacial qui s'ensuivit.

« Quand même…, murmura Julie quelques mètres plus loin. C'est une habitude, chez toi, de commander des consommations et de ne jamais les boire ?

— On boira chez moi. » Il sourit, toute sa colère évanouie. « Ce soir, c'est plus fort que moi, je ne supporte… »

Il s'interrompit. On hurlait, tout près. Déjà, un attroupement se formait à la limite de la terrasse et de la chaussée. Il voulut se précipiter, mais Julie le retint.

« Partons, dit-elle, rentrons chez toi, je t'en prie. »

Il lui jeta un coup d'œil et fronça les sourcils, surpris par l'expression de peur qui figeait les traits de la jeune fille. Une expression observée la veille, lorsqu'il avait presque contraint Julie à monter dans l'hovercraft pour rentrer avec lui à Granville.

« Qu'est-ce que tu as ? » Il l'enlaça, l'embrassa sur le front. « Il n'y a aucune raison d'avoir peur, tu sais… C'est sans doute quelqu'un qui aura fait une chute, ou… je ne sais pas, moi ! En tout cas, je ne vois pas ce que nous risquons à nous approcher et à voir ce qui se passe. »

Les hurlements se poursuivaient, modulés à la manière de sanglots nerveux. Julie hocha la tête et ébaucha un sourire. La tenant fermement par la main, François l'entraîna à travers la foule qui continuait à s'amasser. Malgré ses efforts, il dut bientôt s'arrêter : les dos des badauds formaient une véritable muraille entre eux et l'homme qui continuait de crier.

Devant lui, une femme se retourna soudain, le visage convulsé, la bouche ouverte comme si la respiration lui manquait.

« Qu'est-ce qui se passe ? » lui demanda François en s'écartant.

Elle le considéra sans le voir, les yeux vides. Il dut répéter sa question.

« La grande peur, haleta-t-elle enfin, oh, mon Dieu ! La fin approche, la fin approche ! »

La grande peur, la fin – mais la fin de quoi ?… Tout à coup, sa vision se brouilla. Sans raison, François se sentit défaillir. Il s'accrocha à l'épaule de l'homme qui se trouvait devant lui et respira profondément. Qu'est-ce qui m'arrive, bon sang, qu'est-ce qui m'arrive ? Et cette femme, que lui est-il arrivé ? Et Julie ? Et cet homme, dont les hurlements me déchirent les tympans ?

Et cette peur, cette *grande peur…* Comment se fait-il que cette expression, que je suis pourtant sûr de ne jamais avoir entendue, évoque de si profondes, de si puissantes résonances en moi, au point qu'elle me mène au bord du malaise ? Curieuse impression que celle de sentir les souvenirs se dérober, les connexions nécessaires refuser de s'établir, la mémoire se fermer aux recherches…

Un bruit nouveau se mêla aux hurlements : une sorte de grondement sourd et régulier auquel François ne prêta d'abord aucune attention, tant il ressemblait aux battements produits par les énormes moteurs qui équipent les yachts de haute mer. Puis il s'aperçut qu'il s'agissait d'un murmure. Chacun des participants de cette étrange scène psalmodiait la même phrase en remuant à peine les lèvres. Les visages s'étaient vidés de toute expression.

LA GRANDE PEUR ! LA GRANDE PEUR ! Tels étaient les mots qu'il parvint à saisir à force d'attention. Et le murmure enflait, enflait… Devant lui, les dos, les nuques se mirent à osciller au rythme de cette mélodie d'une funèbre monotonie.

Soudain pris de panique devant cette folie collective, il se retourna vers Julie. « Il faut… »

Il s'interrompit, sidéré. Les yeux morts de la fille le regardaient sans le voir ; sa bouche articulait les mêmes paroles qu'il avait déjà perçues, LA GRANDE PEUR ! LA GRANDE PEUR ! Sa tête scandait cette litanie.

Lui empoignant le bras, il fendit la foule à rebours. Elle le suivit mécaniquement, sans chercher à s'opposer à ses efforts. Pour se frayer un passage, il dut jouer des coudes : personne ne paraissait s'apercevoir de sa présence. Un homme, qu'il bouscula peut-être plus violemment que les autres, tomba à genoux et conserva cette position, joignant toujours sa voix à celle des autres, la tête ballottant de droite et de gauche, insensible à ses genoux meurtris.

De longues minutes leur furent nécessaires pour s'extraire de l'attroupement. Sur l'avenue, les promeneurs s'étaient figés à la place qu'ils occupaient, et eux aussi scandaient les mêmes mots. La rumeur atteignait maintenant un niveau insoutenable ; l'incantation vous prenait aux tripes, vous vidait de toute énergie.

Julie s'était tue, mais son regard demeurait terne et vide. Apercevant un porche désert, François l'attira dans l'ombre. Au passage, il jeta un coup d'œil à la terrasse de *La Marine.* La plupart des tables étaient désertées ; les consommateurs avaient probablement grossi les rangs de l'attroupement. Quant à ceux qui restaient, ils semblaient plongés dans le même état cataleptique que les promeneurs de l'avenue. Seul, Niklos paraissait avoir échappé à ce brutal accès de folie collective. Debout, il couvrait la scène d'un regard dédaigneux. Dans l'ombre du porche, François parla doucement à la jeune fille, tentant de la raisonner. Comme elle ne réagissait pas, il se résolut à la gifler. Son regard s'anima d'un coup, puis elle éclata en sanglots. « Partons d'ici ! gémit-elle. Vite ! Partons d'ici !

— Pas question ! coupa-t-il, c'est loin d'être fini, je le crains. Mieux vaut attendre sans nous faire remarquer. »

Dehors, les hurlements avaient repris de plus belle. À présent, ce n'était plus une seule personne qui criait, mais plusieurs, une dizaine peut-être. Non loin du porche, une femme dont le corps était jusque-là demeuré immobile s'abattit en avant, s'écorchant cruellement sur les graviers qui, à cet endroit, tapissaient la chaussée. Ses membres se mirent à battre l'air tandis qu'un long hurlement monocorde s'échappait de sa poitrine.

Puis ce fut un homme, à quelques mètres de là. Puis un autre…

De violents tremblements secouaient le corps de Julie pressé contre celui du jeune homme. Il l'obligea à reculer jusqu'à une minuscule cour intérieure qui s'ouvrait à l'extrémité du porche et l'assit sur la margelle d'un puits factice tapissé de liserons grimpants. Renonçant à observer l'évolution des événements de la rue, il s'accroupit à ses pieds, l'esprit vidé par l'extrême tension à laquelle il venait d'être soumis, incapable de trouver la force de faire le point, d'essayer de comprendre la scène à laquelle il avait assisté. Une léthargie glacée tomba sur lui, le pétrifia.

Paradoxalement, ce fut le silence qui le tira de cet état d'hébétude. Un coup d'œil à sa montre lui apprit qu'il était deux heures et demie passées. Quelle gueule de bois ! pensa-t-il avant de s'étonner de ne garder aucun souvenir d'avoir bu. Une lanterne de cuivre éclairait la petite cour d'une lumière grise. Allongée sur la margelle, Julie dormait profondément. Il s'assit par terre auprès d'elle et posa sa tête sur son ventre tiède. Des images éparses venaient le hanter, auxquelles il n'accorda d'abord aucune importance. Quelque rêve absurde fait sous l'empire de la boisson…

Elle s'agita soudain. « J'ai froid », murmura-t-elle d'une voix ensommeillée. Elle se redressa, les yeux écarquillés : « Qu'est-ce que je fais ici ?

— J'aimerais aussi le savoir », dit-il en se haussant auprès d'elle. Ils s'enlacèrent et restèrent ainsi quelques instants, chacun recherchant dans le corps de l'autre la chaleur qui lui manquait.

« Une sacrée gueule de bois ! s'exclama-t-elle enfin. J'ai l'impression d'avoir la tête vide, vide !

— Moi aussi, mais je… Tu te souviens d'avoir bu quelque chose, toi ? »

Surprise, elle dut convenir que non.

« Et… tu ne te rappelles pas autre chose ? Quelque chose qui se serait déroulé dehors, dans la rue ? »

Elle fronça les sourcils. « Non… Je devrais ?

— Je crois, oui… Tu n'éprouves pas une sorte de répulsion à l'idée de sortir d'ici ? »

Le sourire affiché par Julie se mua en une grimace de perplexité. « Je ne sais pas. Bon sang, mais qu'est-ce qui s'est passé ?

— Je l'ignore autant que toi. » Il respira un grand coup, se leva. « Tu viens ? Le mieux est de s'en rendre compte par nous-mêmes… » L'espace d'une seconde, elle parut hésiter, puis se décida et suivit François. Ils franchirent le porche. À première vue, tout semblait normal. Mais, alors qu'ils se dirigeaient vers l'endroit où ils avaient laissé la moto, une impression d'étrangeté tourmenta le jeune homme. Ce n'est qu'au moment où il démarrait dans le vrombissement caractéristique de l'UTO qu'il comprit qu'il n'avait jamais réellement vu l'avenue sous cet aspect. Même au cœur des heures les plus creuses de la nuit, il y avait toujours des groupes de vacanciers qui apportaient un peu d'animation. Et pourtant, à cet instant, aussi loin que son regard portât, il ne voyait personne. L'avenue paraissait rigoureusement déserte. Les bars et les boutiques brillaient de tous leurs feux comme à l'habitude, mais les uns et les autres étaient vides, sans exception. Ni clients, ni serveurs, ni vendeurs. La certitude naquit en lui qu'il pourrait entrer dans n'importe quel magasin, emporter ce que bon lui semblait sans que personne ne vînt s'y opposer.

L'avenue n'était qu'un gigantesque décor planté là par un metteur en scène dément.

Un décor planté là pour moi… Merde, ça ressemble à de la paranoïa ou je ne m'y connais pas ! N'empêche que c'est la deuxième fois en vingt-quatre heures que l'absurde s'introduit dans ma vie, fait vaciller ce monde que j'étais en droit de considérer comme connu, intangible… Et, comme hier, je demeure le seul capable de distinguer réellement cette absurdité, le seul à garder assez de forces pour réagir, le seul aussi à me souvenir de ces aberrations. Julie, comme tous les autres acteurs de cette cérémonie incompréhensible, a sans doute déjà tout oublié. D'ailleurs, si cette avenue n'était pas aussi déserte, s'il se présentait quelqu'un, je sais que je n'aurais même pas le courage de m'arrêter, de l'interroger, de le forcer à se souvenir. Parce que, tout au fond de moi, je préfère croire que ces aberrations ne touchent pas vraiment la réalité, qu'elles concernent seulement la perception que j'ai du monde. À tout prendre, il est plus facile d'admettre sa propre déviance mentale. Penser que l'univers tout entier sombre dans la folie… Jusqu'où cela m'entraînerait-il ?

III
Première ligne droite : le vent est un animal fantasque

Adossé à l'un des piliers de béton qui soutiennent le vaste panneau de verre dans lequel viennent s'inscrire les chiffres lumineux visibles même de la haute mer et qui ont pour unique fonction d'indiquer la hauteur de l'eau à l'entrée du port, François suit des yeux les vagues qui se ruent avec méthode dans sa direction, ourlées d'une écume grise mêlée au varech détaché par la tempête. Ses membres engourdis par l'immobilité de statue qu'il conserve depuis une heure au moins émettent de longs élancements qui parcourent son corps sans même parvenir à le faire tressaillir. L'eau plaque des mèches de cheveux éparses sur son front et ruisselle sur son visage, guidée par l'architecture hasardeuse des sourcils, des pommettes, des ailes du nez, du menton, mais c'est à peine s'il éprouve le besoin de fermer les paupières à intervalles réguliers afin de reposer ses yeux rougis, blessés par la salinité des embruns. Le ciré qui le couvre ne le protège qu'imparfaitement du froid et de l'humidité, et il sent poindre une houle de frissons au plus profond de sa chair. Il serre les dents, attentif à retarder encore l'instant où les éléments contraindront son corps à se mouvoir. Les coups de bélier assenés par les vagues trouvent un écho dans la moindre de ses cellules ; ses os vibrent en phase avec la fragile structure de béton armé censée protéger l'anse du tumulte marin ; puissante, cette résonance emplit son crâne d'une clameur pareille à celle produite dans une cathédrale gothique par un accord un peu faux, mais si persistant qu'on le croirait éternel, issu des tuyaux démesurés d'un orgue improbable. Derrière lui, il le sait sans s'être retourné une seule fois, dans l'espace compris entre le mur percé d'alvéoles dont la seule utilité est de briser les lames et la longue paroi qui étire son flanc dénué d'ouverture sur près d'un kilomètre, s'entasse l'écume ramenée du large et dont l'épaisseur doit maintenant avoisiner un bon mètre. Il tente une seconde de s'imaginer culbuté par-dessus la rambarde par une rafale de vent d'une violence inouïe par exemple, mais la fascination engendrée par le spectacle mobilise ses facultés, et il y renonce. Autour de lui, tout est gris. Grises, les mouettes qui cassent le vacarme monotone de leurs cris discordants. Grise, l'étroite bande de côte que l'on distingue à droite et à gauche. Gris, le ciel ; de la même nuance exactement que la mer ; pour un peu la logique s'y perdrait, l'univers se réduirait à une bulle tapissée de velours taupé ; illusion renforcée par le fait que l'horizon a disparu : à la place qu'il devrait occuper, il n'y a rien qu'une plage peut-être un peu floue où le ciel et la mer se rejoignent, se confondent. Un sentiment aigu d'incongruité, voilà ce qu'éprouve soudain François. Pas tant à cause de sa propre présence (à force d'immobilité contemplative, il en est presque au point de croire que le décor et lui-même ne font qu'un, ou plutôt que l'un d'eux, peu importe lequel, fait partie intégrante de l'autre) que parce qu'il vient de se souvenir du ciré jaune qu'il porte et qui lui apparaît comme une blessure ouverte dans l'harmonieuse symphonie de gris. D'un coup, la relation osmotique établie entre le paysage et lui se rompt.

Dans la place laissée vide, les signaux provenant de chaque point de son corps se ruent, d'une intensité telle qu'il ne peut plus feindre de les ignorer. Il chancelle sous le coup d'un étourdissement. Sa main cherche à tâtons le crépi grenu de la rambarde, s'ancre dans cet îlot de stabilité. Alors vient la douleur, riposte de ses membres meurtris. Ses jambes refusent de le soutenir ; n'était l'insupportable fourmillement que véhiculent ses nerfs, il pourrait croire qu'elles se sont détachées du tronc, mortes. Avec effort, il se hisse sur le muret, le ventre reposant sur l'arête vive du béton, la tête ballant dans le vide. Sous ses yeux, le tapis d'écume (vue de près, elle présente l'aspect d'une mousse jaunâtre) agité par une houle si lente qu'elle évoque une monstrueuse respiration. Plusieurs minutes passent encore avant qu'il ose basculer en arrière et laisser ses pieds retomber sur le sol. La douleur revient, moins aiguë. Le corps raidi, attentif à éviter tout mouvement brusque qui pourrait réveiller ses crampes, il s'éloigne vers la balise, à cinquante-soixante mètres de là, qui marque l'entrée du port.

Froid bon Dieu Faut être dingue vraiment dingue pour rester comme ça sans bouger pendant des heures Dingue bien sûr c'est pas la première fois que tu te le dis mais cette fois y a plus de doute possible et je Déjà quand j'étais petit tout petit c'est peut-être mon premier souvenir une femme en noir a dit ça à Oui ça devait être ma mère ou une nourrice peut-être Enfin la femme en noir a dit IL EST BIZARRE CET ENFANT. *Je me rappelle bien je savais pas ce que ça voulait dire* BIZARRE *mais à son air j'ai compris que c'était quelque chose d'important de vraiment important alors après je répétais tout le temps* BIZAR BIZAR *et j'essayais de copier l'expression de la femme en noir Putain de temps quand même Merde on croirait pas qu'on est en plein milieu de l'été Que peuvent bien foutre les Zut Qu'est-ce que je pensais déjà J'ai oublié Depuis ce matin je passe mon temps à oublier Dingue Je suis dingue Des fois il me semble que je pense à des machins vraiment importants essentiels même et puis dès que j'essaie de creuser un peu hop tout s'efface il me reste juste une vague frustration au fond du cerveau.*

Midi. Il songe un instant à aller manger dans un des nombreux restaurants du port mais, constatant qu'il n'a pas faim, décide de poursuivre cette promenade dénuée de but. De but conscient en tout cas, car moins d'un quart d'heure après, il s'aperçoit que ses pas l'ont mené tout droit à la longue passerelle de bois supportée de loin en loin par de massifs piliers tapissés d'algues gluantes et nauséabondes et de minuscules coquillages coniques à laquelle est amarré son chriscraft. D'instinct, il s'y engage. Fait étrange, le lieu, d'ordinaire animé, est désert et les yachts dérivent paresseusement autour de leurs amarres dans un concert de clapotis et de grincements. François frissonne, frappé par l'infinie tristesse qui imprègne le décor. C'est peut-être pour la conjurer qu'il accélère soudain le pas, frappant les planches du talon à chaque enjambée, soucieux d'imprimer l'écho d'une présence dans ce paysage désolé. Tandis qu'il se dirige vers son appontement, l'image de Julie endormie, le visage niché dans l'oreiller comme pour y chercher refuge, revient le hanter et il s'étonne fugitivement de ne pas penser à elle plus souvent. N'est-il pas censé d'être tombé amoureux d'elle voici à peine deux jours ? Mais il ne s'agit que d'un des effets de cette curieuse vacuité mentale qui dure depuis son réveil – et d'ailleurs, il n'a toujours pas l'impression de s'être réellement réveillé… À peine cette pensée lui vient-elle qu'il l'oublie. L'image de Julie s'estompe. Son esprit retombe dans une tiède léthargie peuplée seulement de vagues sensations.

La demi-heure qui suit, il la consacre au nettoyage du chriscraft. Des touffes de varech se sont agglutinées autour de l'arbre des hélices et une fine pellicule d'humidité grasse recouvre tout. Les matelas, laissés comme d'habitude sur le pont, se sont gorgés d'eau pendant la nuit. L'un d'eux est même passé par-dessus bord et flotte au milieu de détritus impossibles à identifier, à plusieurs mètres de là. Armé d'une gaffe, François parvient à le récupérer. Ce n'est qu'après avoir ôté les housses qu'il comprend que le chriscraft n'offre aucun endroit où les faire sécher. Hors d'état de résoudre cet épineux problème, il abandonne le tout pêle-mêle dans la cabine et grimpe dans le poste de pilotage. Là, le menton reposant sur ses mains accrochées au volant, il laisse une fois de plus son regard se perdre dans le gris monotone du ciel où de grands oiseaux, les ailes déployées mais rigoureusement immobiles, décrivent de vastes arabesques au hasard desquelles il croit reconnaître le reflet de ses propres errances.

Trois heures non deux heures peut-être Rien qui fixe l'attention qui permette l'appréciation du temps qui passe Merde je suis un peu con quand même il me suffirait de relever la tête et de lire l'heure sur ma montre-bracelet mais non pas envie ou pas le courage et d'ailleurs quelle importance ça a Hein l'univers en a rien à foutre de l'heure qu'il est en un point précis de cette chiure de mouche qui a pour nom Terre Merde merde merde envie de rien aujourd'hui même pas d'une balade en mer et de faire la course avec les hovercrafts Et puis ça serait trop dangereux Tiens c'est vrai quand j'étais sur la digue j'ai pas vu un seul bateau Ça doit être la tempête Tu parles ces vagues vous retournent un douze mètres comme rien d'autant que je connais personne qui ait l'expérience de Attention là c'était important vraiment important Essaie de te souvenir de l'idée qui pointait à l'horizon de ton esprit Trop tard bordel Qu'est-ce qui m'arrive J'ai le cerveau qui fuit ah ah Mais quand même y a pas de quoi rigoler c'est peut-être grave et puis il y a toutes ces images qui dérivent Suscitées par cette foutue tempête peut-être Cyclones qui ravagent les Açores, le Brésil l'Alaska le Tibet

En remontant vers la ville, il fait un détour par les bâtiments au luxe ostentatoire érigés par les compagnies qui assurent le trafic avec les îles anglo-normandes. D'ordinaire, une foule excitée et bruyante se presse à cet endroit, mais aujourd'hui il n'y a personne, hormis une famille de touristes engoncée dans de lourds cabans de drap visiblement achetés le jour même et qui déambule tristement devant les vitrines où s'étalent des dépliants aux couleurs criardes. Les portes sont closes. Derrière la vitre de l'une d'elles, une ardoise a été accrochée. Bizarrement, les lettres qui y ont été tracées sont à moitié effacées, comme si cette inscription était là depuis très longtemps. JERSEY, GUERNESEY, SERCQ : EN RAISON DES CONDITIONS MÉTÉOROLOGIQUES LES TRAVERSÉES DE CE JOUR SONT ANNULÉES. Incrédule, il fixe ces mots sans bien en pénétrer le sens. Conditions météorologiques… ? Pourtant, le dôme… Mais, presque instantanément, il oublie l'objet de sa perplexité. Se détournant, il rencontre le quadruple regard de la famille d'estivants qui, immobile, le considère avec une curiosité teintée d'espoir. Le père s'avance dans sa direction, un sourire hésitant aux lèvres ; sans doute a-t-il pris François pour un marin à cause du ciré qu'il porte et souhaite-t-il un complément d'information. D'instinct, le jeune homme feint de ne pas le voir et s'éloigne dans la direction opposée. Étrange, ce sentiment de répulsion qui l'a envahi à la seule idée de devoir échanger quelques paroles avec l'un de ses semblables…

C'est donc une nouvelle fois mû par l'habitude et non par un désir conscient et réfléchi qu'il enfourche son UTO abandonnée sur le quai quelques heures plus tôt et qu'il en dirige la course vers la plage de Donville. Là aussi, il y a beaucoup moins de monde qu'à l'accoutumée. Les quelques dizaines de spectateurs présents se sont regroupées dans les replis de la dune afin de se soustraire au vent et à la morsure des grains de sable qui tourbillonnent sous le ciel bas. À peine si quelques timides applaudissements saluent l'arrivée de François. Il est vrai que l'incident d'hier a probablement refroidi l'ardeur des parieurs à son égard. Le chef de son team lui adresse de grands gestes accompagnés de cris qui se perdent dans une bourrasque. Un vague sourire pour toute réponse. Déjà, le lourd vantail de fer qui clôt le hangar s'élève pour laisser le passage à son char poussé par trois hommes vêtus de combinaisons blanches.

« J'ai essayé de te joindre toute la journée, dit le chef de team qui s'essouffle à ses côtés. Comment se fait-il que tu n'aies même pas téléphoné ? Merde, on aurait bien pu ne pas trouver les pièces nécessaires à la réparation… J'ai cru que tu étais malade ou que tu avais un empêchement quelconque…

— Je savais que tu le réparerais », ment François, surpris de constater qu'il avait totalement oublié les dégâts infligés à son char. « Ce n'est pas pour rien que je t'ai pris dans mon équipe, Simon. Je te fais entièrement confiance.

— Quand même… » murmure Simon, secrètement flatté. « Mauvais temps pour la course, reprend-il après une pause. Tu mets un minimum de voile, et surtout tu fais gaffe à la stabilité. Avec ce foutu vent qui semble venir de toutes les directions à la fois, on ne...

— O.K. » coupe François qui n'a prêté aucune attention aux conseils prodigués par le chef de team. Son regard va de l'Épingle à l'estrade de béton sur laquelle, par exception, ne se déroule aucun spectacle. « Qu'est-ce qui se passe ? On a réduit la longueur du circuit ?

— Je ne... » Son interlocuteur lui jette un regard perplexe. « Qu'est-ce que tu veux dire ? Non, bien sûr, le circuit n'a pas varié d'un mètre... » Il se racle la gorge : « Dis donc, tu es sûr que tu te sens bien ? Tu n'as pas l'air dans ton assiette, on dirait.

— Ça va », dit le jeune homme d'un ton bref. Il accélère le pas vers son char que l'on a poussé jusqu'à la ligne de départ.

Simon lui saisit le bras.

« Comme ça ? Je veux dire... Tu ne te changes pas ? » François ne répond pas ; il hausse les épaules : « Tu as peur de te mouiller ou quoi ? Merde, avec ce vent, tu as besoin de toute ton agilité, et engoncé dans ce ciré, tu... » Un soupir. « Oh, après tout c'est toi que ça regarde, tu agis comme tu l'entends ! Mais fais-moi plaisir : mets au moins ton casque. »

Va pour le casque... Les reins calés par le siège, François insère ses pieds dans les étriers et tâte les commandes. Fouettée par le vent, la fine armature du char vibre sous ses doigts, lui rappelant les sensations éprouvées le matin, sur la digue...

Les autres concurrents s'installent sur la ligne de départ. Il ne leur accorde pas le moindre regard. Sa technique habituelle de concentration : ignorer l'adversaire, faire le vide. Mais aujourd'hui, pour la zénitude, ça se présente plutôt mal.

me réveiller peut-être Qui sait ? À force de rien foutre je reste endormi Normal Mais là pour la course je ne vais pas pouvoir continuer Va falloir que je me secoue D'ailleurs c'est le vent qui va s'en charger de me secouer ah ah Le char à voile ça ne demande pas seulement un effort musculaire c'est aussi et surtout une acuité mentale de chaque instant alors c'est sûr cette foutue léthargie qui empoisse mon cerveau va devoir refluer d'un coup N'empêche Je suis peut-être endormi n'empêche je sais ce que je vois merde et je suis sûr qu'aujourd'hui le circuit est bien plus court que les autres jours C'est la pluie Il a dû rétrécir au lavage ah ah Mais pourquoi ce conard de Simon prétend-il le contraire ? Ça se voit au premier coup d'œil qu'on a changé la position de l'Épingle D'habitude elle se dresse beaucoup plus au nord À moins que ce soit l'Estrade Non l'Estrade est toujours à la même place en face de cette dune en croupe où l'on a installé des gradins de bois C'est l'Epingle qu'on a rapprochée et les hangars ils ont changé de place aux aussi alors Merde ça veut dire que Simon est au courant On n'a pas pu déplacer le hangar sans le lui dire alors pourquoi il me joue cette comédie et la route Zut alors Elle aussi elle se trouve plus au sud que d'habitude mais tout à l'heure quand je suis arrivé en moto je ne me suis rendu compte de rien c'est pas possible tout ça pas possible On ne change pas le tracé d'une route comme on change la position d'un pylône de béton Et je m'en serais quand même bien aperçu si j'avais roulé sur une chaussée neuve C'est pas possible C'est ma perception des distances qui me joue des tours Ben merde si je ne peux plus compter sur elle me voilà frais en tout cas c'est Simon qui a raison Ça ne va vraiment pas J'ai besoin de me faire soigner

Non c'est pas vrai quand même je suis pas fou pas vraiment pas complètement fou Je suis peut-être seulement malade Physiquement je veux dire Tiens il faudra que je prenne ma température Une grippe ou quelque chose comme ça Oui maintenant que j'y pense cet état cotonneux ne m'est pas tout à fait inconnu Il ressemble à la somnolence qu'entraîne une forte poussée de fièvre Tu parles je dois faire un bon quarante quarante et un oui

Deuxième tour. Surpris par le starter alors qu'il pensait à autre chose, François a perdu quelques précieuses secondes à trouver le vent, ensuite il était trop tard pour prendre la corde en bonne position. Pour l'heure, il tente sans trop de conviction de rattraper ses adversaires. Virage large autour de l'Estrade, impossible de tourner plus sec sur ce sable détrempé où un seul passage suffit à creuser une ornière. Au premier tour, le type qui avait pris la tête d'entrée de jeu a compris à ses dépens que les vieilles ficelles, aujourd'hui, n'étaient pas de mise ; au lieu de déraper, sa roue droite s'est enfoncée dans le sol. Son char, planté verticalement en bordure du circuit, prend maintenant des allures de sculpture abstraite.

La ligne droite, à nouveau. François procède aux manœuvres en un minimum de temps. La force de l'expérience… Ses sourcils sont froncés par une ride de concentration ; son regard reste braqué sur l'Épingle, si proche…

Déjà les concurrents amorcent le virage autour du pylône. Sous le coup d'une impulsion irraisonnée, il décide de laisser toute la voile. Lorsque arrive le moment de tourner, ses mains crispées sur le volant maintiennent le véhicule dans une trajectoire rectiligne.

Surpris, un petit groupe de spectateurs n'a que le temps de se jeter sur le côté pour éviter que le char lancé à pleine vitesse ne les heurte de front. Au passage, ils hurlent des injures au pilote qui ne daigne même pas tourner la tête dans leur direction. Qui ne paraît d'ailleurs pas avoir remarqué leur présence.

Maintenant, le jeune homme a clairement conscience de ce qu'il va faire. Se fiant à sa connaissance mnémonique du circuit, il va poursuivre sa course jusqu'à l'endroit où, hier encore, se dressait l'Épingle. Il veut connaître les raisons de ce déplacement et, incidemment, chercher à comprendre pourquoi Simon s'acharne à nier l'évidence.

Il ne se trouve qu'à une centaine de mètres de l'Épingle, donc très loin encore de l'endroit exact où il avait l'habitude de la voir fichée dans le sol lorsque, sans cause apparente, le char amorce une très nette décélération.

Pourtant, la voile forme toujours avec le vent un angle optimal, François s'en assure d'un coup d'œil, de même qu'il vérifie que rien ne fait obstacle à la libre rotation des roues.

Mais au bout de quatre à cinq secondes, le char ne roule plus qu'au ralenti, quelques mètres encore et il va s'arrêter. François ne songe même pas à s'en étonner. À peine s'il éprouve une vague irritation à l'idée que sa curiosité ne sera pas satisfaite. Sa main descend vers la poignée du frein…

Elle va l'atteindre, lorsque le véhicule se libère brutalement des forces qui entravaient sa course. Il se cabre, échappant au contrôle de son pilote. Celui-ci, tassé sur son siège, les paumes des mains pressées contre les oreilles, hurle d'effroi : ses tympans lui ont paru se déchirer d'un coup.

C'est là sa dernière impression consciente ; ensuite, il sombre au sein d'un maelström de sensations.

Soulevé par un vent d'une puissance inimaginable, le char quitte le sol puis se retourne, entraînant François dont les pieds sont restés fixés dans les étriers. Il monte jusqu'à mille mètres en moins d'une minute puis, cédant aux forces antagonistes qui s'exercent sur lui, se disloque. Libéré, le corps du jeune homme est balayé par les tourbillons, pareil à un fétu microscopique.

Mal, pense François. Mal…

Un long moment passe encore avant qu'il ne parvienne à réunir les forces nécessaires pour soulever les paupières. Une douleur atroce vrille ses nerfs, qui lui paraît provenir de l'intérieur de sa chair. Des images d'os broyés, de chairs écrasées défilent sous son crâne.

Il repose au milieu d'une flaque d'eau dont la profondeur ne doit pas excéder un centimètre. Étendu sur le côté, le visage tourné vers la mer, il reste un long moment immobile, craignant de découvrir au premier mouvement que la douleur ne le trompe pas, que ses os ont tous été brisés. Autour de lui, la grève ne présente pas son aspect lisse et plat habituel ; des paquets de sable paraissent avoir été arrachés du sol pour être ensuite éparpillés jusqu'à une centaine de mètres de là.

Ayant enfin trouvé le courage de bouger un bras, il constate avec étonnement que ses doigts se meuvent sans difficulté et qu'au lieu de croître, ses souffrances auraient plutôt tendance à refluer. Bientôt, il peut s'asseoir et tente même de se mettre debout, mais ses jambes refusent de le porter. Allons, songe-t-il, une jambe cassée, si cette tornade dont je crois me souvenir était réelle, ce n'est quand même qu'un moindre mal…

Le soleil est déjà caché derrière l'horizon. Quelle heure peut-il bien être ? Sa montre a disparu ; son poignet porte une longue estafilade qui prouve avec quelle brutalité elle lui a été arrachée. La mer va bientôt remonter, il faudrait que je m'éloigne, songe le jeune homme avec détachement. Mais il ne parvient pas à se décider. Peut-être la désespérante monotonie du décor en est-elle la cause : de nouveau, il sent s'installer en lui le grand calme qui n'a presque pas cessé de l'habiter de la journée. Cette fameuse langueur contemplative dans laquelle toutes les interrogations se noient…

« François ! Tu es blessé ? »

Il se retourne paresseusement. À une cinquantaine de mètres de là, un homme vêtu d'une combinaison de mécanicien gesticule pour attirer son attention. Bien au-delà, il y a l'Épingle, presque indistincte déjà, les hangars, les chars qui continuent de tourner pour le plaisir de quelques poignées de spectateurs.

« Ça va, murmure François, comme si son interlocuteur se tenait tout près de lui. Je me suis brisé les jambes, je n'ai probablement plus ma raison, mais ça va.

— François ! Réponds, bon Dieu ! Tu es blessé ? » Curieusement, Simon – ce ne peut être que lui – demeure à la même place. S'il s'inquiète vraiment, il n'a qu'à venir jusqu'à moi, s'entête François. Moi, je n'ai pas envie de m'égosiller. D'ailleurs, je n'en ai sûrement pas la force.

Se décidant brusquement, Simon se jette en avant. Il court à grandes enjambées, les membres raides, comme si un terrible danger le talonnait.

« Ça va ? » Il s'arrête pile à côté de François, essoufflé par l'effort qu'il vient de fournir. « Tu peux marcher ? » Étrangement mobile, son regard va du jeune homme à un point situé bien au-delà. Ses traits sont crispés, tous ses muscles tendus. On le sent prêt à prendre la fuite sous le premier prétexte.

« Marcher ? Je ne crois pas, non, répond François. Je dois avoir quelque chose de cassé… En tout cas, j'ai essayé, mes jambes refusent de me soutenir. » Il hésite. « Qu'est-ce qui se passe, Simon ? Depuis ce matin, j'ai l'impression que… Comme si autour de moi se déroulait un jeu absurde, enfin un jeu dont je serais le seul à ignorer les règles. En ce moment par exemple… Tu crèves de trouille. Pourquoi ? De quoi as-tu peur ? »

Dédaignant ses questions, Simon passe son bras sous les aisselles du jeune homme et le soulève. « Tu n'as pas trop mal ? Bon, alors accroche-toi à moi, je vais te porter jusqu'à… » Un vague geste en direction de l'Épingle.

François se laisse porter sans protester. Que Simon montre de l'inquiétude à son endroit, cela semble assez naturel, mais pourquoi cette hâte ? Sur quoi se fonde la peur qui se lit dans le regard du mécanicien ? Il n'a pas le courage de l'interroger à haute voix, et d'ailleurs il devine que son ami refuserait de lui répondre. Ses jambes traînent sur le sol inégal. Normalement, chaque choc devrait engendrer une onde de douleur…

« Repose-moi, dit-il finalement. Je crois que ça va mieux, à présent. Je n'ai peut-être rien de cassé, après tout. »

— Espèce de… ! » Sur le visage de Simon, la colère le dispute maintenant à la peur. Il laisse tomber son fardeau si brutalement que François perd l'équilibre et s'écroule sur le sable que recouvre une fine pellicule d'eau. « Tu me prends pour un con, c'est ça, hein ? Toi le champion, moi le domestique… Tu te fous de ma gueule, et moi je marche comme le premier imbécile venu. Eh bien, j'en ai ma claque, de tes caprices de diva ! Tu te démerdes tout seul, moi je me tire ! »

Il s'enfuit. Trop heureux d'avoir trouvé une bonne raison de m'abandonner ! songe François avec un soupir. La peur, toujours la peur… Une minute se passe, peut-être un peu plus, puis le jeune homme finit par se relever. Il suit d'un pas hésitant les traces laissées par le chef de team, attentif à n'effectuer aucun mouvement brusque susceptible de réveiller la douleur. Étrange, pense-t-il. Tout à l'heure, cela ne faisait pour moi aucun doute, je savais que mes jambes étaient brisées, et maintenant tout va bien, je n'ai même plus mal…

Arrêté à l'endroit exact d'où, quelques minutes plus tôt, il gesticulait à son adresse, Simon le regarde venir, les sourcils froncés. « Bon sang, si au moins tu voulais bien m'expliquer ce que tu as derrière la tête ! » lâche-t-il d'une voix radoucie lorsque le jeune homme parvient à sa hauteur. « Qu'est-ce que tu cherches, à la fin ? Tu veux te suicider ? Tiens, je suis bien bête de m'en faire pour toi… Si vraiment tu veux te tuer, je ne vois pas de quel droit je t'en empêcherais. »

François se tait. Les mots, il en a maintenant conscience, ne font que creuser le gouffre d'incompréhension qui s'est ouvert entre eux. Comme si chacun leur accordait une signification différente. Comme si les deux hommes agissaient en fonction de logiques distinctes et peut-être inconciliables.

« Tu sais, si tu as des problèmes, ça te ferait probablement du bien d'en parler », insiste Simon. Il serre l'épaule du jeune homme d'une main qui se veut chaleureuse. « J'ai bien cru ne jamais te revoir vivant… Lorsque tu as continué tout droit au lieu de virer autour de l'Épingle, d'abord je n'ai pas compris, tu avais l'air tellement endormi que je me suis dit qu'il s'agissait d'une fausse manœuvre. Il a fallu que tu crèves le dôme pour que…

— Le dôme, murmure François.

— Quand je t'ai vu t'envoler à l'extérieur avec le char, tu sais ce que j'ai pensé ? » Simon rit doucement. « J'ai pensé : ce con-là a encore trouvé le moyen de bousiller son appareil, ce coup-ci y en a marre, je rends mon tablier, il n'aura qu'à trouver quelqu'un d'autre pour réparer ses âneries. »

le dôme le dôme le dôme bien sûr j'aurais dû comprendre Cette impression de sentir mes tympans se déchirer J'aurais dû le reconnaître ce bruit Depuis le temps il devrait m'être familier Donc j'ai quitté le dôme ouais je commence à comprendre pourquoi tout le monde en a la trouille de quitter le dôme parce qu'à l'extérieur c'est pas particulièrement folichon attends c'est bien beau ça mais c'est impossible Jamais le dôme n'a été si proche du circuit Proche tu parles Faudrait pas oublier que si tu es allé jusque-là c'était pour voir ce qui avait bien pu obliger à raccourcir le circuit Mais attention attention attention si c'est vrai ça alors ça signifie que merde je crois je suis sûr que j'étais sur le point de tomber sur quelque chose d'important et pourquoi mes pensées se brouillent-elles toujours au moment où je tombe sur quelque chose d'important

« … le dernier GénUM, tu verras, il est pas mal du tout. Il y a un type qui en a un, je l'ai vu. Ce gus, ça doit être un estivant, tu lui mettrais une brouette entre les mains, ça donnerait le même résultat… » Simon ricane, satisfait de sa plaisanterie. « Mais toi, avec un joujou pareil, tu ferais des étincelles ! »

François opine distraitement de la tête. Le problème de se trouver un nouveau char pour remplacer celui qui a été détruit lors de son équipée hors du dôme ne le préoccupe pour l'instant que modérément.

« Bien sûr, il y a aussi le Sandship 44, poursuit Simon. Tout titane, un centre de gravité situé très bas. Son seul défaut, c'est peut-être justement qu'il… »

Le grelottement d'une sonnerie l'interrompt. François ne faisant pas mine d'aller ouvrir, il se dirige vers la porte d'entrée du minuscule appartement. « Mademoiselle… »

Julie ! pense François tout à coup. En une seconde, les brumes qui depuis le matin obscurcissaient son cerveau se dissipent. Il promène autour de lui un regard surpris, exactement comme s'il venait tout juste de se réveiller. Les souvenirs qu'il garde de la journée qui se termine sont si vagues, si gris, qu'ils n'ont guère plus de consistance que des rêves.

D'un bond, il se précipite dans la salle de bains où il s'asperge le visage d'eau froide. Julie… Oh bon Dieu, comment se fait-il qu'une journée ait presque suffi pour que j'oublie jusqu'à son existence ?… Craignant que Simon ne s'émeuve très rapidement de son absence, il retourne vers ses visiteurs en s'essuyant la figure à l'aide d'une serviette éponge. Par la porte entrebâillée, il aperçoit le profil de la jeune fille vraisemblablement tournée vers Simon. Il doit se confier à elle, lui parler de la bizarrerie de mon comportement, lui raconter ce qu'il considère toujours comme une tentative de suicide… François ne peut se défendre d'une sourde irritation à l'idée de la sollicitude dont il est l'objet ; s'il a des problèmes, et Dieu sait qu'ils paraissent s'accumuler depuis quelques jours, il est assez grand pour tenter de les résoudre tout seul, non ?

Il pousse le battant et entre, feignant de ne pas remarquer le silence gêné qui s'installe.

« Je suis désolé, marmonne-t-il en s'avançant vers Julie. À ce moment, il s'aperçoit qu'il a toujours en mains la serviette de bain et la laisse tomber sur la moquette. Je crois bien que j'ai oublié…

— Que nous avions rendez-vous ? Je ne pense pas que ce soit très flatteur pour moi… » Le sourire qu'elle lui destine semble plaqué sur ses traits. Mon absence à ce fichu rendez-vous a dû l'inquiéter, la blesser peut-être ; elle se sera dit qu'elle compte vraiment très peu pour moi, et si elle s'est décidée à venir ici, c'est sans doute pour me le reprocher. Mais Simon a jeté le doute en elle. Maintenant, elle hésite entre la rancœur et la compassion… Il contourne le fauteuil dans lequel elle est assise et entoure ses épaules de ses bras, pose ses lèvres dans le creux qui souligne la base de son cou. « Je ne me suis pas senti très bien, aujourd'hui. D'une certaine façon, je me demande si je n'ai pas dormi toute la journée. »

Assis dans le fauteuil voisin, Simon toussote avec la discrétion d'un pachyderme. « Bon », déclare-t-il, s'adressant plus au décor qu'au couple. « Je crois que je vais rentrer. Il commence à se faire tard, et…

— À demain, dit François sans relever la tête. Pour ce qui est du choix entre le GénUM et le Sandship, je te fais confiance. »

Sitôt la porte d'entrée refermée sur le mécanicien, Julie se dégage et scrute le jeune homme avec intensité. « Qu'est-ce qui ne va pas, François ? Ton ami m'a dit que…

— Il a tort, bien sûr. » Il se laisse choir dans le fauteuil abandonné par Simon. Son regard se fixe sur la pointe de ses chaussures qu'il paraît considérer avec attention. « Je n'ai jamais cherché à me suicider. La vérité, c'est que le dôme s'est déplacé depuis hier et que le tracé du circuit en a été modifié. Mais ça, Simon ne voulait pas en convenir – il n'en convient toujours pas, d'ailleurs. Et c'est en voulant découvrir les raisons de ces modifications que…

— C'est impossible, voyons ! s'écrie Julie. Le dôme est fixe ! Les champs de force qui l'engendrent ne varient pas.

— Ils varient, s'entête François. Je suis tout de même bien placé pour le savoir… Mais il y a autre chose. Ces vents qui soufflent en tempête depuis ce matin…

— Depuis ce matin ? Ta mémoire te joue des tours, on dirait ! Cette tempête n'a pas cessé depuis le début de la saison. On n'avait pas vu ça depuis plus d'un siècle, paraît-il. »

Ça recommence, songe François, découragé. Tout ce qui arrive est on ne peut plus normal, il n'y a que moi qui songe à m'en étonner. « Ah oui ? ricane-t-il sans conviction. Curieux. Je me demande comment j'ai fait pour ne me rendre compte de rien avant ce matin, alors que je sortais mon chriscraft tous les jours ou presque… Et la traversée pour Jersey, l'autre jour ? Aujourd'hui, les hovercrafts n'ont même pas pu quitter le port ! »

Perplexe, Julie détourne les yeux. Oh non ! supplie François silencieusement. Tu n'as pas oublié notre voyage à Saint-Hélier, tout de même ?

« Et le dôme, à quoi sert-il, en fait ? Jusqu'à présent, je croyais que sa fonction était d'assurer des conditions météorologiques idéales à l'intérieur de son périmètre… À moins bien sûr qu'on ne considère une tempête comme entrant dans le cadre de cette définition ! »

La jeune fille secoue la tête avec accablement.

« Oh, François, je t'en prie… ! À quel jeu joues-tu, à la fin ? Comme s'il s'agissait encore de s'amuser à maintenir le beau temps sur quelques stations balnéaires, alors que les dômes parviennent à peine à résister aux cyclones qui dévastent la Terre… »

François se redresse, partagé entre le rire et la colère. Mais il se fige avant d'avoir articulé un seul mot : tout au fond de lui, il sait que ce que vient d'affirmer Julie est vrai. Du plus profond de lui remontent des images, des noms de lieux. L'Alaska. Les Açores. Le Groenland…

IV
Courbe sur terrain gorgé d'eau : enlisements

« Aller où ? » s'exclama Julie en le considérant fixement dans le miroir. Allongé au creux du lit, une cigarette à la main, François contemplait ses épaules peut-être un peu maigres, son dos que le pointillé des vertèbres divisait en deux parties rigoureusement symétriques, ses fesses pleines et cambrées posées sur le tabouret de bois ; une soudaine bouffée de désir fit se redresser fugitivement son sexe.

« Pourquoi ces aisselles épilées ? demanda-t-il. C'est… je ne sais pas, moi, obscène peut-être. Comme un sexe qui n'oserait pas se montrer sous son véritable jour… » Elle haussa les épaules, ce qui le fit rire. « Je dois aller à Donville, reprit-il. Avec le décalage des marées, les courses ont lieu le matin à partir d'aujourd'hui. » Il réfléchit une seconde. « C'est vrai, ni Simon ni moi n'y avons pensé hier… Je me demande s'il aura eu le temps de me trouver un autre char. Après tout, je m'en fous ! S'il n'a rien trouvé, ça me fera un jour de vacances. D'ailleurs, j'en ai ma claque, de ce foutu métier, l'ennui c'est qu'il faut bien gagner sa vie… »

Julie s'était arrêtée de brosser sa chevelure et examinait son reflet. Elle ne répondit pas. Au bout d'un moment, François écrasa sa cigarette dans le cendrier posé sur le sol à côté du lit, écarta les draps et se redressa. Il s'étira en bâillant. « Je ne voudrais pas te brusquer, dit-il après avoir consulté l'heure.

Mais si vous voulons arriver avant la fin de la course, il ne faudrait pas trop lambiner. » Ouvrant un placard, il en sortit une chemise et un pantalon de toile qu'il étendit sur le lit.

« Tu ne penses pas qu'il vaudrait mieux t'habiller plus chaudement ? » demanda Julie, l'air de ne pas y toucher.

Alors seulement, il s'avisa que les volets étaient restés ouverts pendant la nuit et que, si Julie avait allumé toutes les lampes de la chambre, c'était pour pallier la demi-obscurité qui régnait à l'extérieur. Stupéfait, il s'approcha de la fenêtre. De lourds nuages gris fer masquaient le ciel, guère plus haut semblait-il que les toits des maisons environnantes ; un véritable déluge s'abattait sur Granville, ne laissant entrevoir qu'un paysage fantomatique. François avança la main vers l'espagnolette, puis l'en retira. À quoi bon vérifier que cette pluie est bien réelle ? Ne pas penser, surtout, ne pas penser. Tout accepter comme allant de soi, même si ça te paraît impossible ou absurde. Ne pas penser. C'est peut-être la seule chance qui te reste de ne pas sombrer dans la folie – à condition bien sûr qu'il ne soit pas déjà trop tard.

« Réflexion faite, il est inutile d'aller à Donville », dit-il d'un ton qu'il s'efforçait de rendre naturel mais qui lui parut pitoyable. « Avec ce temps, les courses n'auront pas lieu. »

Il guettait une approbation de la jeune fille, mais celle-ci ne vint pas. Avec un soupir, il se jeta sur le lit et fit une boule de la chemise et du pantalon. Il joua un instant avec elle comme avec un ballon, puis l'expédia à l'autre bout de la pièce. « Viens, plaida-t-il, pourquoi nous lèverions-nous ? Il fait un temps à rester couchés toute la journée. »

Julie, douce et lisse, lisse et tiède… Depuis la première nuit passée avec elle, François avait l'impression (plus qu'une impression : presque une certitude) qu'il ne parviendrait jamais à se rassasier d'explorer ce corps qui se pliait à toutes ses exigences – plus : qui les suscitait, ces exigences. Elle possédait, juste à côté du nombril, un grain de beauté qui, curieusement, le fascinait. Il s'étendait entre ses jambes ouvertes, le menton posé sur le drap froissé et, la bouche touchant à peine les lèvres fragiles de sa vulve, laissait son regard errer de longues minutes durant sur ce paysage miniature qui n'était pas sans lui rappeler le souple modelé d'une plage normande. Le nombril devenait une mare qu'il imaginait peuplée d'algues et de crevettes microscopiques et transparentes ; perché tout au bord, le grain de beauté était un gros galet abandonné par le reflux ou peut-être la bouée à laquelle, à marée montante, viendrait s'amarrer le doris d'un pêcheur. Une calme volupté se levait en lui, semblable au vent qui prélude à l'orage. Le désir s'installait doucement, progressivement, qu'il se plaisait à faire coïncider avec celui qui bientôt faisait onduler le ventre de Julie. Ou alors elle se couchait à plat ventre et lui s'étendait perpendiculairement à elle, la joue reposant contre la cambrure de ses reins, cherchant à retrouver dans la géométrie parfaite de ses fesses, dont il élargissait parfois l'échancrure de la main, celle, beaucoup moins nette et pure, des dunes aperçues de son char lancé à pleine vitesse. Le plus souvent, c'est elle qui prenait alors l'initiative, qui s'installait sur lui ou l'installait en elle, saisissant d'abord sa verge durcie pour en promener le gland, d'une sensibilité douloureuse, tout au long de ses lèvres chaudes et humides.

Julie, douce et lisse, fondante… Elle lui rappelait une petite fille dont il avait été éperdument amoureux lorsqu'il avait douze ou treize ans. Il lui en fit la remarque. « Toi aussi, tu devais être longue et mince – enfin, plus maigre que maintenant, ajouta-t-il. Laisse-moi t'imaginer telle que tu étais à cet âge. Des cheveux coupés très court, c'était la mode et puis ça devait faire ressortir la courbe de ta nuque. Des vêtements chics, non, de bon ton… juste ce qu'il fallait pour que l'on sache dès le premier regard que tu appartenais à la bourgeoisie. Une attitude un peu sophistiquée, mais ce n'était peut-être que de la timidité… Je suis dans le vrai ? »

Elle rit :

« Je suppose, oui.

— Tu *supposes* ? Tu es quand même bien placée pour savoir à quoi tu ressemblais. Moi, je me rappelle très…

— Quelle importance ? coupa-t-elle avec une vivacité qui le surprit. Non, je ne me souviens plus à quoi je ressemblais, si je m'habillais comme une petite fille modèle ou si je considérais tout ce qui m'entourait avec arrogance. C'est si loin, si… Le passé ne compte pas, il n'a aucune importance, c'est comme s'il n'avait jamais existé. Ce qui compte, c'est le présent. Et l'avenir… »

Elle tressaillit violemment. En se penchant vers elle, François fut frappé par l'expression qui déformait ses traits. Ces yeux écarquillés et fixes, cette bouche grande ouverte comme sur un cri qui ne se décidait pas à sortir… Cette expression, il avait au moins par deux fois eu l'occasion de l'observer ; la première, c'était dans l'hovercraft qui les ramenait de Jersey, la seconde, lors de cette curieuse scène d'hystérie collective à laquelle il avait assisté deux jours auparavant. La grande peur, la grande peur…

La peur de quoi ?

Oh non ! pensa-t-il avec désespoir. Ça ne va pas recommencer, pas maintenant ! Il sauta hors du lit, tiraillé entre l'inquiétude et la colère. « Lève-toi, ordonna-t-il d'une voix brève. J'ai changé d'avis, on fiche le camp d'ici. Je crois que nous avons tous les deux besoin de nous aérer. »

Gêné par la pluie qui coulait en larges rigoles sur la visière de son casque, il ne vit le virage qu'au tout dernier moment. Par bonheur, la moto roulait au ralenti et il n'eut même pas besoin de réfléchir : ses réflexes décidèrent pour lui de la manœuvre à exécuter. Lorsque la roue avant empiéta sur le bas-côté, l'UTO amorça un dérapage dans le sable, mais, d'une secousse, François parvint à redresser sa trajectoire. Ce n'est qu'une dizaine de mètres plus loin qu'il se mit à jurer. Il venait de comprendre que si le tournant l'avait surpris, c'est tout bonnement qu'à cet endroit de la route, il n'y avait jamais eu qu'une ligne droite. Le plus proche virage, celui qui permettait d'accéder au circuit, était situé beaucoup plus loin, à au moins cinq cents mètres de là.

Ce fut sans étonnement excessif que, débouchant sur la plage, il s'aperçut que la route aboutissait maintenant juste en face de l'Estrade. D'instinct, il tourna la tête vers la droite, s'attendant à constater que l'Épingle s'était encore rapprochée. Mais le mât de béton paraissait avoir disparu au sein d'une brume tourbillonnante qui prenait brusquement naissance à cent mètres à peine de l'Estrade et dans laquelle tout ce qui se situait plus au nord semblait s'être englouti. Les doigts serrés à s'en faire mal sur les poignées du guidon, François se contraignit à ne tirer aucune conclusion de ce qu'il pouvait voir. Il fallait tout accepter comme allant de soi, c'était pour lui la seule solution, son seul recours contre la montée de la folie. Il ne put pourtant pas s'empêcher de se demander, avec une ironie teintée d'amertume, si cette fois le circuit n'avait pas été réduit à sa plus simple expression, si les chars ne devaient pas se contenter de tourner, tourner, tourner autour de l'Estrade.

Son véhicule abandonné à l'endroit où la chaussée goudronnée disparaissait sous le sable, il descendait le long de la dune en direction de la construction circulaire lorsqu'il prit conscience d'autres transformations dans le paysage. D'abord, les hangars qui, la veille encore, abritaient les chars avaient disparu. Mais il ne s'agissait que de constructions légères, faites de bois et de métal, susceptibles d'être démontées en trois ou quatre heures, leurs différents éléments étant ensuite chargés sur des camions et emportés peut-être à l'autre bout du dôme ; quant aux traces, la pluie torrentielle n'avait sans doute pas mis plus de cinq minutes pour les effacer totalement. Mais le plus curieux, c'est que l'aspect de l'Estrade n'était plus exactement celui que le jeune homme conservait, gravé dans sa mémoire. D'ailleurs, ce n'était plus à proprement parler une estrade mais un vaste bâtiment cylindrique dont la façade, naguère aveugle, s'agrémentait à présent de nombreuses et larges baies au travers desquelles il distinguait une foule nombreuse et immobile, apparemment figée dans l'attente d'un événement imminent.

S'abstenant une nouvelle fois de toute réflexion, il poursuivit son chemin, entraînant Julie qui avait glissé son bras sous le sien. Ils arrivèrent ainsi à l'une des entrées de l'ancienne Estrade. Fixé au battant de la porte, un panneau à la peinture écaillée et jaunie indiquait TICKETS : ADULTES 15 / ENFANTS AU-DESSOUS DE 12 ANS 10 / ABONNEMENTS (VALABLES POUR 10 COURSES) 100 ET 70. Derrière la porte, il y avait un guichet. François s'arrêta. Il fouillait dans les poches de son ciré à la recherche d'argent lorsque la femme installée de l'autre côté de la vitre pencha la tête en avant. « Eh bien quoi, monsieur Rossac ? s'exclama-t-elle. Vous n'allez tout de même pas payer pour entrer ! »

François n'eut pas le loisir de lui répondre. Fendant la foule, Simon se dirigeait vers eux à grandes enjambées. « François ! cria-t-il. Qu'est-ce que tu fous, bon sang ! » Sans accorder le moindre regard à Julie, il saisit le bras du jeune homme et l'entraîna. « Merde, alors ! Je me décarcasse pour faire retarder cette course afin de te permettre d'y participer, et toi tu glandes, tu joues les jolis cœurs ! »

Le jeune homme chancela soudain, pris de vertige. Ces lieux lui paraissaient à la fois familiers et inconnus… « T'excite pas », murmura-t-il, conscient des regards admiratifs que lui jetaient les personnes qui s'écartaient pour leur laisser le passage. Au-delà de cette foule, il y avait un vaste espace dégagé. « Qu'est-ce que c'est que ça ? » s'écria-t-il.

Ça, c'était un tronc de cône d'une hauteur approximative de deux mètres et d'un rayon de cinq à six mètres qui occupait le centre de l'immense salle. Sur ses flancs, un lacis métallique accrochait la lumière.

Simon soupira : « Un conseil, François : arrête ton cinéma, avec moi ça ne prend plus. Si tu ne veux pas participer à la course, tu le dis, et on n'en parle plus. Mais je n'ai aucune envie de recommencer la même comédie qu'hier. » Il s'interrompit, guettant une réponse, mais celle-ci ne vint pas. « Amène-toi, dit-il après un nouveau soupir. Je vais te montrer ton nouveau jouet. Je te conseille d'y faire gaffe. Pas question de le transformer en confettis, comme le précédent… C'est un Lisero », ajouta-t-il sur le ton de la confidence, en le précédant dans l'étroit couloir constitué d'un côté par le cône, de l'autre par une barrière qui retenait la foule. « Une petite merveille, tu vas voir. Maxi-empattement, aucune fioriture, mais des paquets de lest placés aux bons endroits. »

Il s'arrêta soudain. « Regarde-moi ça ! Une petite merveille, je te dis ! »

Petite… c'était bien le qualificatif qui convenait, en effet. Ce que le mécanicien désignait de la main, parmi d'autres véhicules alignés avec soin, ce n'était qu'un modèle réduit de formule 1 suspendu à l'une des tiges de métal qui tapissaient le cône et qui, François le comprit dans le même temps, constituaient les rails sur lesquels les minuscules bolides pouvaient se déplacer.

Il éclata d'un rire tonitruant. « Qu'est-ce que tu veux que je fasse de ce machin ? Je suis pilote de char à voile, moi, pas un de ces sportifs en pantoufles qui collectionnent les modèles réduits ! »

Simon se contenta de le dévisager sans répondre – et, inexplicablement, pareil à l'enfant qui se sait fautif même s'il ignore l'objet de sa faute, François sentit une houle de culpabilité l'envahir. « Excuse-moi », marmonna-t-il. Il se pencha et feignit de s'intéresser à l'automobile miniature, sans oser pourtant y toucher de peur de ne pas savoir la replacer sur son rail. « Magnifique ! Mon vieux Simon, nous allons faire des merveilles ! » Quoiqu'il tâchât d'y mettre un maximum de conviction, sa voix se fêla sur le dernier mot. Mais Simon béait d'aise sous le compliment et ne s'en aperçut pas.

En se retournant, il croisa le regard de Julie. Comme il s'y attendait, celui-ci ne contenait aucune duplicité. Une nouvelle fois, il fit appel à toute sa volonté pour faire le vide en son esprit. Cet effort, en une fraction de seconde, lui fit perdre toute son énergie et c'est en automate qu'il suivit Simon à l'intérieur d'un boyau étroit et sombre à l'issue duquel, après avoir descendu des marches et en avoir monté d'autres, il déboucha au sommet du tronc de cône. Légèrement relevée vers les bords, la plate-forme comportait une dizaine de sièges capitonnés, tous identiques, faisant face à de petites consoles grises ornées d'un écran pour l'instant vide et de différentes manettes dont la raison d'être échappait pour le moment au jeune homme. Sept sièges étaient déjà occupés, et son arrivée suscita un concert de plaisanteries et de lazzis. François salua d'un bref signe de tête, à peine surpris de reconnaître les hommes contre lesquels il avait l'habitude de se mesurer au char à voile.

Le mécanicien (dans la mesure où Simon pouvait encore être qualifié de mécanicien… Quels soins particuliers les modèles réduits peuvent-ils bien nécessiter ?) guida François jusqu'à un fauteuil auquel il l'attacha à l'aide d'une épaisse sangle. Marrant, pensa le jeune homme, il ne prendrait pas plus de précautions si je devais piloter une véritable voiture de course… « Fais attention », conseilla Simon, après avoir vérifié d'un coup d'œil que tout était en ordre. « Cet engin, c'est la première fois que tu le conduis, alors pas de risques inutiles. Il vaut mieux arriver bon dernier que… Dans les lignes droites, tu peux y aller franchement, mais méfie-toi des courbes, c'est toujours là que les pépins arrivent, que le véhicule tend à vouloir imposer sa volonté au pilote. »

L'ombre d'une hésitation, mais il ravala les paroles qu'il avait été sur le point de prononcer, se contenta de lui presser amicalement l'épaule et s'en fut.

« Tous les pilotes à leur place ! » clama une voix, si forte que François sursauta. « Départ dans dix secondes. »

Le départ ? Mais je ne sais même pas comment se conduisent ces foutus modèles réduits !

« Neuf secondes. »

Merde merde merde je…

« Huit. »

Ce curseur : probablement destiné à faire varier la vitesse. Là, ce bouton, ça doit être le démarreur.

CINQ

L'écran qui lui faisait face s'illumina brusquement. Sur l'image, il y avait un long ruban macadamisé qui se perdait dans le lointain.

TROIS

Rigolo, cet écran. J'ai vraiment l'impression d'être enfermé dans l'habitacle d'une formule 1. Je me demande…

UN

Le doigt sur le bouton du démarreur.

GO !

GO !

GO !

Dans le cerveau de François, le vide absolu. Son index enclencha la touche tandis que l'autre main se saisissait du curseur. D'un coup, l'image s'anima, la chaussée se mit à défiler. En même temps, des ronflements de turbine envahirent la salle, se mêlèrent à l'ovation poussée par la foule massée au pied du cône. Sur l'écran apparut, dans l'angle inférieur droit, la roue d'un autre véhicule. Comprenant intuitivement qu'il était sur le point de se laisser dépasser, le jeune homme accéléra. Immédiatement, l'image sauta vers lui et il eut un haut-le-cœur pareil à celui provoqué par une accélération réelle.

À présent, les rugissements de moteur qui se répercutaient d'un mur à l'autre avaient atteint un niveau insoutenable. Ivre de bruit, François maintenait le curseur à son maximum lorsqu'il vit arriver le premier virage. Tout de suite, ses centres-réflexe prirent le contrôle de ses membres tandis que son esprit lui semblait se vider pour la seconde fois. Lors de la brutale décélération, il crut sentir la sangle s'imprimer dans son abdomen. Des haut-parleurs invisibles s'échappaient les stridulations acides de pneus martyrisés. Puis ce fut le milieu de la courbe, et la main qui commandait le curseur ramena progressivement celui-ci vers la droite. Le défilement de l'image s'accéléra à nouveau.

Comment se fait-il que mon corps connaisse le maniement de ces engins ? s'émut François. Mais il n'eut pas le loisir d'examiner cette question : profitant de la sortie de la courbe, une voiture rouge frappée du chiffre 6 le dépassait irrésistiblement. Poussant son véhicule à fond, le jeune homme parvint tout juste à ne pas laisser se creuser l'écart entre lui et celui qui maintenant le précédait.

Toute son attention braquée sur l'arrière de la voiture rouge, il dut à une vague intuition de ne pas quitter la piste lors du virage suivant. Décélérant à mort, il aborda tout de même la courbe avec une vitesse nettement excessive et il lui fallut agir sur les freins – et, une fois de plus, sa main avait trouvé la manette destinée à cet usage avant que la nécessité de freiner lui fût clairement apparue.

Retour à la ligne droite. Son adversaire, qui n'avait personne devant lui pour distraire son attention, avait mis à profit la faute de François pour grignoter quelques mètres de plus. L'ex-pilote de char à voile sentit à cette constatation sa poitrine se nouer, ses membres frémir comme si un courant électrique les parcourait. Cette sensation, il la connaissait bien : c'était l'excitation que lui procurait chaque course et que même l'habitude n'était pas parvenue à éroder.

L'écran envahissait à présent la totalité de son champ de vision ; l'image qui y apparaissait était devenue la réalité. Tout le reste, la structure tronc-conique au sommet de laquelle il était installé, les minuscules voitures qui se livraient sur ses flancs une lutte dérisoire, la foule qui se pressait en dessous de lui, tout n'avait qu'un but : rattraper le numéro 6 et le dépasser, terminer la course en vainqueur.

Les deux véhicules disposaient d'une puissance apparemment égale. La partie ne se jouerait donc que dans les virages. Comme dans les courses de char à voile, en somme… Exploiter les fausses manoeuvres de l'adversaire, apprécier les distances au quart de poil près afin de ne pas céder un centimètre. François sourit : à ce jeu-là, personne n'avait jamais pu lui en remontrer.

Il s'efforça donc de faire abstraction de la voiture rouge pour ne plus voir que le tracé de la chaussée, ce qui lui permit d'aborder la courbe suivante dans des conditions optimales.

Finalement, tout ce qui possède des roues se conduit de la même façon, pensa-t-il avec amusement, sentant le train arrière partir dans un long dérapage tandis que les pneus avant demeuraient fermement rivés à la trajectoire qu'il leur avait fixée. La même connaissance intuitive des manœuvres à effectuer lui fit remettre les gaz à sa hauteur vers la fin de la courbe. Alors seulement, il vit qu'au lieu du ruban rectiligne attendu, il y avait une seconde courbe, en sens inverse de la précédente.

Décélération ; freinage. François se trouvait à l'intérieur du virage. Une micro-seconde lui suffit pour comprendre quel avantage il pouvait tirer de cette position. Tout dépendait en fait de sa situation relative par rapport à la voiture numéro six… Il réduisit sa pression sur les freins en priant pour que la force centrifuge ne fasse pas basculer l'équilibre précaire qu'il escomptait pour maintenir son véhicule sur la piste. L'avant de son adversaire disparut de l'écran. Il se trouvait maintenant en tête, mais pour combien de temps ? Sous ses yeux, l'image tressautait violemment. Une faute insignifiante, et il savait que sa Lisero serait éjectée du circuit.

Le centre de la courbe, enfin. Le pilote exulta : la partie était presque gagnée. Avec prudence, sa main gauche reprit le contrôle de la vitesse.

Dans le bas de l'écran, un chiffre s'était mis à clignoter. Le 6. De la foule massée en contrebas s'élevaient des cris, des hurlements plutôt, tandis qu'une fumée épaisse et nauséabonde envahissait la salle. Très loin, une pensée naquit dans le cerveau de François : un incendie ? Mais elle ne parvint pas à ébranler l'illusion, maintenant fortement ancrée en lui, qu'il se trouvait installé aux commandes d'une véritable formule 1, que seule comptait la piste qui se déroulait sous ses yeux, que son univers se limitait au quadrilatère de trente centimètres sur vingt placé sous ses yeux.

Tout de même, ce 6 qui s'obstinait à clignoter… La signification de ce message lui apparut soudain. L'élimination. Dès l'entrée de la seconde courbe, il l'avait su : le véhicule qui se trouverait en retrait, même seulement de quelques centimètres, serait éjecté. Le virage était beaucoup trop serré et leur vitesse trop grande…

Bien sûr, cinq concurrents à part lui restaient encore en course et peut-être étaient-ils massés derrière sa voiture, attendant le moment propice pour le dépasser. Quand même, songea François, ils auraient pu installer un rétroviseur… Mais il résolut de ne pas s'en préoccuper, de conduire comme s'il était seul en piste.

Il serait toujours temps d'aviser lorsque le véhicule d'un adversaire se matérialiserait sur l'écran. De toute façon, la tension supportée pendant les quelques minutes qu'avait duré la lutte avec le 6 l'avait épuisé, et il n'était pas sûr de pouvoir fournir une seconde fois les mêmes efforts.

Une nouvelle courbe, puis une autre. Puis le virage en S. Barrant la ligne droite qui suivait, une banderole blanche ponctuée de lettres rouges que François n'eut pas le temps de déchiffrer. Il comprit néanmoins qu'il s'agissait de l'arrivée. Il coupa les gaz, mais laissa la Lisero continuer sur sa lancée. L'écran qui lui faisait face s'obscurcit bien avant qu'elle ne se fût arrêtée.

Le torse rejeté contre le dossier de son siège, il inspira profondément – et c'est à ce moment seulement qu'il reprit conscience du décor qui l'entourait. Une longue ovation ponctuée de sifflements montait vers lui. Des hommes surgissaient du boyau sombre situé sur sa gauche, se précipitaient vers les pilotes encore attachés à leurs fauteuils capitonnés. Hilare, Simon le pressait dans ses bras UNE COURSE MAGNIFIQUE MAGNIFIQUE puis entreprenait de dénouer cette fichue sangle qui, il ne s'en apercevait que maintenant, lui comprimait douloureusement l'abdomen, UNE PRIME DE DIX MILLE POUR FRANÇOIS ROSSAC, hurla une voix amplifiée par les haut-parleurs. L'ovation reprit de plus belle. Au moment où il se levait, François fut pris d'un étourdissement et il dut s'appuyer d'une main sur l'épaule de Simon. Celui-ci lui saisit le bras et le leva très haut. C'est vrai, pensa le jeune homme, je suis le vainqueur… Du coin de l'œil, il vit passer deux hommes vêtus de blanc et portant un brancard. Face à lui, des centaines de bouches scandaient son nom ; RO-SAC RO-SAC RO-SAC, ça ressemblait au lourd martèlement d'une machine-outil de l'ère industrielle, ça vous prenait aux tripes, vous résonnait à l'intérieur de la boîte crânienne. Soudain angoissé, il se détourna. À l'autre bout de la plate-forme, les infirmiers chargeaient un corps sur le brancard.

« Qu'est-ce que c'est ? » demanda-t-il à Simon.

Celui-ci haussa les épaules. « Une console qui a sauté, cria-t-il afin de couvrir le vacarme. Implosion ou quelque chose comme ça. Il y a même eu un début d'incendie. Tu ne t'es rendu compte de rien ? »

François secoua négativement la tête. « Marrant, reprit Simon. Depuis le temps, je devrais en avoir l'habitude, mais cette faculté que vous autres pilotes possédez de vous abstraire complètement de ce qui vous entoure me surprendra toujours. »

Ils s'écartèrent pour laisser le passage aux infirmiers. François ferma les yeux, le cœur au bord des lèvres. Quelqu'un avait recouvert le corps recroquevillé sur le brancard d'un drap blanc, mais celui-ci avait glissé, révélant un visage noir et craquelé aux orbites vides.

« Le numéro six… » murmura-t-il d'une voix altérée.

Croyant à une question, Simon acquiesça de la tête.

Mais François ne recherchait aucune confirmation. Il savait que ce cadavre ne pouvait être que celui du 6. Un accident ? En un sens oui, mais pas celui que décrivait Simon. D'une certaine façon, qui ne se référait à aucun lien rationnel de causalité, l'implosion de la console n'avait été que la conséquence de l'éjection du véhicule numéro six hors de son rail. Le jeune homme l'avait compris d'emblée : une seule automobile parviendrait à sortir de la courbe. Les quelques centimètres arrachés parce qu'il se trouvait à la corde lui avaient permis de gagner la course, mais ils avaient aussi assuré la perte de son adversaire. Ce chiffre qui clignotait au bas de l'écran… oui, il s'agissait bien d'une élimination.

D'une élimination *définitive.*

Étrange, tout de même : il avait conscience d'avoir provoqué la mort du pilote de la voiture rouge, mais cette certitude n'éveillait en lui aucun sentiment de culpabilité. Pas de remords, simplement le regret de s'être trouvé dans l'obligation de supprimer un inconnu. Un inconnu ? Non, sûrement pas. Les hommes qu'il avait retrouvés aux commandes des minuscules bolides étaient les mêmes que ceux avec lesquels il s'était si longtemps mesuré au char à voile. Il ouvrit la bouche pour s'enquérir auprès de Simon de l'identité de l'infortuné, mais y renonça. Réflexion faite, il préférait l'ignorer.

Alors qu'ils allaient s'y engouffrer, Julie déboucha du boyau obscur qui constituait le seul passage entre la plate-forme et la salle. Elle se précipita dans ses bras. « J'ai tellement eu peur, dit-elle, la voix chargée de sanglots. Ça aurait aussi bien pu être toi… »

Ça aurait pu. Il s'en était fallu d'un cheveu. Un cheveu de quelques centimètres, mais un cheveu quand même. « C'est un accident, assura-t-il. Un stupide accident. » Le visage enfoui dans la chevelure de la jeune fille, il se sentit tout à coup très fatigué. Tout est de ma faute. Si nous étions restés couchés, si je n'avais pas pris la stupide initiative de venir à Donville, rien de tout cela ne serait arrivé. Au lieu de ce circuit où s'affrontent des modèles réduits porteurs de mort, il y aurait encore les vastes étendues de sable et les glissades silencieuses des grands chars à voile…

Les ovations s'étaient tues, remplacées par le brouhaha confus des parieurs qui s'agglutinaient devant les guichets pour y percevoir leurs gains. Brusquement, le silence se fit. Puis un long hurlement monta, amplifié par l'écho qui se répercutait d'un bord à l'autre de la paroi circulaire.

La tête tournée vers la salle, François vit s'amorcer une bousculade puis, soudain, tout se figea. Julie s'écarta de lui avec un frisson. Avec une sorte de répulsion, il observa ses traits qui se vidaient littéralement de toute expression, son regard qui se fixait très loin, sur un horizon qui n'existait pas. Ses lèvres se mirent à remuer sans qu'aucun son n'en sortît.

En contrebas, une sourde rumeur naquit. Les mêmes mots, simultanément prononcés par plusieurs centaines de bouches. Les torses commencèrent à osciller au rythme de cette incantation.

Oh, bon Dieu, songea François avec désespoir, ce n'est pas vrai, ça ne va pas recommencer !

Sur la plate-forme, le spectacle était identique à celui que présentait la salle. Des visages inexpressifs, morts. Par contraste, les lèvres paraissaient dotées d'une existence autonome. LA GRANDE PEUR LA GRANDE PEUR. Le lent balancement des corps qui évoquait une danse grotesque…

Empoignant Julie par le bras, il la tira vers la seule issue dont disposait la plate-forme. Les marches se perdaient dans l'obscurité, mais l'endroit paraissait désert. Julie n'offrait qu'une faible résistance, ses mouvements étaient hésitants, mécaniques. Craignant qu'elle ne tombe, il passa son bras autour de sa taille et la tint contre lui pendant toute la descente, se retenant au mur de sa main libre pour conserver son équilibre. « Calme-toi, murmura-t-il. Nous allons sortir d'ici. Dehors, ça ira mieux. » Ce n'est que parvenu tout au fond du passage qu'il s'aperçut que leur retraite, de l'autre côté, était coupée par un groupe qui s'était agglutiné sur les plus hautes marches de l'escalier. Là où ils se tenaient à présent, la rumeur ne leur arrivait qu'affaiblie. Quoique cet étroit corridor pût difficilement être considéré comme un refuge sûr, il décida d'y attendre que les choses reprennent un cours plus normal. S'il se souvenait bien, ce n'était qu'une question de minutes. Et puis, la maçonnerie paraissait agir comme un isolant phonique ; François se sentait moins oppressé ; quant à Julie, recroquevillée contre son flanc, elle tremblait de tous ses membres, ce qui était tout de même un bon signe.

« Angoissant, n'est-ce pas ? »

Le cœur de François fit un saut dans sa poitrine. L'espace d'une seconde, il lui sembla que l'homme venait de se matérialiser à ses côtés. « Je… Oui, plutôt », bredouilla-t-il. Il se demanda fugitivement si le nouveau venu lui était connu, mais il ne distinguait de lui qu'une silhouette un peu épaisse qui se détachait en contre-jour sur la lumière sale qui tombait de l'escalier et n'osa pas lui demander de décliner son identité. « Vous y comprenez quelque chose, vous ? »

Un haussement d'épaules. « Bien sûr. Vous les entendez comme moi, non ? La grande peur, la grande peur… Quand on dit que l'Histoire ne se répète pas !… La Grande Peur de l'An Mil, ça ne vous dit vraiment rien ? Si, bien sûr. Eh bien, c'est la même chose – à la différence près que les psychoses collectives ont remplacé la ferveur mystique. Remarquez, ce n'est pas encore fini, il se peut que… Il faut dire que la Papesse a mis le paquet. De là à voir dans ses crânes rasés l'origine de tout ceci…

— Papesse, crânes rasés ? » Une fois de plus, François se vautrait dans la plus extrême confusion. Son interlocuteur s'exprimait pourtant avec une assez grande clarté formelle, et son aspect vaguement rondouillard était censé inspirer la confiance – mais alors, d'où venait cette incapacité à comprendre le sens de ses paroles ?

L'homme posa une main paternelle sur son épaule. « L'Église de la Terreur Blanche, Rossac. Ça ne vous dit rien, vraiment ? Mais d'où sortez-vous, bon sang ?... Parmi vos fans, je suis prêt à parier qu'un sur deux a suivi au moins une fois l'un de leurs cortèges, a gueulé LA GRANDE PEUR LA GRANDE PEUR avec les autres tordus… À croire que notre société soit-disant fondée sur la raison n'attendait que ça, ce nouvel obscurantisme qui va bientôt foutre en l'air la civilisation que nous connaissions… Ne vous faites pas d'illusions, Rossac : lorsqu'on a l'occasion d'assister à une seule de ces messes noires, on est bien obligé de constater que tout ne tient plus qu'à un fil et qu'à force de manigances, la Terreur Blanche arrivera bien à faire se réaliser ses prédictions !

— Un phénomène d'hypnose collective ? » suggéra mollement François. Pure politesse de sa part. L'Église de la Terreur

Blanche ne l'intéressait en aucune façon. Comme les courses de modèles réduits, comme ce couloir exigu et obscur, elle faisait partie d'un univers inquiétant et malsain, radicalement étranger au sien. L'important était de retrouver ce dernier, pas d'essayer de comprendre celui qui avait pris sa place.

« Peut-être. » Son interlocuteur retira sa main, haussa les épaules : « Quelle importance ? La seule chose qui compte, c'est de trouver le moyen de leur résister. » Un ricanement : « Se débrouiller pour échapper à l'Armaggedon !

— Justement. Comment se fait-il… ? » François dut s'interrompre quelques secondes. Les cris s'étaient multipliés. Quelqu'un hurlait juste à l'entrée du boyau, sur la plateforme. Peut-être Simon… Il dut mobiliser toute sa volonté pour rejeter cette pensée dans les limbes de son cerveau. « Et vous ? » Il corrigea immédiatement : « Vous *et* moi, nous sommes… normaux, non ? Enfin, cette hystérie ne nous touche pas…

— Excellente remarque ! » L'homme se fendit d'un sourire très commercial. « Vous et moi. Normaux. » Il arrondit les lèvres en une mimique vaguement obscène : « Nor-maux. » Un rire bref, désagréable. « Mais si nous sommes seuls dans ce cas face à la multitude, pouvons-nous vraiment prétendre incarner la normalité ?

— Vous confondez norme et normalité, s'entendit répondre François. Lorsque tout le monde est fou, alors la folie devient la norme – mais l'absence de folie est généralement considérée comme normale.

— Par qui ? Par la multitude, par les fous ?

— Ecoutez… » François s'interrompit, brusquement sidéré par la tournure surréaliste prise par cet échange. Le monde sombrait dans la démence et ils devisaient aimablement, comme deux anciennes connaissances et lui, lui qui avait toujours affecté de mépriser les spéculations intellectuelles, se mêlait à présent de chercher de la profondeur philosophique à des mots qu'il avait toujours utilisés par habitude, sans y réfléchir.

« D'ailleurs peu importe, poursuivait son interlocuteur. Fous ou pas… Seul leur nombre compte. » À nouveau ce ricanement semblable au grincement d'une roue mal huilée. « Et quand je dis *compter*… » Malgré la pénombre, François le vit agiter les doigts comme s'il palpait des billets de banque. « Je fais des affaires, moi. Pour manœuvrer votre char, il vous faut jouer avec le vent, non ? Eh bien, moi c'est la même chose. Je sens le vent, je situe d'où il vient – et surtout où il souffle. L'essentiel est d'être à la bonne place au bon moment. Je vous choque ?

— Non », François n'en avait strictement rien à foutre, l'univers du commerce était pour lui une terre inconnue mais pas forcément hostile : des prédateurs, il y en avait bien sûr, mais pas plus qu'ailleurs, et il avait un peu tendance à renvoyer dos à dos prédateurs et victimes toutes prêtes à se faire tondre ou croquer. L'inconnu parut surpris, mais ne risqua aucun commentaire. « Si je peux me permettre… reprit-il, sur un ton un peu obséquieux cette fois. J'aimerais beaucoup vous montrer une de mes petites trouvailles. Ça vous intéressera, j'en suis sûr.

— Allez-y », soupira François. Terrain connu : les quémandeurs de tout poil, il connaissait. Moins nombreux que les fans de base, mais la réussite et le montant de ses gains attiraient toutes sortes de personnages plus ou moins fréquentables.

« Oh ! c'est que… » Le ricanement, encore. « Le genre de chose que j'ai à vous montrer ne se transporte pas facilement. Il s'agit d'une sorte de construction, en fait.

— Cette invention… Ça a quelque chose à voir avec ces crises d'hystérie ?

— Exactement. » L'inconnu n'en finissait pas de grincer. « Exactement.

— Mais pourquoi moi ? Je veux dire… Allez voir des psychiatres, des sociologues, des… je ne sais pas, moi, des politiciens par exemple – en tout cas, quel que soit le bidule que vous avez à vendre, vous frappez à la mauvaise porte : je ne suis pas acheteur.

— À votre place, je n'en jurerais pas. D'une certaine façon, vous devriez être le principal intéressé… »

Jusqu'ici rigoureusement inerte, Julie eut un geste furtif, se rappelant ainsi à l'attention de François qui eut soudain la sensation de sortir d'un rêve, ou plutôt de passer d'un rêve à l'autre. Dans celui-ci, le représentant de commerce rondouillard n'avait sans doute pas sa place, ou alors sa proposition formulée, il avait préféré s'éclipser aussi brutalement qu'il s'était matérialisé plusieurs minutes plus tôt.

La jeune femme respirait avec difficulté, mais ses tremblements s'étaient espacés. C'est vrai, pensa François, d'une certaine façon, ce charlatan ne s'est pas trompé de porte, s'il a vraiment le moyen d'échapper à ces psychoses collectives, ça m'intéresse au premier chef. Pas pour moi, pour elle. Ou plutôt non, indirectement, c'est bien de moi qu'il s'agit. Parce que j'ai besoin d'elle, de son appui, de sa compréhension. Et ce qui me mine le plus, c'est de constater à chaque occasion combien les univers dans lesquels nous vivons sont différents, antagonistes. Si elle voyait le monde avec les mêmes yeux que moi, j'aurais peut-être l'impression d'être moins…

… moins fou ?

Communication demandée, fit la voix impersonnelle d'une opératrice à l'intérieur de son oreille. *Origine inconnue. Vous acceptez ?*

J'accepte.

« Rossac ? » Le représentant de commerce, bien sûr.

« Vous êtes du genre tenace , sous-vocalisa François. On vous met à la porte, vous revenez par la fenêtre ?

— Uniquement lorsque mon intérêt le commande. » François crut entendre le grincement d'une roue mal huilée, gningnin. « Mais je devrais plutôt dire *nos* intérêts, non ? Après tout, je suis le seul à même de vous offrir la possibilité de rétablir le contact avec votre charmante amie…

— Vous lisez dans mes pensées ? »

Gnin-gnin. « En quelque so… » Silence, puis la même voix, mais affaiblie : « Rossac ? Peu de temps à présent –

le dôme n'en finit pas de se détériorer, tous les nodules de communication seront bientôt détruits. Mon invitation tient toujours. Je viens vous chercher. »

C'était une construction basse, sans aucune ouverture visible. Un parallélépipède de béton posé à l'extrême bord de la falaise, à moins de cent mètres des remparts de la vieille ville. Une sorte de blockhaus semblable à ceux qu'on avait pieusement conservés vers Arromanches pour les convertir en musées du Débarquement. À l'endroit exact où la maçonnerie brute surgissait du sol, François s'en souvenait très bien, il y avait eu autrefois une rotonde pourvue de vastes baies. À l'intérieur, exposées derrières les épaisses vitres d'aquariums sertis dans les murs, se trouvaient rassemblées la plupart des espèces animales de la Manche. Mais c'était la semaine précédente… ou des éternités auparavant. Du temps où l'univers présentait encore une certaine stabilité, une certaine cohérence, où le jeune homme pouvait encore prétendre connaître les lois auxquelles il obéissait. Le temps des certitudes, celui où les questions pouvaient encore recevoir une réponse.

Il promena le bout des doigts sur la surface irrégulière où se lisait le grain du bois qui avait servi au coffrage du béton, ce qui, si l'on considérait les larges taches de rouille ou de lichen qui donnaient à la construction des allures de bâtiment camouflé, devait pourtant se perdre dans la nuit des temps. Non loin de lui, Julie s'appuyait des deux mains sur la rambarde de fer mangée par les embruns qui bordait la falaise. L'air absent, elle laissait son regard se perdre dans la brume tourbillonnante qui formait comme un mouvant et impalpable rempart autour de Granville. Pendant la course de modèles réduits, la pluie avait cessé, à présent remplacée par un crachin glacé, mais de lourds nuages sombres stagnaient encore, si bas que les toits d'ardoise de la citadelle paraissaient s'y dissoudre.

« C'est ça, votre invention ? » marmonna-t-il, dubitatif, en se retournant vers l'homme qui, le dos calé contre la portière de sa voiture, une vieille Hutchinson-Gilford aux chromes ternis, têtait un cigare ventru.

L'autre prit un air surpris. « J'ai parlé d'invention ? Pardonnez-moi, c'est découverte que je voulais dire… ou plutôt redécouverte », ajouta-t-il en arrondissant les lèvres, comme si cette mise au point avait constitué une bonne plaisanterie. « Cet endroit ne vous rappelle rien ?

— Non… répondit François, étrangement troublé par cette question. Non. Pourquoi ?

— Je pensais… » commença l'homme. Il hésita, puis balaya la question d'un geste négligent de la main. « Aucune importance. » Vaincu par le crachin, son cigare s'était éteint, et il le considéra un bref instant avec une hargne exagérée avant de le jeter à terre d'une pichenette. Puis il se redressa et, à petits pas précautionneux, attentif à contourner chaque flaque, s'avança vers François. Celui-ci détaillait la silhouette courtaude, les vêtements au luxe tapageur et les traits adipeux de l'homme qu'il persistait à considérer comme un démarcheur. Non, décidément, tout en ce type lui déplaisait. Pourquoi l'avoir suivi jusqu'ici, alors ? L'espoir, bien sûr. Le fait qu'il paraissait avoir la même perception du monde que François mais qu'à sa différence il ne mettait pas en doute sa santé mentale…

« J'attends des explications ! lança-t-il d'une voix qu'il s'efforça de rendre menaçante. Vous nous avez amenés ici pour nous faire admirer ce blockhaus, juste pour ça ?

— Je m'appelle Panuel, dit l'autre, hors de propos. Georges Panuel. Et… non, ceci n'est pas un blockhaus. » Il enjamba une dernière flaque, ce qui l'amena à la hauteur du jeune homme, et posa sa main sur le béton tandis que François, instinctivement, retirait la sienne de crainte de subir le contact de ses phalanges bouffies de graisse. « C'est le Palais des Glaces. » Il lui jeta un bref regard, dans l'attente peut-être d'une réaction quelconque, mais François se contenta de froncer les sourcils en signe d'incompréhension. « Le Palais des Glaces, répéta-t-il. Le Palais des Rêves. Faites un effort, bon Dieu ! Fouillez dans votre mémoire ! Il est impossible que vous ne vous souveniez de rien ! »

Le Palais des Glaces… François va pour demander des précisions sur ces mots qui n'évoquent rien d'autre que de vagues souvenirs de fête foraine, mais il reste sans voix. PALAIS DES GLACES. Le terme résonne à l'intérieur de son crâne. PALAIS DES GLACES PALAIS DES GLACES PALAIS DES RÊVES. C'est quelque chose de familier qui lutte pour surgir à la surface de ses souvenirs qui détruit toute autre pensée logique. C'est...

« Vous êtes tout pâle, fit remarquer Panuel d'un ton égal. Ça ne va pas ?

— Ça va », marmonna le jeune homme. PALAIS DES GLACES PALAIS DES RÊVES. Bon sang, ces mot n'ont pourtant qu'une signification triviale, alors pourquoi mon esprit s'en saisit-il avec une telle avidité ? Il appuya son front contre la paroi humide. Sensation de froid, infime douleur provoquée par la morsure des minuscules aspérités. Le poids du réel, du quotidien. Il se sentit un peu mieux.

« Ce… ce Palais des Rêves… de quoi s'agit-il ? »

Panuel secoua la tête. « Je ne peux rien vous dire. Il faudra le découvrir par vous-même.

— C'est une machine. Elle sert à échapper au présent, à la grande peur », intervint Julie qu'ils n'avaient pas entendue approcher.

François la dévisagea avec stupéfaction. « *Échapper au présent* ! Mais comment le sais-tu, toi ? »

Les yeux clos, elle paraissait réfléchir avec intensité. « Comment je le sais ? Je le sais, c'est tout. » Sa voix se cassa brusquement. « Je vous en prie, cessez de me torturer ! Je ne comprends rien à ce que vous racontez, tous les deux… Oh, François, tu es si étrange ! Lorsque je suis avec toi, j'ai l'impression que rien n'est normal… »

Effectivement, rien n'est normal, pensa-t-il en la prenant contre lui. Ou alors tout est normal – mais selon des normes bizarrement tordues. Qu'est-ce que je disais tout à l'heure ? Quand tout le monde est fou, la folie devient la norme. En fait, c'est bien pire : l'anormal est devenu la norme. Et, prétendûment normal, je me bats pour survivre dans ce monde anormal… Mais pourquoi lutter ? Je devrais au contraire chercher à m'adapter, accepter sans discuter les nouvelles règles, même si elles me paraissent absurdes. Pour moi, mais aussi pour Julie. Sans moi, elle se serait adaptée, elle ne se poserait même pas de questions… Il croisa le regard de Panuel posé sur la jeune fille. L'homme paraissait s'amuser prodigieusement.

« Vous êtes un salaud. » Il sentait une colère froide monter en lui. Etrangement, cette sensation lui parut plutôt agréable : cette houle qui menaçait de tout submerger, c'était la vie. « Qu'est-ce que vous cherchez ? Sa détresse vous fait rire ?

— Vous ne pouvez pas comprendre…

— Nous y revoilà ! Bon Dieu, mais c'est une idée fixe, chez vous : soit je ne peux pas comprendre, soit je devrais me souvenir ! Expliquez-vous une bonne fois pour toutes ou foutez-moi le camp. Vos airs mystérieux, j'en ai plein le dos !

— Bon. » Panuel se redressa, entrouvrit la portière de son Hutchinson-Gilford, s'installa pesamment dans le cuir fatigué de la banquette avant.. « Je m'en vais. Mais… Vous n'êtes pas très curieux. » Il plissa les yeux, l'air matois : « À moins que ce Palais des Glaces ait fini par vous rappeler quelque chose… Oh ! Mais c'est vrai, j'oubliais, votre amie est là pour combler vos trous de mémoire… » Un au-revoir ironique de la main gauche tandis que le démarreur laissait échapper une plainte étrangement proche du gnin-gnin-gnin de ses ricanements puis il accéléra brutalement. L'automobile dérapa doucement, puis jaillit du bas-côté en soulevant des gerbes de boue.

« Amateur… murmura François pour lui-même. Quand on conduit comme un plouc, on ne se mêle pas de vouloir jouer les pilotes de Formule Un. »

Coup de frein. La Hutchinson-Gilford s'immobilisa à

quelques mètres du couple. Gnin-gnin-gnin à nouveau : Panuel s'affairait à faire glisser sa vitre vers le bas. « Au cas où vous n'obtiendrez aucune information d'elle… Faîtes-moi signe, je suis du genre serviable – et pas susceptible pour un sou ! En attendant, profitez de l'occasion pour examiner ce Palais. Demandez-vous comment on y pénètre, par exemple – ou comment on en sort. Ah ! Et puis bien sûr interrogez-vous sur la façon dont une machine à rêver peut bien fonctionner. Je vous donne un indice : en ce moment-même, cette machine-ci fonctionne à plein régime. Heureusement pour nous – heureusement pour *vous*, surtout ! »

Gnin-gnin-gnin. Cette fois, pas de doute, c'était bien le ricanement. D'ailleurs, la voiture redémarra, mais en douceur. Panuel n'était peut-être pas susceptible, mais il n'aimait pas se rendre ridicule.

Fou peut-être, plouc sans doute, mais il t'a bien eu ! réalisa François dans la seconde qui suivit. Et ta moto andouille ! Ben oui, tu l'a laissée à Donville. Normal, qu'il rigole comme une vieille roue, ce représentant de commerce, à sa place je ne me priverais pas… Faut dire, il joue sur du velours : je me sens tellement perdu que je me raccroche à tout ce qui me paraît conforme à la logique que j'ai connue. À l'avenir, il faudra que je me méfie ; ce type, ce Panuel… peut-être est-il finalement plus dangereux que tous ces dingues qui se mettent à hurler sans raison et qui psalmodient des paroles imbéciles. N'empêche qu'il est le seul avec moi à ne pas succomber à ces crises d'hystérie… Le seul ? Non, rappelle-toi la première scène de ce genre à laquelle il t'a été donné d'assister. Niklos, oui, son nom ressemble à ça, enfin l'armateur aux allures d'amiral d'opérette. Rappelle-toi, lui non plus n'avait pas paru touché par l'épidémie de folie…

Tu n'es peut-être pas si seul, après tout. D'autres que toi demeurent conscients de ce qui est en train de se passer.

Il regretta fugitivement de n'avoir pas parlé à Panuel des déformations auxquelles le monde lui semblait soumis depuis quelques jours. Peut-être le gros homme avait-il constaté les mêmes phénomènes, peut-être même en possédait-il la clef… Ou peut-être pas. Dans ce dernier cas, s'il était ouvert de ses préoccupations à Panuel et que celui-ci se fût moqué de ses visions, il savait que ses dernières défenses se seraient effondrées, qu'il n'aurait plus eu la force de lutter… Et d'ailleurs, l'antipathie instinctive qu'il éprouvait pour ce personnage l'eût empêché de se confier. Bizarre, tout de même. Niklos, je ne le connais pas, et pourtant la seule fois que je l'ai vu, j'ai ressenti la même antipathie irraisonnée à son égard. Une simple coïncidence, peut-être. N'empêche que Panuel et Niklos sont les deux hommes dont je devrais actuellement me sentir le plus proche.

« Tu as faim ? »

L'après-midi était maintenant bien avance, et il fut surpris de la passivité avec laquelle son organisme acceptait les traitements qu'il lui infligeait.

« Non », fit Julie. Elle hésita : « peut-être… Je ne sais pas. Il vaudrait quand même mieux manger quelque chose, non ?

— O.K. » admit-il en lui prenant la main.

Ils quittèrent le terre-plein et s'engagèrent sur la chaussée. À la sortie de l'esplanade, le regard de François se posa sur une pancarte plantée là à la manière d'un panneau de signalisation. Les projections de boue esquissaient sur les vestiges de peinture blanche une géographie aléatoire qui lui parut constituer la représentation symbolique de ce qu'était devenu le monde pour lui. Il s'en approcha, posa la main sur la surface froide et vaguement gluante. « Un continent inconnu, murmura-t-il pour lui-même. Un univers radicalement étranger… » Ses doigts, machinalement, se mirent à tracer le cours sinueux de fleuves imaginaires.

« Hêtraie 6 », énonça soudain la voix de Julie derrière lui. Il sursauta : un instant, il avait cru être seul.

« Ici », poursuivit-elle en faisant un pas en avant. De l'index, elle lui désigna les lettres peintes en noir, que ses dessins erratiques avaient révélées. En une fraction de seconde, le continent perdu disparut à ses yeux. Il ne resta plus qu'une pancarte banale maculée de boue. « Qu'est-ce que ça peut bien vouloir dire ? Il n'y a rien qui ressemble à des hêtres, ici. »

Il haussa les épaules. « Cette pancarte indique la direction d'un quartier, je suppose. Ou d'un village. Hêtraie, six kilomètres. Oui, c'est sûrement ça.

— Un village ? Non, je ne crois pas. Un immeuble, plutôt. Tu as remarqué ? Moins il y a de place pour la verdure, et plus on se décarcasse à trouver des noms bucoliques pour les endroits où les gens sont censés vivre… »

Ils s'éloignèrent et commencèrent à descendre en suivant la crête du talus qui bordait la route. Loin au-dessous, le port paraissait aussi désert que François l'avait trouvé la veille. Peut-être la tempête empêchait-elle toujours les bateaux de sortir… De toute façon, le crachin n'engageait guère aux promenades en mer. Gorgée d'eau, l'herbe se dérobait sous leurs pieds, les contraignant à n'avancer qu'à petits pas circonspects. Inexplicablement, François se sentit tout à coup beaucoup mieux. Probablement était-ce de se retrouver seul avec Julie dans un décor qui ne paraissait en fin de compte pas si différent de celui dont il gardait le souvenir… Il s'adossa au tronc noueux d'un vieil acacia et attira la fille contre lui. Ses lèvres étaient fraîches et salées, sa langue avait la vigueur ondoyante et pulpeuse d'un poisson de roche. Passant ses mains sous son ciré, il lui caressa les seins à travers la laine pelucheuse d'un pull-over. D'abord, elle se laissa aller, puis elle s'écarta dans un sursaut :

« Je ne crois pas que nous pourrons rester ensemble, murmura-t-elle. Tu es pire qu'un étranger pour moi, je n'arrive pas à te comprendre. »

La nuque appuyée contre l'écorce torturée de l'acacia, il la retint d'une pression sur la hanche. Que pouvait-il répondre à cela ? Rien, bien sûr. Toutes les explications qu'il lui offrirait ne feraient qu'embrouiller les choses. Pauvre, pauvre Julie… pour moi, s'il n'y avait toutes ces aberrations auxquelles tu participes passivement, sans même paraître t'en apercevoir, tu es d'une parfaite transparence ; toutes tes réactions, je pourrais les prévoir, elles ne me réservent aucune surprise…

Il n'eut d'ailleurs pas à répondre. Non loin de l'endroit où ils s'étaient arrêtés, la route faisait un coude à angle droit autour d'une demeure bourgeoise du XVIIIe siècle aux murs de granit gris. De là déboucha un curieux personnage vêtu d'une ample soutane rouge, en lequel François crut d'abord reconnaître un évêque ou un cardinal, enfin un membre éminent de la hiérarchie cléricale. À sa suite venaient une vingtaine de personnes, hommes et femmes mêlés, tous habillés de noir, tous offrant le même regard glacé. Un bourdonnement accompagnait ce sinistre cortège ; voyant remuer leurs lèvres, le jeune homme comprit qu'ils priaient à mi-voix.

Lorsque le groupe passa – en les ignorant avec affectation — devant l'acacia sous lequel ils s'abritaient, François s'aperçut que le personnage en rouge était en fait une femme d'une taille supérieure à la normale. Quant à ses vêtements, il s'agissait plutôt d'une barbare parodie de l'ancienne tenue des ecclésiastiques. À chaque mouvement, l'étoffe de la soutane s'animait de reflets qui la faisaient ressembler à un brasier mouvant. Sur la poitrine et le dos était brodé le même symbole : une sphère d'or prise dans l'entrelacs de quatre ellipses. Un noyau atomique et ses électrons ? Sans doute : l'homme au costume noir et au crâne rasé qui venait après la femme portait une bannière sur laquelle, à la place de la croix ou de l'habituel Sacré-Cœur, luisait la représentation stylisée d'un champignon nucléaire.

« Qui sont ces gens ? » demanda François. Question superflue : il connaissait déjà la réponse. Ce lent balancement qui ponctuait la prière aux paroles inintelligibles…

« La Terreur Blanche », confirma Julie. Ses yeux s'étaient agrandis. On y lisait la peur, mais ce qui l'inquiéta le plus fut d'y retrouver cette fixité qu'il avait déjà eu l'occasion d'observer par deux fois. Redoutant de la voir s'abîmer dans l'habituelle transe hypnotique, il assura sa prise sur ses hanches et l'attira à nouveau contre lui. Sous ses doigts, il sentait le bassin de la fille onduler au même rythme que les corps des processionnaires, comme un écho à leur chant monotone. Mû par le désespoir, il écrasa son visage contre celui de Julie, força ses lèvres, ses dents. Le corps se raidit une seconde entre ses bras, puis se détendit. Mais François attendit que le cortège soit passé pour relâcher sa pression.

En se retournant, il vit sans surprise les membres de la secte millénarienne quitter la route un peu plus haut, pour traverser l'étendue boueuse au bord de laquelle s'élevait l'étrange construction que Panuel avait désignée sous le nom de Palais des Glaces. Ils disparurent bientôt, cachés à sa vue par la déclivité de la chaussée. François hésita, partagé entre la crainte diffuse d'assister à un spectacle qui le ferait croire un peu plus à sa folie et la curiosité morbide qui le poussait à constater l'étendue des déformations subies par tout ce qui l'entourait. Julie le retint :

« Reste avec moi, gémit-elle. Les adeptes de la papesse… Ils portent le mal en eux. Ils me font peur. »

Là-haut, le chant prenait une ampleur nouvelle. Tout d'abord, François crut reconnaître les paroles déjà entendues lors des scènes d'hystérie collective auxquelles il avait assisté. Mais il n'était plus question de Grande Peur. À présent, ce que les millénariens. psalmodiaient, c'était DIEU EST MORT DIEU EST MORT.

Dieu est mort… La belle nouvelle ! sourit François. Comment peut-on mourir sans avoir d'abord existé ?

Puis un silence nouveau se fit. Alors s'éleva une voix claire et forte, sans aucun doute celle de la femme vêtue de pourpre, sans aucun doute celle que Panuel avait appelée la papesse rouge. Des bribes de phrases parvinrent jusqu'au couple :

… TERREUR S'APPROCHE. LES TEMPS… SURGIRA L'ANGE DÉCHU… ATTENDRE, RENONCER À TOUT… MAIS CEUX… OSER SE RÉVOLTER… CELUI QUI N'EST PAS ENCORE, CELUI QUI VIENT…

Le sourire du jeune homme s'accentua. Quel fatras ! Panuel avait raison, on dirait. Les ténèbres du Moyen Âge se massent à l'horizon, prêtes à déferler sur notre civilisation prétendument évoluée avec leurs cortèges de superstitions et de peurs… Ou plutôt non, j'en suis encore à raisonner avec les schémas dépassés d'un monde qui n'a plus cours ; en réalité, les ténèbres ont déjà commencé à déferler.

La femme s'était tue. Ses assistants ponctuèrent la fin de sa harangue de quelques mornes DIEU EST MORT, puis le silence retomba. Perplexe, François se demandait si Julie et lui ne feraient pas mieux de s'éloigner sans attendre le retour des millénariens lorsqu'une série d'explosions les fit sursauter.

Presque aussitôt, de hautes flammes montèrent à l'assaut du ciel, couronnées d'un panache de fumée très noire qui alla se perdre dans les nuages. De l'essence, pensa François. Ils n'ont rien trouvé de mieux que de brûler ce Palais des Glaces – après tout, s'il décryptait correctement les paroles de Panuel, cette machine à rêver paraissait constituer un obstacle à leur emprise sur les foules. Le Moyen Âge, oui, c'est bien ça.

Moins d'une minute après, alors que les flammes commençaient à retomber, tandis que la colonne de fumée tourbillonnante s'épaississait encore, la femme réapparut, suivie de son sinistre cortège. Tous marchaient à présent d'un bon pas, lèvres closes. Comme pour l'aller, ils passèrent tout près des jeunes gens sans leur accorder le moindre regard.

« Ils ne sont que dix, murmura François pensivement, lorsqu'ils les eurent dépassés. Je me demande…

— Un groupe a dû rester là-haut pour veiller sur les ruines de la machine à rêver », dit Julie. Le crachin s'était transformé en une pluie drue qui transperçait le maigre feuillage de l'acacia. Elle frissonna et remonta la capuche de son ciré. « Ils sont loin, maintenant. De la main, elle désigna la direction prise par la papesse rouge. Nous pouvons redescendre. »

Il releva lui aussi sa capuche et secoua la tête. « Juste un coup d'œil. Il est peut-être possible de voir l'intérieur du Palais des Glaces… De toute façon, s'ils ont laissé des gardes, il y a sûrement une raison. J'y vais seul, tu m'attends ici. D'accord ? »

Sans attendre de réponse, il sauta du talus et se mit à gravir la côte.

De courtes flammèches couraient encore à la surface du béton, mais la bâtisse ne paraissait pas avoir subi de dégâts. Il n'aperçut aucun millénarien ; peut-être la procession s'était-elle scindée après l'incendie du Palais, un groupe redescendant vers le port, l'autre continuant à grimper en direction de la citadelle.

Étrange, tout de même. En brûlant, l'essence aurait au moins dû laisser des traces noires sur les murs… Intrigué, il s'approcha jusqu'à toucher la paroi. Alentour, l'herbe avait brûlé par plaques, mais le béton restait froid sous sa paume. Comme si le feu avait couru tout au long du bâtiment sans même en atteindre la surface… Il fit quelques pas, atteignit l'angle de la construction et découvrit ce qui restait des millénariens manquants.

Plié en deux par des spasmes douloureux qui n'amenaient à ses lèvres qu'une bile acide, il dut attendre de longues minutes avant de pouvoir reporter les yeux sur le charnier qui fumait encore par endroits. Quant à s'en approcher, c'était au-delà de ses forces.

Presque réduits à l'état de squelettes noircis, les corps étaient tombés à terre dans la position où le feu les avait saisis. La plupart avaient basculé en avant, quelques-uns de côté, mais l'un d'eux était resté debout, retenu par le mur du Palais des Glaces, dans une position qui évoquait celle d'un homme au repos. Contre ses côtes dénudées auxquelles adhéraient encore quelques lambeaux de tissu calciné luisait une petite médaille d'or lavée par la pluie. Alors que François regardait ce cadavre avec une fascination horrifiée, le fragile équilibre se rompit et le corps glissa le long du mur. Se détachant du tronc, la tête roula dans la boue mêlée de cendres. Le bruit humide et mou qui ponctua cette scène, bruit obscène qui évoquait irrésistiblement quelque chose d'organique, réveilla la nausée du jeune homme. Semblable à celle produite par la combustion d'une cigarette, une volute de fumée bleutée s'éleva paresseusement de l'orbite vide, tout de suite dissoute dans l'eau qui tombait sans discontinuer. Un cauchemar, un atroce cauchemar, se répétait François qui, une fois de plus, ne parvenait pas à se persuader de la réalité de cette scène. Pourtant, la nausée était là, bien réelle. Plusieurs minutes lui furent nécessaires pour reprendre en partie le contrôle de son corps. Il vomit encore, puis s'éloigna, s'efforçant de contraindre ses jambes à ne pas courir. Sa première pensée cohérente fut pour se féliciter de n'avoir pas demandé à Julie de l'accompagner.

D'un regard machinal, il nota que la pancarte qui tout à l'heure avait attiré leur attention avait elle aussi été incendiée. Sans doute un excédent d'essence dont les millénariens s'étaient débarrassés avant de redescendre. L'inscription, pourtant, demeurait lisible : en brûlant, la peinture blanche s'était transformée en une sorte de vernis très sombre tandis que celle qu'on avait utilisée pour tracer les lettres s'était écaillée, révélant un bois pâle, probablement du pin. Tel quel, le panneau constituait le négatif presque parfait de celui qu'ils avaient pu voir peu de temps auparavant. Pour la seconde fois, le poids de symboles que paraissait receler cet objet d'apparence anodine lui apparut avec une netteté saisissante. Et si les changements qui affectent tout ce qui m'entoure allaient se poursuivre jusqu'à ce que je n'aie plus sous les yeux qu'un univers en négatif… Non, ne pas me laisser envahir par le découragement, sinon les pulsions de mort auront raison de ma résistance à plus ou moins brève échéance – et, bon Dieu, j'ai envie de vivre, moi ! Derrière tout ceci, il y a une explication logique, voilà ce qu'il faut que je me dise.

La disposition de ces cadavres… Ça ne peut pas être un accident, songea-t-il quelques secondes plus tard. Ces types s'étaient alignés – ou on les avait alignés – comme pour une cérémonie, ce n'est qu'ensuite qu'on les avait arrosés d'essence puis qu'on y avait mis le feu. Un sacrifice rituel ? Probablement ; en tout cas, ça y ressemblait fort. Il esquissa une grimace : les adeptes de la Terreur Blanche venaient tout à coup de se révéler sous un jour beaucoup moins anodin que leurs oripeaux ou leurs litanies auraient pu le laisser croire.

« Tu es tout pâle, remarqua la jeune fille. Elle le dévisagea avec sollicitude. Qu'y a-t-il, là-haut ?

— Rien de spécial, affirma-t-il. Le Palais des Glaces n'a pas été touché. Je… Mon estomac me joue des tours, je crois. Je n'ai pas l'habitude de sauter les repas. » Elle acquiesça en silence, apparemment satisfaite de son explication. Ce n'est pas tout à fait un mensonge, pensa-t-il avec ironie. Si j'avais eu autre chose que de la bile à vomir, j'aurais été moins malade.

Ils s'étreignirent. Julie avait logé sa tête dans l'échancrure du ciré de François. Elle poussa soudain un petit cri et le repoussa d'un geste vif.

« Encore cette fichue médaille ! s'exclama-t-elle en se frottant le front. Décidément, je crois bien qu'elle me déteste ! » Une goutte de sang perlait à l'endroit où le métal l'avait écorchée.

Il parvint à esquisser un sourire approximatif : « En première analyse, ce serait plutôt l'inverse. Pour quelles raisons t'acharnes-tu sur cet objet ? » C'est peut-être elle qui a raison, songeait-il à l'instant même où il prononçait ces paroles. Dans le monde que je connaissais, la distinction était simple : d'un côté l'inanimé, de l'autre tout ce qui vit. Mais dans celui qui a pris sa place, je ne peux plus jurer de rien. Les objets inanimés possèdent peut-être la faculté d'y agir d'une façon dont je n'ai encore aucune idée…

Attention, terrain dangereux ! décida-t-il. Mais il était trop tard ; déjà ses pensées s'emparaient de cette réflexion, la dépouillaient de l'ironie qu'il avait voulu y mettre. Oh, mon Dieu, si je me laisse gagner par le climat de terreur superstitieuse que les millénariens entretiennent, alors c'est la fin de tout !

« Regarde, reprit-il d'une voix moins assurée. Tu ne l'aimes pas, cette médaille ? Eh bien, je la jette ! » Il saisit la chaînette et tira d'un coup sec, sans autre résultat que de faire s'imprimer chaque maillon dans la peau de son cou. C'est vieux, mais solide », constata-t-il sur le ton de la plaisanterie. Ses doigts rencontrèrent le bijou – et alors, il comprit qu'un autre élément de son univers venait de basculer. À la place du petit disque d'or massif, il y avait à présent une plaque rectangulaire retenue à chaque extrémité par la chaînette. De l'aluminium, selon toute vraisemblance. François chercha le fermoir, mais il paraissait avoir été transformé en un simple maillon. Et la chaîne était maintenant trop courte pour qu'il puisse la passer autour de la tête ; trop courte même pour qu'il puisse voir à quoi ressemblait cette nouvelle médaille.

« Qu'y a-t-il écrit dessus ? » demanda-t-il.

Julie se pencha. « Toujours la même chose. E6. Comme si tu ne le savais pas ! Attends… il y a une sorte de trait d'union entre le E et le 6. E trait 6. Dommage, quand même, que tu ne connaisses pas la signification de cette inscription… » Elle releva la tête, rencontra le regard angoissé de François. « Qu'est-ce que tu as ? Ça ne va pas mieux ?

— Ça va, répondit-il d'une voix sans timbre. Relis-moi ce qui est inscrit.

— E-trait-6, répéta-t-elle docilement. Mais pourquoi… ?

— *É* ou *E ?*

— *É*… ou *E*. Comment le savoir ? Ce sont des majuscules…

— Alors, pourquoi prononces-tu *É ?* »

Sidérée, elle ne répondit rien.

« É-trait-Six, ça ne te rappelle rien ? Essaie d'oublier ce qui est écrit pour ne prêter attention qu'aux sons. *É-trait-Six…*

— La pancarte… », murmura-t-elle.

Il hocha la tête, accablé. « Exact. Hêtraie 6 / É-trait-6.

— Marrant, dit-elle. Eh bien, c'est ça qui te rend tout chose ? Il n'y a vraiment pas de quoi ! Des coïncidences de ce genre, on en rencontre cent fois par jour. »

Des coïncidences, oui, pensa-t-il. Mais ici, il ne s'agit pas d'une coïncidence. Cette médaille, dont l'inscription et l'aspect n'en finissent pas de se modifier et qui m'est si attachée qu'elle me revient lorsque je l'offre à Julie. Cet homme, ce Panuel, que je n'ai jamais vu, mais qui tient tellement à m'amener en ce lieu indiqué par une pancarte que je n'aurais jamais dû remarquer mais qui, inexplicablement, éveille mon intérêt. Tout cela ressemble furieusement à du déterminisme, ou je ne m'y connais pas…

Ils se remirent en route, n'échangeant que de rares paroles sans importance. Lorsqu'ils débouchèrent dans l'avenue du port, François tenait enfin une piste. Pas mal de choses s'étaient mises en place dans son esprit sans qu'il en fût conscient. Les observations partielles, les tentatives de réflexion qui, prises isolément, ne menaient à rien, son cerveau les avait tournées et retournées à son insu, avait essayé toutes les combinaisons… et l'une d'elles parvenait à les intégrer toutes. Les transformations de plus en plus profondes qui affectaient tout ce qui l'entourait, cette machine qui permettait selon Panuel de ne pas tomber dans les filets glacés de cette foutue Grande Peur, l'incendie provoqué par les millénariens et qui n'avait eu aucun effet sur Hêtraie 6 (car, à n'en pas douter, c'était ainsi que l'on avait baptisé ce bâtiment que Panuel avait appelé Palais des Glaces)… grâce au rôle de révélateur qu'avait joué la découverte de la parenté existant entre les deux inscriptions, tout se tenait. Il tenait maintenant une piste lui permettant de déchiffrer les allusions de l'homme d'affaires et de comprendre pourquoi il lui importait de savoir jusqu'où allaient ses souvenirs…

Le monde ne se déformait pas ; en réalité, il reprenait sa véritable forme. Si lui seul était conscient des phénomènes qui l'affectaient, c'est que, dès le début, les autres appréhendaient la réalité telle qu'elle devait l'être. Tandis que lui… La machine à rêver, voilà la clef de tout. Seuls ceux qui l'utilisent échappent à la Grande Peur. Ce que Panuel suggérait, c'est que tout comme lui tu faisais partie de ces privilégiés. Il t'a mis sur la voie, mais toi tu es resté aveugle, certain que tu étais d'avoir seul accès à la vérité. La vérité ! Pas étonnant, si tu éprouves aussi souvent l'impression de te mouvoir à l'intérieur d'un rêve… Mais le rêve ne se trouve pas où tu croyais ; le rêve, c'est ce qui existait *avant.* Ce que tu commences à entrevoir maintenant, c'est la réalité sans fards, celle dans laquelle doivent vivre quotidiennement tes semblables. Toi, tu as eu la chance de pouvoir bénéficier des soins prodigués dans le Palais des Glaces, ce qui te permet de résister à la vague de démence qui, petit à petit, engloutit les autres.

Le douloureux passage du rêve à la réalité… Le mécanisme est en route, mais rien ne te permet encore d'espérer la fin de l'épreuve. Tu te trouves dans la zone de transition. La preuve, c'est cette machine à rêver que l'on incendie mais qui demeure intacte, ce sont ces inscriptions qui constituent vraisemblablement des sortes de repères mentaux. La machine à rêver fait partie de la réalité, de la *vraie* réalité. Pour le moment, tu ne dois encore considérer tout le reste que comme un gigantesque décor, tu ne dois te fier à rien.

Pour le moment, tu n'es qu'une sorte de somnambule lâché dans un monde qu'il t'appartient de découvrir pas à pas. Rien d'étonnant à ce que Julie ou Simon aient tant de difficultés à te comprendre.

Quelque temps encore, quelques jours ou seulement quelques heures, et je serai comme eux. À la différence que moi, je serai sain d'esprit.

Bien sûr, d'immenses zones d'ombre demeurent. Mais à présent, je possède au moins un fil conducteur…

Comme la ligne qui reliait Jersey à Granville, sur l'écran du radar. Le monde que j'ai quitté et celui que je vais rejoindre constituent deux dômes aux périmètres bien délimités. Entre les deux, la tempête. Symboliquement, j'ai déjà vécu l'épreuve que je traverse aujourd'hui, et je m'en suis sorti avec succès. Le tout, c'est d'ancrer ses pieds sur les pédales de bois et d'appuyer – d'avoir la volonté de gagner.

Il aurait dû s'effrayer à l'avance des déformations qui risquaient de venir enlaidir encore plus ce monde qu'il avait naguère connu si proche de la perfection. Au lieu de cela, curieusement, il se sentait rasséréné. Pour la première fois depuis que tout avait débuté, il avait une explication logique à opposer à l'apparente déraison des événements.

V
Virages et contre-virages

Vois ce qu'il en est advenu de toi, se morfondait François, indifférent aux paroles échangées autour de lui. Passé l'excitation d'avoir découvert un lien plausible entre les événements apparemment illogiques auxquels il avait été mêlé, un morne désespoir s'était à nouveau abattu sur lui. Finies, les certitudes – au point où tu en es, tu ne peux même plus te permettre le luxe d'une hypothèse. L'univers n'est qu'une abstraction en train de devenir réalité, et toi tu dois te débattre pour ne pas être englouti par les structures molles de l'informel, de l'indifférencié. Tu essaies de surnager, mais à quoi bon ? De toute façon, il ne t'est pas permis de comprendre ; ton seul droit, c'est d'assister passivement à la lente dégénérescence de ce que tu connaissais, à la hideuse émergence du monde que le Palais des Glaces t'avait permis d'oublier.

Dégoût.

Nausée.

Angoisse.

Saloperie de mémoire ! Machine à rêver ou pas, le traitement subi à l'intérieur de ce Palais des Glaces n'a quand même pas pu avoir pour effet de me faire oublier toute mon existence antérieure ! Je dois bien conserver quelque part le souvenir de ce qui a été, il ne doit pas être possible de gommer aussi simplement tout ce qu'un homme a vécu…

Oui, des souvenirs, j'en possède, mais si profondément imbriqués dans la logique du monde que j'ai quitté – qui m'a quitté, plutôt… Ces milliers, ces millions d'instants figés, d'images qui mises bout à bout racontent le passé d'un homme, réalité ou faux-semblants ? D'où vient cette impression d'avoir sous les yeux un gigantesque puzzle aux pièces interchangeables ? *Échangerais vacances pluvieuses au Touquet contre week-end de ski aux Deux-Alpes.* Mon enfance, mon adolescence… Des images, rien que des images sagement rangées dans un album. Un mois de juillet pourri au Touquet, ça n'est peut-être qu'une illusion, si ça se trouve tout le monde a le même souvenir bidon.

Ah si, quand même. C'est au Touquet que j'ai appris les rudiments du char à voile. Normal, y avait rien d'autre à foutre, j'allais quand même pas passer toutes mes journées à relire les trois Jules Verne oubliés par les gamins du précédent locataire. Le char à voile, donc. C'est pas une preuve, ça ? Si tout le monde avait le même souvenir, si tout le monde était allé se vautrer dans les dunes du Touquet avant d'arriver à maîtriser la voile du char, ça en ferait des champions, y en aurait du monde sur la plage, à Donville, et pas seulement dans le public.

Non, ça n'est pas une preuve – enfin si, ça prouve peut-être que tout le monde n'a pas des souvenirs identiques, pas que ces souvenirs ne sont pas artificiels.

Échangerais stage de char à voile au Touquet contre initiation au parapente à Orcières-Merlette. Pas un seul puzzle, mais un nombre limité de configurations.

Et même. Même si *mon* puzzle est unique, est-ce que ça prouve que chaque pièce représente un souvenir réel ? Pas du tout. Ça signifie seulement que ce n'est pas de la fabrication industrielle, que tout a été imaginé à mon intention exclusive. Question paranoïa, c'est même pire, non ?

Merde. Merde. Merde.

Un seul vrai souvenir, un seul dont je sois sûr, et je crois bien que j'accepterais plus facilement ce qui m'arrive. Même s'il me montre quelque chose d'atroce, d'insupportable. Ce qui me rend malade, c'est cette fichue incertitude. Je veux savoir ce qui m'attend. Je veux voir la réalité tout de suite, ne pas sentir mes nerfs s'user un peu plus à chaque minute…

« Cyclothymique », prononça quelqu'un, tout près. François comprit qu'il était question de lui, mais son regard demeura fixé sur la cigarette qui se consumait lentement, coincée entre l'index et le médius de sa main droite. Cyclothymique ! Je vous emmerde tous. Finalement, c'est vous qui avez de la chance, pas moi. Moi, la Grande Peur ne me fait peut-être ni chaud ni froid, mais vous au moins, vous êtes sûrs du monde qui vous entoure.

Pendant qu'il la regardait, un bon tiers de la cigarette se détacha d'un coup. La cendre tomba sur le tapis, et François resta plusieurs secondes à la contempler, stupéfié. Mais cela fait moins d'une minute que je l'ai allumée ! Puis il s'aperçut que ce qu'il tenait dans la main, c'était un cigarillo muni d'une bague dorée.

Un puzzle aux pièces interchangeables.

« Je me sens très bien. Très, très bien », dit-il à mi-voix sans s'adresser à quelqu'un en particulier. Personne ne lui prêta attention. D'ailleurs, la conversation avait changé de sujet.

La porte à peine refermée derrière lui, François se sentit seul et misérable. *Misérablement seul.* Bien sûr, sa situation particulière élevait une barrière infranchissable entre les autres et lui, mais l'incompréhension était à tout prendre préférable à la solitude. Il resta un instant immobile sous le globe poussiéreux qui éclairait le corridor aux lambris très fin de siècle, partagé entre le désir de revenir sur ses pas pour retrouver un semblant de chaleur humaine et la crainte de constater une fois de plus que les autres – ses amis, pourtant ! – lui étaient devenus radicalement étrangers.

Oh, bon sang, Julie, si tu savais combien j'ai hâte que nos mondes coïncident enfin…

Décidant qu'un peu d'air frais l'aiderait peut-être à réagir, il se dirigea vers l'ascenseur. La pression insistante de son pouce sur le bouton d'appel n'eut aucun effet ; le voyant placé juste au-dessous refusait obstinément de s'allumer. Cette preuve évidente de mauvaise volonté le surprit à peine : inconsciemment, il s'attendait que rien n'aille selon ses désirs. Quand le monde commence à se déglinguer… L'escalier était toujours à sa place, ce qui le réconforta. Mais peut-être fallait-il que certains éléments demeurent stables afin que, par contraste, les changements qui affectaient les autres prennent un plus grand relief. En descendant, il s'aperçut que des volets de bois plein avaient été posés à l'intérieur des fenêtres. Une protection contre d'éventuels voleurs ? Décidément, le moindre détail suscitait des questions auxquelles il était incapable de répondre.

Dehors, la chaussée luisait faiblement. Plusieurs secondes passèrent avant que François ne comprenne que seule la morne luminescence du ciel éclairait la ville. Et ce silence que troublait seulement le lointain tumulte des vagues… Une nouvelle fois, il hésita à s'éloigner de l'appartement de Théo, mais c'était cela ou affronter les moqueries – ou pire, la commisération. Relevant le col de son ciré, il fit quelques pas sur le trottoir, les yeux fixés sur le sol afin d'éviter de possibles obstacles. La pluie s'était arrêtée. La faute à l'absence de tout autre bruit, le chuintement de ses bottes contre la chape de ciment résonnait au hasard des façades plongées dans l'ombre. Tapage nocturne caractérisé, songea-t-il avec ironie. Manquerait plus que je me fasse embarquer par la police.

À ce moment exact, il perçut un nouveau son. Celui de talons ferrés martelant le sol avec une régularité de métronome. Une patrouille de police ? La coïncidence le figea sur place.

Des silhouettes indistinctes débouchèrent du carrefour proche, s'avancèrent droit sur lui. À leurs côtés, le reflet discrètement menaçant de fusils ou de mitraillettes. La police, vraiment ? Les flics patrouillent en voiture, ils ne se promènent pas en marchant au pas. Des militaires, alors… François sentit une peur irraisonnée s'infiltrer en lui. Sans quitter les silhouettes des yeux, il commença à reculer lentement vers l'entrée de l'immeuble.

« Halte ! » une voix sèche, impérieuse. François sursauta – et s'immobilisa.

Les nouveaux venus l'entourèrent. Casqués, sanglés dans des treillis bardés de poches, chaussés de hautes rangers, ils avaient bien l'allure de militaires. Et pourtant, leur aspect lui parut étrange, sans qu'il pût préciser en quoi consistait cette étrangeté. Peut-être cette visière rabattue à l'avant du casque et qui, utilisant sans doute les infrarouges, devait leur permettre de voir dans l'obscurité.

« *Da grappo da ol fak* », prononça en substance celui qui lui faisait face.

François conserva la plus stricte immobilité, intimidé par toutes ces armes braquées sur son abdomen.

« DA GRAPPO DA OL FAK ! » répéta l'homme plus fort en ponctuant l'injonction d'un geste de la main qui tenait la mitraillette.

« Il dirait vous avançais », fit une autre voix. Penchant la tête, François vit qu'elle émanait d'un individu habillé de la même façon que les autres, mais qui, à part un étui à revolver fixé sur la hanche, ne portait aucune arme. Probablement un officier. Qu'est-ce que je suis censé faire ? Obéir ? Attention, ça a toutes les apparences d'une mascarade, et pourtant ils n'ont pas du tout l'air de plaisanter.

« O.K. » marmonna-t-il, en s'ébranlant dans la direction indiquée par le canon de la mitraillette. Tant pis, j'obéis. Si ces types veulent se payer ma tête, ils auront réussi. Et puis après ? Au point où j'en suis, le ridicule n'est pas ce que je dois craindre le plus…

Immédiatement, deux hommes se portèrent à sa hauteur. Un nouvel ordre fusa :

« *Ste aloke da menist !* »

Alors là, je n'y suis plus. Qu'est-ce que vous voulez que je fasse de plus qu'obéir sans chercher à comprendre ? s'inquiéta François. Pour la deuxième fois, l'officier le tira d'embarras :

« *Votre main sur vos têtes !* »

O.K. Un peu plus, un peu moins, il est dit que je jouerai les pigeons jusqu'au bout. Il joignit les mains sur le sommet de son crâne.

La lente procession parvint au carrefour. En tête, François, surveillé par deux sbires, un de chaque côté, qui le menaçaient de leurs armes. Juste derrière venaient deux autres soldats. Il n'osait pas se retourner, mais il sentait presque l'acier glacé des mitraillettes contre son dos. Fermant la marche, l'officier, les pouces glissés sous le ceinturon. Du cinéma ; il ne manque vraiment pas un cliché, on jurerait un de ces films minables sur la Seconde Guerre mondiale. Moi, je suis le héros, le Résistant Courageux Vendu Par Un Faux-Jeton Mais Qui Compte Bien Défendre Chèrement Sa Peau. Il bomba le torse : comme ça, il se sentait mieux dans son rôle.

« En tout cas, moi, j'ai prêté serment à la BPR », s'écria Théo, assez haut pour que tout le monde puisse l'entendre. « Et je ne crains pas de le dire. Qu'est-ce que ça signifie, ce silence pudique derrière lequel on se retranche tous ? Merde, on le sait bien, qu'on est pratiquement contraints de s'affilier à un groupe, alors pourquoi continuer à se jouer la comédie ?… Je suis pour la franchise, moi. Tenez : on va dire chacun son tour à qui on a prêté serment, d'accord ? En avant pour le jeu de la Vérité ! Moi, je vous l'ai déjà dit, je suis sous contrat avec la BPR. » Il saisit une bouteille de whisky aux trois quarts vide et la tint à bout de bras. « Scotch MacLann, produit par Langdon Inc., filiale BPR. » Il but une gorgée à la régalade, puis reposa le flacon et administra de grandes tapes aux coussins du canapé sur lequel il était assis. « Meubles Mobunit, une autre filiale de la BPR. » Dans le même élan, une claque retentissante sur les fesses de Nath qui passait à proximité. Du verre rempli à ras bord qu'elle tenait à la main jaillit une gerbe de liquide dont une partie retomba sur le pantalon de François. Celui-ci demeura sans réaction, se contentant d'observer la progression de la tache sombre au hasard des fibres de l'étoffe. « Nath, un pur produit BPR ! » tonitrua Théo en s'esclaffant. « Bon, moi je vous ai tout dit. À vous de jouer. Julie, confie-nous ton douloureux secret, mon petit. À qui as-tu vendu ta liberté ? »

La jeune fille marqua une seconde d'hésitation. « Manchabank », dit-elle enfin. Elle leva un regard mi-inquiet mi-ironique vers Théo. « Alors, qu'est-ce qu'on fait ? On est censés se battre, ou quoi ?

— Hoho ! Manchabank, vraiment ? Un rire forcé : « Moi, tu sais, la guéguerre que se mènent les primsocs, je n'en ai rien à foutre. Que tu ne sois pas à la BPR ne me fait ni chaud ni froid. Mais quand même, aller s'affilier à la Mancha… »

Et moi, songeait François qui, l'alcool aidant, atteignait presque à la quiétude, moi aussi j'ai prêté serment à un de vos machin-choses dont j'ignore l'existence ? Leurs histoires, j'y vois de moins en moins clair. Possible qu'ils se soient rendu compte de mon état et qu'ils en rajoutent… De toute façon, ils en seront pour leurs frais : je n'ai pas l'intention de leur demander de quels fichus serments ils parlent.

À un moment, son regard se porta machinalement vers ses pieds. Ses sourcils se froncèrent. À gauche, sa jambe se terminait par la botte de caoutchouc bleu marine qu'il se souvenait d'avoir enfilée le matin, mais le pied droit se parait d'un escarpin Louis XVI de vernis noir orné d'un ruban bleu ciel. Il ferma les yeux. Lorsqu'il les rouvrit, la botte droite était revenue.

Les confessions allaient maintenant bon train. Supérieurs en nombre, les sujets de la Manchabank laissaient transparaître leur joie tandis que Théo menaçait sur le ton de la plaisanterie de réserver l'alcool de la BPR à ceux qui prouveraient leur appartenance à ce groupe. Mais on le sentait tendu et vindicatif, et François se demanda s'il s'agissait vraiment d'une plaisanterie. Quant à Julie, elle riait aux éclats, apparemment excitée par ces renforts qui attestaient la puissance de la Mancha.

Julie. Je croyais te connaître.

Les autres aussi, je croyais les connaître.

Mais tu m'échappes. Ils m'échappent. Vous appartenez au monde, vous. Ce monde que j'essaie de rattraper et qui se transforme toujours plus profondément…

Ils marchaient déjà depuis cinq bonnes minutes et François commençait à se demander ce qui se passerait s'il baissait les bras, s'il s'asseyait par terre, là, au beau milieu de la rue. On verrait bien alors s'ils conserveraient leurs mines sévères ou s'ils jetteraient les masques et éclateraient de rire, reconnaissant par là même que tout ce qui avait précédé n'était qu'une farce de mauvais goût dont François condescendrait même à s'esclaffer. De toute façon, ils n'iraient pas jusqu'à lui tirer vraiment dessus…

Passé les premiers effets de l'air frais, les brumes de l'alcool ingurgité au cours de la soirée reprenaient peu à peu possession de son cerveau. Puisant dans cette circonstance un courage qu'il n'eût peut-être pas trouvé autrement, il s'arrêta pile. Surpris, l'homme qui venait juste derrière lui le bouscula – et alors François sentit réellement le canon de la mitraillette s'imprimer dans ses reins.

« *Sou aska pelide !* » aboya celui qui se trouvait à sa droite en le saisissant par l'épaule.

François n'eut pas le loisir de protester. Non loin de là, il y eut un frôlement, suivi du bruit étouffé d'une course. L'officier hurla un ordre. Aussitôt, les armes automatiques entrèrent en action. Le vacarme dura moins d'une minute, mais le jeune homme, les mains plaquées contre ses oreilles, eut l'impression que ses tympans éclataient. Il scruta l'ombre, sans rien y distinguer de particulier. De la mise en scène, ça aussi ? Peut-être, mais alors de bien meilleure qualité que tout ce qui a précédé…

« *Da grappo da ol fak !* »

Cette fois, François ne se le fit pas répéter. Il poussa même l'esprit de conciliation jusqu'à poser ses mains sur sa tête sans qu'on lui en intime l'ordre.

« C'était un terroriste aussi ? »

L'officier s'était glissé à sa droite. « Je… » commença François, la gorge sèche. Il décida soudain de jouer la carte de la sincérité :

« Je n'y comprends rien. Qu'est-ce qui se passe, bon sang ? Quel jeu jouez-vous ? »

La réaction de l'officier le surprit par sa rapidité. Saisissant François par le col de son ciré, il le gifla en un rapide aller-retour, si brutalement que le jeune homme en resta étourdi pendant plusieurs secondes. « *Ladist !* Je pose les questions, pas toi, compris ? » François acquiesça faiblement. Sa mâchoire lui faisait mal ; ses yeux étaient emplis de larmes. Alors ce n'est pas du cinéma ? pensa-t-il confusément. Si c'est bien un film, en tout cas, je n'en suis pas le héros. On n'a jamais vu un héros fondre en larmes.

« Le terroriste qui s'enfuya, reprit l'homme. Il était complice à toi ? »

Un geste de dénégation.

« Tu répondes », insista l'autre, reprenant François par le col.

« Un complice ? gémit celui-ci. Mais je n'ai pas de complice ! Et je ne connais pas non plus de terroristes… Pour qui me prenez-vous, à la fin ? »

De nouveau, la main de l'officier s'éleva. D'instinct, François se protégea le visage de son avant-bras replié, pareil à un enfant effrayé. Mais satisfait de l'effet obtenu, l'autre se contenta de sourire avec dédain. Son bras retomba. « *Da loubada,* ricana-t-il. Seuls les terroristes ne pas observent le couvre-feu. Tu donc es un terroriste… Mais c'est égal, nous savons des méthodes pour te faire parler. Tu connais beaucoup de choses très intéressantes, non ? Tu parler beaucoup tout à l'heure… » Il se retourna vers ses hommes : « *Lé sapélik, etvo ?* »

« *Hog !* » répondirent les soldats avec enthousiasme. Il revint à François : « Ils êtes contents, tu vois. Très contents. Bonne prime pour ta capture… »

D'une poche de poitrine, il tira un mince paquet. Des fiches, semble-t-il, qu'il se mit à compulser sans cesser de marcher, ce qui confirma l'hypothèse de François selon laquelle les visières noires leur permettaient de voir dans l'obscurité.

« *Olyo !* s'exclama-t-il soudain. *Etvo sâr Rossac !* François Rossac. *Mile prisé alike da prodik !* »

« *Hog !* » répétèrent les autres avec le même entrain. L'officier agita un objet sous le nez de François : « Tu connais ? » Apparemment, il s'agissait d'une photographie en deux dimensions. La nuit empêcha le jeune homme d'y distinguer autre chose que les contours d'un visage, mais ce qu'il avait pu comprendre des paroles de l'officier ne laissait aucune place au doute : ce visage était le sien.

« Ces liens de vassalité, dit quelqu'un. Jamais le monde politique n'aurait dû accepter ça. Ils auraient dû comprendre qu'en le faisant, ils renonçaient du même coup au pouvoir…

— Tu parles ! répondit une voix masculine, sans doute celle de Théo. Le pouvoir, il y a bien longtemps que le gouvernement, le parlement et tout le saint-frusquin l'avaient perdu. À savoir d'ailleurs s'ils l'avaient vraiment possédé un jour ! Ils se contentaient de sauver les apparences, rien de plus. En réalité, ce n'étaient que des pantins dont on tirait les ficelles. Ceux qui décidaient, ils restaient dans l'ombre. Ils y sont toujours, d'ailleurs. On connaît la BPR, la Mancha et les autres, enfin on connaît les sigles et si on se donne la peine de creuser un peu, on arrive à savoir à peu près quelle importance chaque primsoc peut revendiquer, mais qui peut prétendre connaître les hommes qui sont à leur tête ? Personne, ou si peu de monde que ça ne vaut même pas la peine d'en parler. À partir du moment où les primsocs ont décidé pour des raisons de sécurité de conserver le secret sur les délibérations des assemblées générales et la composition des conseils d'administration, c'est la société tout entière, la société *humaine,* je veux dire, qui a changé, qui est devenue une gigantesque société anonyme. Les primsocs font écran, mais ceux qui dirigent vraiment le monde, personne ne les connaît.

— Tu oublies Panuel », fit remarquer l'interlocuteur de Théo.

Panuel. Tiens, tiens… Enfin un élément de la discussion qui ne lui était pas radicalement étranger. François releva la tête, brusquement intéressé.

« Panuel ? Théo hocha la tête d'un air entendu. Franchement, vous y croyez, vous ? Bon Dieu, ce que les gens peuvent avaler comme couleuvres ! Alors comme ça, il suffit qu'un type prétende être le PDG de la Mancha pour que tout le monde le croie sur parole… Mais réfléchissez un peu, vingt dieux ! Quel intérêt un type disposant des pouvoirs de PDG d'une primsoc pourrait-il avoir à sortir de l'anonymat ? Aucun, c'est évident, bien au contraire : s'il veut vivre vieux, un PDG doit demeurer dans l'ombre. Votre Panuel n'est qu'un mythomane. Au mieux, un escroc. À moins… (Son visage prit une expression rusée.) À moins que le véritable PDG de la Mancha ne le paie pour jouer les doublures, affronter à sa place tous les dangers… Qu'est-ce que vous dites de ça ? Ça se tient, non ?

— La Mancha ? intervint Nath, les sourcils froncés. Je crois bien avoir lu quelque part que… N'est-ce pas plutôt la BPR que Panuel dirige ? »

Suivit une discussion assez confuse dont il ressortit que chaque intervenant ou presque avait pu lire ou entendre une version différente de l'affaire.

« Vous voyez ! triompha Léo. Si l'on croyait tout ce qui vient d'être dit, Panuel dirigerait tout. Le PDG des PDG ! Un mythomane, je vous dis. Il lui aura suffi de tomber sur un journaliste peu scrupuleux et avide de nouvelles à sensations… »

François se désintéressa soudain de la conversation et se leva pour remplir son verre. Affalée sur le bar, il y avait une grande fille avec une chevelure argentée dont les mèches hérissées figuraient les piquants venimeux d'un énorme oursin. Il avança le bras avec curiosité, se demandant jusqu'où allait la ressemblance.

« Nom de Dieu ! jura-t-il en contemplant sa main dont la paume s'ornait de quatre petites gouttes de sang. Dites donc, vous savez vous défendre, vous !

— Sylvio, maugréa la fille sans relever la tête. Tu n'es qu'un âne. Est-ce que je t'ai déjà dit que je ne pouvais plus te supporter ?

— Non », convint aimablement François qui renonça à lui révéler qu'il n'était pas Sylvio lorsqu'il s'aperçut qu'elle s'était rendormie. Prenant garde à ne pas approcher la coiffure traîtresse de trop près, il observa les mèches avec attention sans parvenir à y déceler la présence des aiguilles d'acier dont il venait de ressentir la morsure. Peut-être s'agissait-il d'un cosmétique d'un genre nouveau… Il eut une pensée compatissante pour ce pauvre Sylvio dont il avait involontairement emprunté l'identité, puis se consacra au principal problème de l'heure, qui était de conserver son équilibre. Ce décor qui se mettait à tourner autour de lui dès qu'il relâchait son attention ne lui disait rien qui vaille. Aussi s'arrima-t-il fermement à la rambarde de bois qui courait le long du bar. Quand même, cette fille, j'aurais bien aimé savoir quelle tête elle a, songea-t-il vaguement. Dans mon état normal, je… Ouais, se rappela-t-il, la question essentielle est de savoir quel est réellement mon état normal. Ses pensées s'enchaînaient sans aucune logique, alors il se reprocha à voix basse d'avoir bu pour oublier et se traita de lâche, de couille-molle et de… Bon, mais le mal est fait, alors autant continuer, conclut-il en se servant un nouveau whisky.

« À la santé de la BPR », ricana-t-il avant d'y tremper les lèvres, puisque selon Théo c'était à cette primsoc qu'il devait ce breuvage. Soudain, il écarquilla les yeux : en face de lui, un homme le dévisageait avec insistance, la partie inférieure du visage cachée par le verre qu'il tenait à la hauteur de la bouche. François était soûl, mais pas au point de ne pas reconnaître son propre reflet, renvoyé par le miroir style Belle Époque qui couvrait la portion du mur située derrière le bar. L'explication de son sursaut était autre : l'image de lui qu'il avait sous les yeux, quoique noyée dans une étrange pénombre glauque probablement due à l'altération du tain, restait ressemblante, mais elle était en même temps différente du modèle, comme décalée dans le temps. Un réseau de profondes rides creusait ses traits, ses cheveux avaient blanchi d'un coup et s'étaient clairsemés, la main qui portait le verre lui parut décharnée et tremblante. L'homme qui l'observait, ce double immatériel de lui-même était un vieillard.

Le saisissement lui fit perdre l'équilibre ; il se retint de justesse au bar, renversant un bon tiers de son whisky sur le dos largement exposé de la fille-oursin. Celle-ci n'eut aucune réaction. Quand le regard de François revint au miroir, l'illusion s'était dissipée, le vieil homme avait rajeuni d'une bonne cinquantaine d'années. Sans doute un effet de l'éclairage, supposa François. Un savant contrejour et mes cheveux noirs ont viré au blanc ; quant aux rides, je les aurai imaginées… Cette explication ne suffisant pas à calmer son angoisse, il contourna le bar et avança son visage jusqu'à quelques centimètres de la surface aux reflets éteints. Tu devrais te surveiller un peu plus, constata-t-il avec une amère ironie. Tu vieillis… Ces pattes d'oie, tu ne les avais jamais remarquées, pas plus que ce pli dur qui souligne la commissure des lèvres…

Une main fraîche se posa sur sa joue. « Tu te plais ? »

« Non », sourit-il avec effort, un peu gêné de s'être laissé surprendre en flagrant délit de narcissisme. Il mêla ses doigts à ceux de Julie, juchée sur un tabouret à côté de la fille-oursin. « Ce soir, je crois même que je ne me plais pas du tout. J'ai l'impression de devenir vieux… »

Attirant sa main vers elle, elle lui embrassa délicatement le bout des doigts. « Je sais, dit-elle. Moi aussi, ça m'arrive… Mais il ne faut pas penser à ça. La jeunesse est affaire de caractère, François, tu ne dois pas te laisser aller… »

Il fronça les sourcils, mal à l'aise. La réponse de Julie n'était pas du tout celle qu'il avait attendue. Elle manquait pour le moins de conviction.

Peut-être était-ce l'absence de lumière : depuis plusieurs minutes déjà, François n'arrivait plus à s'y reconnaître dans l'itinéraire suivi par son escorte. Comme si les rues qu'ils arpentaient n'avaient pas été celles de Granville mais celles d'une autre cité, étrangère, inconnue. Presque indistinctes, les façades à l'architecture baroque qui les flanquaient n'évoquaient rien dont il se souvînt, elles paraissaient directement issues de l'imagination morbide d'un écrivain anglais du XIXe siècle.

Et puis il y avait ce silence inhabituel ; pesant, hostile, il paraissait doté d'une existence propre, d'une volonté tout entière acquise à la malignité.

Au moment où François s'y attendait le moins, au moment où il commençait à admettre qu'ils avaient vraiment basculé dans un inquiétant univers parallèle, ils débouchèrent sur la place de l'Hôtel de Ville.

Ce lieu lui était familier, et pourtant il ne le reconnut pas tout de suite, peut-être à cause des nombreux chars qui y stationnaient ou des grands projecteurs qui y délimitaient des zones alternatives de lumière et d'ombre selon une géométrie qui n'avait probablement que l'apparence de l'arbitraire. Une foule nombreuse s'y pressait, mais sans que les mouvements divers qui l'affectaient vinssent troubler l'impression d'ordre rigoureux qui se dégageait de l'ensemble.

D'instinct, François s'était arrêté. L'homme qui venait immédiatement derrière lui lui enfonça le canon de sa mitraillette dans les reins. « *Da grappo da ol fak !* » Docile, le jeune homme se remit en route.

Passant devant la masse immobile et sournoisement inquiétante d'un char, il en scruta les parois dans l'espoir d'y découvrir un emblème, mais la surface du métal, uniformément revêtue d'une peinture sombre, semblait vierge de toute inscription.

Le plus surprenant, c'était peut-être l'absence totale de paroles échangées. Seul un martèlement continu de talons frappant le macadam, quelquefois soutenu par le grondement d'une lourde machine de guerre, venait rompre le silence. Comme secrètement avertis de la progression de son escorte, les soldats s'effaçaient devant elle sans paraître lui accorder le moindre regard.

Dédaignant l'hôtel de ville sur la façade duquel convergeaient les feux de plusieurs projecteurs, ils se dirigèrent vers l'autre côté de la place. Chemin faisant, François détailla l'accoutrement des militaires près desquels ils passèrent. Leur casque, surtout, attira son attention. Descendant bas sur la nuque où il s'évasait pour toucher presque les épaules, son aspect évoquait celui des casques de samouraïs. Pour le reste, le jeune homme ne relevait aucune différence notable avec l'uniforme généralement arboré par une armée en campagne.

Ils parvinrent au pied de l'hôtel Saint-Jacques. Au-dessus de la monumentale porte d'entrée pendait un drapeau. Un cercle blanc sur fond noir frappé d'une croix également noire. François secoua la tête, résigné : cet emblème lui était inconnu.

Cédant à la pression exercée contre ses reins, il gravit le large perron qui menait au seuil. Le hall présentait l'effervescence d'une ruche. Nu-tête, sanglés dans des uniformes gris sur lesquels de petites barrettes d'or ou d'argent figuraient sans doute les grades, des hommes allaient et venaient d'une porte à l'autre, toujours dans le plus grand mutisme. Des regards l'effleurèrent, mais sans s'attacher à lui – il lui sembla même qu'ils le traversaient, tout comme s'il n'avait eu aucune substance. Sous la lumière vive des lustres, l'impression de profonde inhumanité déjà éprouvée sur la place revint, plus forte. Obéissant apparemment à une mécanique bien réglée, ces hommes lui semblaient aussi étrangers que des insectes ou des robots.

« Tu ôter tes mains de sur ta tête. Tu ne peux plus t'échapper, maintenant. Mais ne pas jouer au mariole, sinon… » L'officier qui l'accompagnait agita de façon menaçante le pistolet braqué sur sa poitrine. François acquiesça en silence, étonné de la soudaine disparition des soldats qui l'avaient escorté. Sans doute attendaient-ils leur chef devant la porte. Si, ainsi qu'il le supposait, le Saint-Jacques abritait le QG de cette étrange armée, les simples soldats ne devaient pas y être admis.

Dédaignant l'ascenseur, l'officier lui intima d'un geste l'ordre de gravir les marches du grand escalier. Ils empruntèrent ensuite un large corridor.

« Tu arrêtes », dit l'homme. Il frappa à une porte sur laquelle une feuille de bristol avait été fixée à l'aide de punaises. Stupéfait, François contemplait l'inscription manuscrite qui y avait été portée. Les caractères qui la composaient, il était prêt à le jurer, ne faisaient partie d'aucun alphabet existant.

Pour tout mobilier, la pièce comportait un bureau et trois chaises. Dans un angle était installée une petite caméra de télévision. Circuit fermé, pensa François. Ça permet à deux ou trois types de contrôler tout ce qui se passe dans l'hôtel.

Le militaire qui leur avait ouvert, un homme d'une quarantaine d'années aux cheveux coupés ras et aux traits empreints de sévérité en lequel François, d'instinct, avait reconnu un officier supérieur, retourna s'asseoir derrière le bureau et entama une courte discussion avec le garde du corps du jeune homme. Le nom de celui-ci revint à plusieurs reprises et à chaque fois le regard inexpressif se posait sur lui. Puis l'officier qui l'avait amené claqua les talons et s'en fut, sans un regard pour François.

« Asseyez-vous, monsieur Rossac. » Aucune brutalité dans le ton, simplement une profonde indifférence. François s'exécuta, surpris de constater combien ses membres étaient douloureux. Il est vrai que la marche forcée avait duré une bonne heure.

« Je suis content de vous voir ici, monsieur Rossac, très content. » Un petit rire froid. « Pourquoi nous avoir fait attendre aussi longtemps ? Pour vous, la partie était perdue d'avance, vous auriez dû le comprendre. »

François hésita. Ses yeux allaient du visage de son vis-à-vis à la caméra dont l'objectif venait de bouger, sans doute afin d'effectuer une mise au point sur lui. « Écoutez », dit-il enfin, sans savoir s'il s'adressait à l'officier ou à l'individu anonyme qui examinait à ce moment ses traits sur un écran. « Je vous supplie de me croire : je ne comprends rien à cette histoire. Rien de rien. Votre armée, il y a seulement deux heures de ça, j'en ignorais encore l'existence et… »

Il serra les dents pour ne pas crier. D'un geste prompt, l'officier avait saisi une règle de fer et lui en avait administré un violent coup sur les phalanges.

« Bon Dieu ! souffla-t-il lorsqu'il put parler. Vous m'avez cassé les doigts !

— Je ne crois pas, répondit doucement son interlocuteur. Et d'ailleurs, quelle importance ? Si vous vous obstinez à jouer les amnésiques, je vais devoir vous confier à nos services spécialisés. Et pour eux, un petit os cassé, ce n'est qu'un détail insignifiant… »

Les questions qui suivirent étaient du même ordre que celles qu'on lui avait déjà posées lors de son arrestation. N'osant plus plaider la totale ignorance de ce qu'on lui reprochait, François garda le silence. Au bout de trois à quatre minutes de ce petit jeu, l'officier se dressa, livide :

« Petite ordure ! Nous…

— *Ni kalek !* l'interrompit une voix qui fit sursauter François.

— *Benjeli da lominem Rossac ?* dit l'officier, le visage tourné vers la caméra.

— *Hog. Da remi.* »

Les sourcils froncés, l'officier jeta un bref regard à François, mais n'osa pas discuter ce qui paraissait être un ordre. Il se dirigea vers la porte. François fit mine de se lever. « Non, fit l'autre. Vous attendez ici. » Il sortit en refermant la porte derrière lui.

François était seul. Pas pour longtemps, d'après les promesses faites par l'officier. Ces fameux services spécialisés… Spécialisés dans quoi ? Quelle question ! La torture, évidemment. Il plia ses doigts avec difficulté ; tout de suite une vive douleur envahit son bras. Si je ne suis pas capable de supporter ça, dans quel état sortirai-je d'une séance de véritable torture ? La souffrance peut rendre fou…

Délires de sang et de mort. François essayait de contraindre ses pensées à suivre un autre cours. Dans son état normal, le jeune homme se fût étonné de la richesse de son imagination et des capacités encyclopédiques de sa mémoire. Mais à l'heure présente, ces qualités ne l'aidaient qu'à se détruire plus sûrement.

Soudain, il y eut un bruit derrière la porte, et François se redressa en sursaut. Ce n'était qu'une fausse alerte ; les pas s'éloignèrent le long du corridor. Consultant sa montre, il constata que deux heures au moins s'étaient écoulées depuis son entrée dans l'hôtel Saint-Jacques. S'était-il endormi ? En tout cas, les supplices imaginés quelque temps plus tôt n'occupaient plus la totalité de son esprit, il se sentait à nouveau capable de raisonner.

Et d'abord, comment se faisait-il qu'on l'eût laissé seul aussi longtemps ? Et puisqu'il était seul, ne pouvait-il en profiter pour ?… Il se levait lorsque son regard rencontra l'œil de la caméra. Non, bien sûr, il n'était pas seul, pas vraiment, quelque part dans cet hôtel, il y avait quelqu'un qui épiait le moindre de ses gestes… En réalité, il n'avait pas plus de chances de réussir son évasion que si la pièce eût été remplie d'hommes attachés à sa seule garde. Et puis, n'importe quelle raison, bonne ou mauvaise, lui paraissait suffisante pour renoncer à fuir ; en fait, depuis qu'il avait découvert que le monde dans lequel il croyait vivre n'était pas le monde réel, François n'avait plus envie de lutter. Cette armée qui semblait avoir pris possession de Granville (et peut-être de la France, et peut-être de l'Europe, et peut-être…) ne possédait pour lui aucune substance. Qu'y a-t-il de plus vain que de lutter contre des personnages de cauchemar ? Le cauchemar, on l'accepte ou on le refuse en bloc. Et François se trouvait contraint de l'accepter : il constituait une étape dans la longue et douloureuse marche vers la réalité, cette réalité que le Palais des Glaces lui avait fait oublier.

Plus tard (il avait dû s'assoupir à nouveau entre-temps), il se demanda quelles étaient les raisons exactes de son arrestation. Terrorisme ? En tout cas, les deux officiers qui lui avaient parlé paraissaient le considérer comme un adversaire d'importance… C'est cela qui l'étonnait le plus : tout au fond de lui, il se savait plutôt timoré, en tout cas incapable d'une action violente. Me serais-je trompé de personnage ? Oui, mais attention, il ne faut pas oublier que chaque transformation dans ce qui m'entoure tend à rapprocher le rêve de la réalité. Dans le monde réel, je suis peut-être différent de celui que je crois avoir été…

« … millénariens en ont encore fait sauter une autre cet après-midi, ricana Théo.

— Preuve que ça les inquiète, les rasés, dit un garçon aux cheveux frisés que François identifia comme l'un des barmen du Café du Port. Et ça se comprend : les places d'UTO s'enlèvent comme des petits pains, pour eux c'est de la concurrence déloyale. »

Rires.

« UTO ? s'enquit François. Comme ma moto ?

— Rien à voir. Les palais. Le Palais d'Hiver, le Palais des Glaces… enfin, tous ces bidules pour morts vivants. Les yeux de Théo s'étrécirent. Dis donc, tu te fous de ma tronche ou quoi ? S'il y a ici quelqu'un digne de nous faire un cours sur les UTO, c'est bien toi ! »

Les conversations s'étaient arrêtées. Les regards qui convergeaient sur lui lui parurent chargés d'une sorte de haine. Ils savent ! comprit-il. Ils savent et ils m'en veulent.

« Je vous emmerde ! » s'écria-t-il. Il se leva, bousculant une table basse et renversant un verre.

Au moment de sortir de l'appartement, il jeta un coup d'œil en arrière, mais ne vit pas Julie. « Je vous emmerde », répéta-t-il à voix basse, avec moins de conviction. Déjà, il regrettait de s'être laissé aller à un élan paranoïaque. Après tout, ces regards accusateurs, je les ai peut-être imaginés…

Neuf heures du matin.

Depuis la minute où on l'avait laissé seul dans cette pièce rendue aveugle par des volets de bois plein posés à l'intérieur des fenêtres, François ne parvenait pas à se faire une idée objective du temps écoulé. Les indications données par sa montre lui paraissaient hautement fantaisistes ; les heures s'étiraient ou s'amenuisaient au hasard des périodes de veille et de sommeil. Dehors, il fait grand jour, pensa-t-il. Mais, curieusement, il lui était difficile, presque impossible même, de croire qu'ailleurs il faisait jour alors que sans la lumière électrique (une simple ampoule qui pendait au bout de son fil) l'endroit où il se trouvait enfermé eût été plongé dans la plus complète obscurité. Dangereux, ça. Ce n'est pas la première fois que je me rends compte de cette tendance mégalomane à vouloir constituer le seul élément stable de cet univers. La clarté ne me parvient pas, donc pour moi il ne fait pas jour. Attitude mentale spécieuse, mais inévitable. Il faut à tout prix que je réagisse, sinon il arrivera un moment où je dénierai toute réalité à ce qui ne se trouvera pas sous mes yeux. Par exemple, je pourrais tout aussi bien soutenir que ces quatre murs, ce plafond… enfin, que cette pièce représente à elle seule la totalité de l'univers tangible…

Des bruits de pas résonnaient dans le couloir. Il ne leur accorda qu'une attention distraite. Au fil des heures, l'angoisse d'entendre la porte s'ouvrir derrière lui avait reflué ; il commençait d'ailleurs à se demander si cette attente ne constituait pas une nouvelle forme de torture, du moins une excellente mise en condition. Le moment arriverait fatalement où, à bout de nerfs, il en viendrait à souhaiter des supplices plus concrets.

Les pas s'arrêtèrent. Quelqu'un fit jouer la poignée de la porte. Ça y est, pensa-t-il, les voilà… La peur revint, mais le sentiment qui dominait ressemblait plutôt à de la curiosité.

« François ?

— Julie ?… » Abasourdi, il resta sans réaction. Ne trouva même pas la force de se retourner.

Deux mains fraîches et douces se glissèrent autour de son cou. Julie, oh ! Julie, se répétait François, incapable d'une pensée cohérente, comme si son esprit se refusait à admettre que la jeune femme et cette étrange armée puissent coexister dans un même niveau de réalité.

« François… J'ai eu si peur… »

Enfin, il crut comprendre :

« Ils t'ont arrêtée, toi aussi ?

— Arrêtée ? s'écria-t-elle vivement. Et pour quelle raison, grands dieux ? » Le sourire qu'elle lui adressait lui parut artificiel, comme plaqué sur son visage. J'ai commis une erreur, comprit-il aussitôt. La caméra ! L'épiant du coin de l'œil, il surprit le lent mouvement de rotation qui affectait la bague de l'objectif. « Je suis venue te chercher, poursuivit-elle avec naturel. Nicholls a accepté de te libérer.

— Nicholls ?

— Le général Nicholls, oui. » À nouveau, son visage se ferma imperceptiblement, lui signifiant que ce n'était ni le lieu ni le moment de poser des questions. Peut-être était-ce la présence rassurante de Julie, pendant quelques secondes il avait oublié qu'il était encore prisonnier… Il se leva, l'étreignit brièvement. Immobile dans l'encadrement de la porte, l'officier qui avait guidé Julie jusqu'à lui esquissa un sourire méprisant. François crut d'abord qu'il s'agissait de l'homme qui l'avait interrogé quelques heures plus tôt. Mais non, celui-ci semblait légèrement plus grand. Cette différence mise à part, il lui ressemblait trait pour trait.

Escortés par leur garde du corps, ils parvinrent à la sortie de l'hôtel sans que quiconque se fût intéressé à eux. Les chars étaient toujours dehors, pareils à des dépouilles creuses d'insectes de légende, leurs canons pointés sur les quatre coins de Granville. Entre les inquiétantes masses noires, des soldats en rang manœuvraient comme à la parade. Sous la lumière du jour, ce déploiement militaire paraissait plus saugrenu encore que silhouetté par les projecteurs de la nuit.

Sans doute Julie partageait-elle sa répulsion à la seule idée de traverser la place, car elle lui fit prendre la première ruelle venue, qui les obligeait pourtant à un long détour. Se retournant au bout de dix mètres, François constata qu'ils étaient seuls. L'officier avait dû les abandonner sitôt franchi le seuil de l'hôtel.

« Je suis libre ? s'étonna-t-il. Vraiment libre ?

— Bien sûr, dit-elle d'une voix brève. Qu'est-ce que tu crois ? Nicholls me l'a promis.

— Le *général* Nicholls... » murmura-t-il pour lui-même. Probablement un type haut placé dans la hiérarchie de cette armée d'occupation, peut-être même celui qui, à Granville, dirigeait tout... Par quel moyen Julie avait-elle réussi à obtenir sa libération de cet important personnage ? Il sourit intérieurement, songeant qu'il valait peut-être mieux ne pas chercher à le savoir. Si l'on m'avait dit que la figure de mode évanescente dont je me suis amouraché un jour de spleen se muerait en une Mata-Hari rompue aux jeux de couloirs ou d'alcôves d'une société militaire...

Des pavés inégaux qui couvraient la chaussée de la venelle montait une puissante fragrance de terre mouillée dont François s'emplit les poumons avec un plaisir sensuel. Ici, tout était paisible, quotidien, sans surprise, conforme aux souvenirs qui peuplaient la mémoire du jeune homme. D'un coup, ses membres paraissaient avoir oublié les courbatures nées au fil des heures passées sur la chaise de l'hôtel Saint-Jacques. Les inquiétudes, les frayeurs de la nuit avaient pâli, rejetées à l'arrière-plan de ses pensées. Dans l'ombre calme de cette rue, rien n'attestait la présence d'importantes forces militaires à deux pas... Il se prit à penser que peut-être cet épisode du cauchemar était terminé, que l'armée dont il avait été le prisonnier d'une nuit n'avait plus d'existence concrète, qu'elle n'avait constitué qu'une éphémère phase de transition entre le rêve et la réalité.

Enlaçant Julie, il lui prit le menton au creux de sa paume, parcourut des lèvres ses paupières closes, l'espace très doux qui sépare le nez des joues. À sa tendresse, elle répondit par un élan sauvage et désespéré, le griffant de ses ongles à travers ses vêtements, pressant son bas-ventre contre celui de François en un dérisoire simulacre de coït ; puis elle le repoussa avec la même brusquerie.

« Je ne t'ai pas tout dit, murmura-t-elle, les yeux clos. Nicholls a mis une condition à ta libération. Il t'attend cet après-midi au circuit. Lui et toi serez les deux seuls pilotes. Bien entendu, il ne te laisse pas le choix : tu es obligé d'accepter son défi. »

Perplexe, le jeune homme resta silencieux. Il revoyait en pensée les petits bolides lancés sur leurs rails devant la foule enthousiaste… Curieux, songea-t-il, très curieux. Depuis quand relâche-t-on les prisonniers politiques sans exiger d'eux autre chose que de participer à un jeu somme toute assez puéril ?

Dans le regard brillant de Julie, il y avait de l'effroi.

VI
Collisions

Dans les yeux verts de Julie il y avait de l'effroi, mais tout d'un coup les contours du visage avaient changé : dans les pupilles presque noires qui plongeaient à présent dans les siens dansait une petite flamme d'une dureté inouïe.

Il chancela, faillit perdre l'équilibre. Passa une main hésitante sur son front. « C'est drôle, dit-il d'une voix mal assurée. Je ne… Qui êtes-vous ? J'étais avec Julie, et… » Un geste d'impuissance.

« Aucune importance ! » répondit la femme. Elle s'écarta. Il remarqua sa longue robe rouge semblable à une soutane.

« Je vous ai déjà vue. Vous êtes… » La sinistre procession des millénariens au crâne rasé en marche vers le Palais des Glaces, tous habillés de noir sauf cette femme en soutane pourpre qui faisait figure de chef. « C'est vous qui avez mis le feu à cette sorte de blockhaus. » … Et qui avez sacrifié une dizaine de vos amis, faillit-il ajouter. Mais il se retint juste à temps.

« Exact », acquiesça-t-elle. Puis elle parut attendre autre chose de lui. « C'est tout ce dont vous vous souvenez, soupira-t-elle enfin.

— Je devrais me rappeler autre chose ? » demanda François, distraitement. Les sourcils froncés, il examinait le décor. Ils se trouvaient au centre d'une salle aux dimensions cyclopéennes. Non loin d'eux, un grand feu allumé à même les vastes dalles de pierre qui composaient le sol jetait sur chaque chose un éclairage mouvant et trouble. Autant qu'il pût en juger, les murs semblaient être revêtus de lourdes tentures et

amnésie, disait Julie, et ses paroles sortaient de sa bouche, pareilles à des bulles de toutes les couleurs qu'une brise pourtant insignifiante suffisait à disperser tout au long de la ruelle. Hier soir quand tu nous as laissé tomber au milieu de la réunion pour sortir malgré le couvre-feu j'ai bien vu que ça n'allait pas mais le temps que je comprenne que tu voulais vraiment sortir et c'était trop tard j'arrivais à la porte lorsque j'ai vu les fakos se ramener alors je suis restée cachée dans l'encoignure ç'aurait été trop bête qu'ils nous prennent tous les deux.

François suivait des yeux une bulle rose tendre veinée d'un vert profond. « Qu'est devenue la femme en rouge ? » demanda-t-il.

libre je pouvais me rendre utile, continuait la jeune femme sans paraître avoir entendu sa question. N'empêche que personne n'a compris ton coup de tête amnésie je veux bien mais l'amnésie ne vous tombe pas dessus comme ça il y a toujours une cause tu sais ce que j'ai pensé lorsque j'ai vu les fakos t'emmener ? je me suis dit le salaud il a attendu que nous établissions notre plan de bataille et maintenant il va se servir de ça comme monnaie d'échange avec Nicholls.

Cette soirée chez Théo est donc devenue une réunion de conspirateurs ? s'étonna François. Il passa en revue les convives de la veille. Théo, son whisky Mac-je ne sais plus quoi et son snobisme de bon aloi, Nath et ses fixations sentimentales, le petit barman du Café du Port, la fille-oursin – tiens ! celle-là encore, ça pouvait aller, à condition d'approcher les fakos (?) d'assez près, avec sa chevelure-piège, elle faisait une terroriste pas trop miteuse. Mais les autres…

La ferme pression d'une main sur son épaule. La voix de Simon : « … jamais dû accepter ça. Mon vieux, Nicholls n'est pas le genre de type à se lancer dans un truc foireux. Étant donné sa position, il n'a pas le droit de prendre le risque d'une défaite, tu comprends ? Ça veut donc dire… »

François ne saurait jamais ce que cela voulait dire. Il examinait l'étroit boyau plongé dans une demi-obscurité que concluait un escalier éclairé par en dessus et sollicitait sa mémoire, à la recherche du souvenir dont ce décor faisait partie. Normal, en un sens, que les images que je conserve de ces derniers jours soient aussi floues : elles sont si contradictoires qu'elles en arrivent à se détruire l'une l'autre.

Puis il parvint au bas des marches, et tout lui revint. La grande salle aux baies vitrées, le circuit de mini-bolides installé sur le flanc du grand tronc de cône, les pilotes sanglés face au petit écran qui leur donnait l'impression de participer à une course réelle…

Aveuglante clarté des projecteurs. Débouchant sur le dôme, François aperçut tout de suite les hommes en gris rassemblés à l'autre extrémité de la plate-forme. Comme avertis de son arrivée, ils se retournèrent avec ensemble et le toisèrent avec le même demi-sourire méprisant. L'un d'eux, d'une taille inférieure à la moyenne, se détacha du groupe. Visage artificiellement bronzé, cheveux tirant sur le gris, regard inquisiteur. Je l'ai déjà vu, pensa François. Dans le hall du Saint-Jacques ?

« Nicholls a l'air très sûr de lui, souffla Simon sur un ton de catastrophe. Remarque bien, c'est peut-être bon signe. S'il est trop décontracté, il fera des erreurs… »

Le général Nicholls ? Non, ce n'était pas dans le hall de l'hôtel Saint-Jacques qu'il l'avait rencontré…

L'homme s'inclina devant eux, sans un mot.

« Je vous connais, dit François. Je vous ai déjà vu, mais vous portiez d'autres vêtements. Et votre nom était…

— Niklos », coupa le général. Il eut un petit rire qui ressemblait à une toux. « Je savais que vous me reconnaîtriez. Qu'est-ce qu'un nom ? Une suite de sons dénuée de toute signification. J'ai changé de personnage, j'ai donc aussi changé mon nom. Logique, n'est-ce pas ? »

Surpris, François acquiesça machinalement. Il sait… Il se rappelle le rôle qu'il tenait dans le monde qui n'a plus cours. Comment cela se fait-il, puisque ce monde n'avait d'existence que dans mon rêve ? Les UTO, voilà la réponse. Lui aussi a subi une cure au Palais des Glaces (ou au Palais des Rêves, ou… il y en a combien, de ces palais ?) comme moi, comme Panuel. Pour lui aussi, la réalité reprend lentement sa place…

Nicholls – ou Niklos – se détourna. « Voici votre unité de commande », dit-il en désignant une sorte de baquet peint en rouge, muni d'un siège et d'un volant, probablement censé figurer l'habitacle d'une formule 1. Le matériel s'est sophistiqué depuis la dernière fois, songea le jeune homme en constatant que le tableau de bord était la réplique exacte de celui d'une véritable automobile. Mais où est passé l'écran ? Je ne vais pas piloter en aveugle, tout de même !

« Mes mécaniciens ont tout vérifié », poursuivit Nicholls. Il ricana : « Ne vous inquiétez pas. Je vous donne ma parole que tout est en ordre. Je vous battrai dans les règles, pas en trichant. »

Puis il tendit le bras vers un autre baquet, peint en noir celui-là, à l'autre bout de la plate-forme. « Mon unité. Strictement semblable à la vôtre : même sensibilité des commandes, même déchiffrage du parcours. Seule l'adresse permettra de nous départager. »

Mais François ne l'écoutait pas ; il regardait l'immense foule serrée entre les murs de la vaste salle, et la foule lui rendait son regard, tout cela dans un silence impressionnant. Un lien indéfinissable et pourtant presque tangible lui parut s'être établi d'un coup entre elle et lui. Gêné, il se détourna, non sans remarquer que plusieurs rangs de fakos casqués et en armes ceignaient la base du tronc de cône.

Cette foule, je ne me souviens pas de l'avoir traversée en arrivant. Je ne me souviens pas non plus d'être arrivé.

J'étais avec Julie, elle me parlait, et tout d'un coup, je me suis retrouvé ici.

Qu'est-ce qui se passe ? Peut-être mon sens de la chronologie qui fout le camp. Manquait plus que ça…

Nicholls s'était retourné vers ses officiers. Simon lui frappa sur l'épaule. « Tu devrais t'installer. Ils ne vont pas tarder à donner le départ, à présent. »

longtemps qu'on aurait pu la prévoir la fin des vieilles démocraties à savoir même si ce mot-là a jamais eu d'application concrète je ne suis pas très ferrée en histoire mais j'ai bien l'impression que la démocratie est toujours restée un truc abstrait dont tout le monde pouvait se réclamer pour faire oublier les exploitations, les injustices, les inégalités.

Bref, dit François. Cela fit une petite bulle pervenche qui éclata, plic ! juste sous son nez.

Bref, répéta Julie, docile. Un beau jour les primsocs enfin on ne les appelait peut-être pas encore comme ça à l'époque ont décidé qu'elles pouvaient se passer des gouvernants placés ici et là pour aider à croire à la démocratie et elles ont dit que dorénavant il n'y aurait plus de frontières mais que les gens devraient s'affilier à l'une ou l'autre d'entre elles sinon ils se mettraient en quelque sorte en dehors de la société bien sûr je schématise mais en gros c'est quand même bien comme ça que ça s'est passé d'ailleurs

Et il y a longtemps de ça ? interrompit François, pour le seul plaisir de voir les bulles multicolores s'échapper en grappes de sa bouche.

Difficile à préciser tu sais ça ne s'est pas produit en une journée ni même en une année ça a été très long très insidieux personne ou presque ne s'en rendait compte personne ne s'en est rendu compte jusqu'à ce qu'il soit trop tard alors à ce moment-là oui les gens n'ont plus pu ignorer qu'ils s'étaient fait baiser ils se sont mis à gueuler à refuser de s'affilier aux primsocs il y a même eu des attentats mais oh François je n'aurais jamais dû accepter ce marché contre Nicholls tu n'as aucune chance n y vas pas je t'en prie je retournerai le voir ce sera ma liberté contre la tienne.

Les bulles qui sortaient de la bouche de Julie étaient grises, à présent. Grises et noires, on aurait dit d'horribles insectes ventrus. À propos, et Nicholls, dans tout ça ? lui demanda-t-il, au bord de la nausée.

J'allais y venir justement les primsocs tu penses elles avaient tout prévu même cette phase de révolte elles s'étaient gardé quelques atouts l'un d'eux c'était Nicholls enfin les fakos parce que je ne sais pas si Nicholls est à leur tête depuis le début bref alors que la révolte était encore inorganisée ils sont arrivés avec leurs belles paroles et leurs allures de grands seigneurs tu parles si ça a marché tout le monde y a cru bien content d'avoir quelqu'un derrière qui s'abriter en cas de coup dur parce que quand même les primsocs c'était un rude adversaire.

D'où venaient-ils, Nicholls et les fakos ? De quel pays ? La réponse à cette question, François s'en fichait un peu : il savait que les révélations de Julie n'avaient aucune valeur réelle, qu'elles ne dépeignaient qu'un monde transitoire, sans épaisseur. Mais il aimait bien l'entendre parler.

quel pays mais je t'ai déjà dit que déjà il n'y avait plus de pays puisque les primsocs avaient pris la place des nations les fakos surgissaient de partout et ce n'est que lorsqu'ils ont été trop forts qu'on s'est aperçus que leurs belles paroles ne voulaient rien dire qu'ils n'avaient jamais eu l'intention de s'attaquer vraiment aux primsocs et que leur seule fonction c'était de faire en sorte que toute nouvelle révolte soit impossible.

Je veux bien qu'il n'y ait plus de nations, mais tu les as entendus parler entre eux ? La langue qu'ils utilisent on dirait du

« grec, ou du…

— Hein ? s'exclama Simon. Qu'est-ce qui te prend ? Qu'est-ce que tu racontes ?

— Rien », marmonna François. Le siège de simili-cuir noir épousait la forme de ses fesses, de son dos ; ses mains couraient sur le volant recouvert d'une matière grenue et élastique un peu semblable à de la peau. En face, il avait ces milliers de visages levés vers lui. Pour la seconde fois, il lui sembla qu'une connexion s'établissait entre la foule et lui. Il leva les yeux afin de s'y soustraire, vit que deux grands parallélépipèdes avaient été descendus de la coupole juste à l'aplomb de la plate-forme.

« Qu'est-ce que c'est ? s'inquiéta-t-il.

— Les écrans. » Simon secoua la tête avec désespoir. « Merde, ça ne va pas recommencer, ces pertes de mémoire ! Ressaisis-toi, bon sang, ça n'est pas le moment ! » Il se radoucit : « Ce sont les écrans qui permettent aux spectateurs de suivre la course. Ils voient ce que les pilotes voient, rien de plus. »

À la main, il tenait un casque. Bien qu'il ait été lui aussi peint en rouge, François reconnut un casque de fako.

« Bonne chance, petit, murmura Simon, la voix enrouée. On a tous besoin que tu gagnes. » Ce disant, il lui posa le casque sur la tête. En tâtonnant, François trouva la visière. Il l'abaissa sur ses yeux. Immédiatement, ce fut comme s'il avait quitté la salle dans laquelle devait se dérouler la course. La seule chose qui n'avait pas changé, c'était le tableau de bord placé devant lui. Pour le reste…

Un décor simplifié à l'extrême : un ciel blanc-jaune, la ligne d'horizon à la hauteur de ses yeux, au-dessous le glacis noir de la piste bordé d'une rangée ininterrompue de cubes gris sans doute destinés à préciser les contours du circuit puis, plus en retrait, des palissades aux couleurs vives derrière lesquelles une houle sombre suggérait la présence d'une foule nombreuse et enthousiaste. Le type qui a conçu ce simulacre ne s'est vraiment pas foulé ! sourit François. Il leva les yeux, pensant apercevoir le soleil, mais le paysage simulé ne possédait apparemment que des dimensions fort restreintes et, passé ses limites, il n'y avait plus à voir qu'une sorte de brouillard doté d'une trouble luminescence. Même chose lorsqu'il regarda sur les côtés. Seul le véhicule de Nicholls était visible, complet cette fois et non plus réduit à un simple baquet posé sur le sol.

Conscient du regard posé sur lui, le chef des fakos lui adressa un petit signe de la main. Après une hésitation, il y répondit. Le seul sentiment qu'il éprouvait pour le général ressemblait à de l'antipathie, ce n'était pas la haine que, pensa-t-il, on est censé ressentir à l'égard d'un ennemi.

Très loin, une voix énorme entama le compte à rebours.

« Alors, c'est que vous me considérez comme une ennemie. » Les traits de la femme en rouge, éclairés de biais par le grand feu, n'étaient plus qu'ombres et lumières mouvantes dans lesquelles l'éclat du regard paraissait s'être dissous.

« Une ennemie ?... Je ne crois pas, non. Disons que je trouve votre secte inutile et malfaisante. Mais je n'ai rien contre vous personnellement.

— Vous jouez sur les mots. Être contre l'Église de la Terreur Blanche, c'est être contre moi, et vous le savez bien. »

En face de lui, les lourdes tentures frémirent, comme dérangées par une brise dont François, qui ne se trouvait pas à plus de vingt mètres de l'endroit, ne ressentit pourtant pas les effets.

« Vos crânes rasés, je ne les aime pas, dit-il. Je n'aime pas la façon dont vous jouez avec la crédulité des gens. »

Un rire désagréable : « Vous confondez tout ! Utiliser la crédulité, c'était bon pour les vieilles religions…

— C'est vous maintenant qui jouez sur les mots ! s'exclama-t-il. J'ignore quelle méthode vous employez, s'il s'agit d'une forme d'hypnose ou d'un autre procédé, mais vous n'allez pas soutenir que ces crises d'hystérie collective ne sont pas artificiellement provoquées ! »

À nouveau ce ricanement délibérément irritant.

« Vous avez tort. Sur toute la ligne. Vous ne comprenez donc rien à rien ? Tant pis pour vous – d'ailleurs, ça n'a finalement aucune importance. Tout de même, il faut que vous sachiez que la Terreur Blanche ne représente pour moi qu'un moyen. Mon véritable but se situe bien au-delà de l'Église. »

À présent, les tentures s'étaient écartées, livrant le passage à une double file d'hommes et de femmes pareillement rasés et vêtus de noir portant de petites torches d'où montaient les senteurs douceâtres d'essences exotiques. Terminant apparemment une sorte de chemin de croix qui les avait entraînés tout autour de la salle dans l'espace compris entre le mur et les pièces d'étoffe, ils allèrent s'installer en cercle autour du brasier.

« Le pouvoir…, dit enfin François. C'est ça qui vous intéresse, vous aussi ? » Il secoua la tête en souriant : « la concurrence est rude, on dirait. Hier, vous aviez encore toutes vos chances mais aujourd'hui, je crains que vous n'ayez perdu des points. Nicholls et ses fakos, les primsocs… Vos millénariens ne font plus le poids, maintenant.

— Peut-être… Elle eut un geste négligent de la main. Écoutez, reprit-elle, je crois que lorsque vous parlez de *pouvoir,* vous commettez un contresens. C'est bien le pouvoir qui m'intéresse, mais pas celui que je peux avoir sur les gens. Celui-là, je le possède déjà. Ce que je veux, c'est exercer ce pouvoir sur les choses. Vous comprenez ? »

Non, François ne comprenait pas ; pour lui, la différence était trop subtile. Encore une fois, la femme en rouge lui paraissait jouer sur les mots.

C'est idiot, pensa François. Personne n'a jamais fait de bulles en parlant.

Immédiatement, la féerie de couleurs pastel qui prenait sa source entre les lèvres de Julie se tarit. Inconsciente de ce changement, elle poursuivit sa route sans cesser de parler. Il marqua une seconde d'hésitation, puis la suivit. Bon sang, s'inquiéta-t-il fugitivement, qu'est-ce que je viens de faire ? Mais ce n'était qu'un hasard, il ne pouvait y avoir d'autre explication. Et d'ailleurs, on n'a effectivement jamais vu quelqu'un émettre des gerbes de bulles irisées à chaque fois qu'il ouvre la bouche. Je dois être drogué. Oui, aucun doute, ce sont les fakos, ils ont dû vaporiser un produit quelconque dans la pièce où j'ai passé la nuit. Un gaz euphorisant... Oh, ça n'a pas l'air très sérieux comme arme, mais tout dépend des buts recherchés. Dans certains cas, ça peut s'avérer plus efficace que, je ne sais pas moi, disons une mitraillette.

« Je vous en prie », dit Panuel avec un large sourire qui découvrit une prémolaire en or. De sa main tendue, il désignait la chaise située en face de lui. « Asseyez-vous. »

François obéit. Il regardait la bouche de son vis-à-vis et s'étonnait vaguement de ne pas voir des grappes de bulles s'en échapper.

« Je vous attendais », répéta Panuel. Il fit un signe au serveur qui débarrassait une table, de l'autre côté de la salle. « Je savais que vous viendriez.

— Ah oui ? demanda François, se forçant à montrer de l'intérêt pour les paroles de son interlocuteur. Qu'est-ce qui vous faisait penser ça ?

— Aucune importance. Vous prenez quelque chose ?

— Une bière », dit François. Aucune importance... Bon Dieu, ils se sont donné le mot, ou quoi ? La grande prêtresse des crânes rasés, Nicholls... ils me répondent tous ça !

Pendant que Panuel commandait les consommations, François laissait son regard errer autour de lui. Boiseries sombres, fenêtres à petits carreaux aux couleurs délavées, banquettes au cuir fatigué mais d'aspect si confortable, éclat terni du cuivre des suspensions... l'endroit lui rappelait un pub dans lequel il avait passé de nombreuses soirées lors d'un récent séjour londonien et dont le décor, disait-on, n'avait subi aucune modification depuis au moins un siècle et demi que Dickens, qui selon la même légende en avait été l'hôte attitré, était mort. Étrange, que je n'y sois encore jamais venu, ni que personne ne m'en ait parlé... Granville n'est qu'une station balnéaire de peu d'importance, les bars sortant de l'ordinaire n'y sont pas légion... Mais c'est vrai, se reprit-il, si je ne le connais pas, c'est peut-être qu'hier il n'existait pas encore. Il faut que je me méfie ; ma vigilance a tendance à s'égarer, et alors j'oublie que le monde est en train de se transformer autour de moi. Qui sait si, dans la réalité qui m'attend, il y a toujours une ville appelée Londres ?

À moins d'un mètre de lui, les coudes calés sur la table d'acajou massif, Panuel parlait parlait parlait. Mais François considérait l'immense tablier de moleskine noire du serveur, sa chemise à très fines rayures dépourvue de col et les guêtres gris souris qui recouvraient ses chaussures et se disait que la minutie dans la reconstitution du décor était, comment dire ? ostentatoire, oui, c'était le mot.

Le véhicule fit un écart, mais François assura sa prise sur le volant et redressa sa course. Très droite, la piste dessinait une sorte de flèche noire à l'avant du capot, une fusée plutôt, dont les roues, qu'il ne voyait que sous la forme de minces rectangles sombres, figuraient les ailerons. Un coup d'œil au compte-tours, un autre à la jauge. Température. Huile. Impeccable. De chaque côté, les bottes de paille défilaient si vite qu'il ne distinguait plus qu'une bande jaunâtre aux contours imprécis. Il poussa un hurlement de plaisir, grisé par une impression de vitesse que, même en char à voile, il n'avait jamais éprouvée avec cette intensité. Il ne manquait que la gifle de l'air sur son visage, mais cela, il était capable de l'imaginer tout seul.

Puis son enthousiasme décrût : il venait de penser à la foule qui, en cet instant même, devait suivre la course sur les grands écrans parallélépipédiques. Il revit tous ces visages levés vers lui, comprit que ce qu'il n'avait pas su y lire, c'était l'espoir. La crainte, aussi. La confiance, peut-être. Mais surtout un immense espoir qui n'avait que le regard pour s'exprimer.

Pourquoi ? Pourquoi placent-ils cet esopir en moi ? Pas difficile à deviner : parce que j'affronte Nicholls, le général Nicholls, le chef des fakos.

« Je gagnerai ! » cria-t-il. Il ignorait si la foule pouvait l'entendre, mais cela n'avait après tout que peu d'importance. Il se sentait empli d'une conviction nouvelle, et cela seul comptait.

C'est alors qu'à la limite de sa vision, il vit apparaître une ombre fusiforme. Nicholls se préparait à le dépasser. D'un coup de pied rageur, il enfonça la pédale de l'accélérateur. L'aiguille du compte-tours fit un bond en avant et la sensation d'accélération, pourtant uniquement visuelle, fut telle qu'il crut en éprouver les effets dans sa chair. Sa poitrine se creusa, les muscles de son ventre se contractèrent. Bon Dieu, mais les possibilités de ce simulacre de formule 1 sont donc illimitées ?

Sur sa droite, l'ombre effilée du véhicule de Nicholls se maintint quelques secondes à sa hauteur, puis décrocha. Je t'ai eu ! exulta François, regrettant tout de même que les techniciens qui avaient bricolé ces simulacres n'aient pas pensé à les doter de rétroviseurs.

Soudain, une onde glacée le traversa. Le repli de son adversaire avait été trop rapide… Il relâcha sa pression sur l'accélérateur.

Juste à temps. Caché jusqu'ici par une légère pente, un virage très serré se profilait devant lui. Le salaud ! pensa-t-il tandis qu'il rétrogradait dans un hurlement de moteur torturé. Nos chances sont égales… Merde, on ne m'a pas donné la possibilité de reconnaître le circuit, à moi !

Ongles incrustés dans la plage de peau extrêmement sensible qui s'étend du cou au renflement osseux des épaules…

Mal. Mais autre chose aussi…

… plaisir ?

Souffle chaud rapide sur son visage… agréable et désagréable à la fois…

Chaleur électrique sur tout le corps. Sensation de manque au creux de l'abdomen. Non, autre chose ; une sorte de tension, plutôt. Une pieuvre, innombrables tentacules fouisseurs glissés au long de chaque nerf, son corps, c'est… mon sexe ?

Pousser pousser pousser. Corps arqué torturé par l'éphémère tétanie du plaisir. Pousser vers le haut dans ce corps étranger qui bat sur tes hanches… humide… tiède.

Cerveau déserté – ne pas le remplir, surtout. Ne pas penser. Garder les paupières closes.

Mais se dire cela, c'est déjà penser. Pousser, continuer à pousser ; élans mécaniques, tectoniques. Ignorer les questions. Et surtout *la* question : ce corps aux mouvements synchrones… Julie ?

Il ouvre les yeux. Non, ce n'est pas Julie. Ombres mouvantes, lueurs orangées projetées par un grand feu placé derrière lui. La femme a gardé sa robe rouge ; elle l'a seulement relevée pour s'asseoir sur lui. Lui-même s'aperçoit qu'il a conservé ses vêtements. Son pantalon baissé entrave ses chevilles.

Dérisoire…

Son dos retombe sur une matière pelucheuse, peut-être une peau de bête.

François débande.

François pensait qu'il n'y a rien de plus triste que de débander. Trop de ressemblances avec la mort. Un dernier souffle, un ultime crachat et puis plus rien, on devient tout mou, inutile.

Les crânes rasés de la Terreur Blanche, c'est la même chose, disait Julie (la même chose que quoi ? se demanda le jeune homme). Eux aussi ce sont les primsocs qui les ont inventés pour faire peur aux gens tu comprends les angoisses métaphysiques ça fait oublier le reste on se dit que le quotidien n'est pas si moche que ça après tout.

Non, l'interrompit François. C'est une erreur. Chronologiquement, les millénariens ont précédé l'apparition des primsocs, pas l'inverse.

Julie s'écria que non justement, que sa vision des choses était totalement faussée, que les primsocs avaient bien précédé les crânes en peau de fesse et que… Bien sûr ! se dit-il tandis qu'elle parlait, c'est elle qui a raison. Mon appréciation de la chronologie est subjective. Si j'ai vu l'Église de la Terreur Blanche à l'œuvre avant d'entendre parler des primsocs, ça ne m'autorise pas à en déduire que leur apparition dans le monde réel s'est effectuée dans cet ordre…

À nouveau, comme cela s'était produit la nuit précédente alors que les fakos l'emmenaient à l'hôtel Saint-Jacques, le décor lui parut avoir été subtilement modifié. La topologie de la cité lui demeurait familière, mais les détails ne coïncidaient pas avec ses souvenirs. Trop de maisons de style médiéval, pas un seul immeuble de béton. Rien que des façades de granit sombre ornées parfois de gargouilles grimaçantes… Je suis peut-être vraiment en plein Moyen Âge. Un saut dans le passé… Idiot. Impossible. Mais ça ne l'est guère plus que tout ce qui m'arrive depuis quelques jours.

En sortant du virage, François était encore sous le coup de la colère. Le fumier ! S'il me refait le coup, je n'accélère pas aveuglément, je me contente de me maintenir à sa hauteur, comme ça je calque ma vitesse sur la sienne et je profite de sa connaissance du circuit.

Il souriait, satisfait de la tactique qu'il venait de choisir, lorsqu'il s'aperçut que son véhicule ralentissait de façon très nette.

Pression rageuse du pied droit sur la pédale de l'accélérateur. Foutue mécanique ! Tu ne vas pas flancher juste au moment où j'aborde une belle ligne droite… J'ai besoin de toute ta puissance.

Mais la vitesse continua de décroître. À présent, la double bande jaune qui bordait la piste avait repris l'aspect de bottes de paille bien individualisées. Il jura, appuyant de tout son poids sur l'accélérateur. Ce n'est qu'alors qu'il prit conscience des modifications intervenues dans l'image que lui procurait le casque.

Il n'était plus dans l'habitacle d'une formule 1. Le circuit, il le voyait maintenant par une petite fenêtre carrée découpée dans une paroi apparemment faite de métal. À sa pression sur l'accélérateur ne répondait plus le miaulement d'un moteur gonflé, mais un grondement assourdissant. Le tableau de bord s'agrémentait d'un luxe de voyants et de manettes dont il ignorait l'utilité. Entre ses mains, le volant atteignait à présent la taille de celui d'un camion.

Ce n'était pourtant pas un camion qu'il pilotait, il l'avait déjà compris. François n'avait jamais eu l'occasion de descendre dans les entrailles d'un tank, mais cette cabine presque aveugle revêtue d'un épais blindage ne pouvait appartenir qu'à ce genre de véhicule.

La première explosion, qui se produisit à une centaine de mètres de lui sur la droite de la chaussée, ne le surprit pas : il s'y attendait. Puisque sa formule 1 s'était transformée en char d'assaut, celle de son adversaire avait dû suivre le même chemin. Logique.

Nous nous battons à armes égales. Oui, mais ces armes, Nicholls est le seul à en connaître le maniement…

Les explosions se succédaient à un rythme de plus en plus rapide. Toujours plus près, toujours plus près… Ce n'étaient pas de véritables explosions avec projections de terre tout autour du point d'impact et nuages de fumée : l'endroit touché s'illuminait brusquement d'une lumière vive, et c'était tout, le sol n'en gardait aucune trace. Peut-être ne s'agissait-il que d'un jeu inoffensif uniquement destiné à l'effrayer… Mais François décida de ne pas tenir compte de cette supposition et de faire comme s'il s'agissait de véritables projectiles chargés de poudre. On n'est jamais trop prudent.

Si au moins je pouvais voir mon adversaire, songea-t-il. Presque à son insu, sa main gauche quitta le volant, se dirigea vers un bouton qu'elle déplaça le long d'une rainure courbe.

François comprit que la tourelle tournait lorsqu'il vit disparaître la ligne droite de la piste. Pendant une fraction de seconde, son regard accrocha les barrières peintes de couleurs vives derrière lesquelles s'agitaient des silhouettes indéterminées supposées figurer la foule. Puis il ne distingua plus rien. Il n'y avait plus rien à voir que le brouillard vaguement luminescent qui bordait l'image transmise par le casque.

Très près de lui, il y eut un ricanement méprisant. « Vous feriez mieux de surveiller votre route, Rossac, fit la voix de Nicholls. Mon but n'est peut-être que de distraire votre attention afin de vous faire aller dans le décor… »

La voix provenait d'un petit haut-parleur installé derrière le siège du pilote. « Salaud ! cria François, en faisant revenir la tourelle à sa position première. Infect salaud ! C'est comme ça que vous combattez à armes égales ?

— Vous m'avez cru ? » Un petit rire. « Décidément, vous n'avez pas changé, vous accordez toujours votre confiance à n'importe qui. Il faut vous faire à cette idée : cette course, vous n'avez aucune chance de la gagner. Bien entendu, vous avez toujours la possibilité d'abandonner. »

Abandonner… Oui, c'était une solution. Mais François la repoussa d'instinct ; s'il voulait retrouver sa place dans le monde qui sortait des limbes, il savait par intuition qu'il lui fallait aller jusqu'au bout des situations auxquelles il se trouvait confronté. Abandonner, c'eût été du même coup renoncer à accéder à cette fichue réalité que le Palais des Glaces lui avait fait oublier.

« Pas question ! » hurla-t-il. Il repéra un petit commutateur placé sous le haut-parleur et enfonça la touche d'un geste décidé, mettant un terme à ce rapide dialogue.

Devant lui, la piste étirait son ruban gris fer.

Les doigts crispés sur les poignées du guidon, François mit une ou deux secondes à comprendre que le char d'assaut avait disparu. Il chevauchait à présent une énorme moto. Muni de deux vastes stabilisateurs horizontaux, l'engin paraissait sur le point de prendre son vol.

« La BPR ou… la Manchabank, je crois… C'est vraiment vous qui dirigez tout ça ? » demanda François.

Panuel le considéra avec attention.

« C'est possible, dit-il enfin. Mais d'où tenez-vous ça ?

— Oh ! Une conversation entre amis… Les avis semblent partagés : certains vous considèrent comme une sorte de potentat, les autres comme un escroc.

— Hon, hon, fit Panuel. Et vous, quel est votre avis sur la question ?

— Je n'en ai aucun. Il y a seulement deux jours, je n'avais encore jamais entendu parler de vous, alors…

— Oui, murmura le gros homme. Tout de même, j'aimerais bien savoir : de quoi vous souvenez-vous, exactement ? »

Inexplicablement, François sentit monter en lui le besoin de se confier. « Je ne me souviens de rien. De rien de réel, je veux dire. Je sais que vous le savez : je crois avoir subi une cure d'UTO – enfin, de machine à rêver, si vous préférez. Eh bien ! depuis que j'en suis sorti, je me creuse les méninges pour essayer de me rappeler à quoi peut bien ressembler le monde que j'ai laissé derrière moi. Mais rien, aucun résultat. Alors j'attends qu'il se remette en place de lui-même.

— Et… Panuel hésitait visiblement. Quand êtes-vous sorti du Palais des Glaces ?

— Je ne sais pas. Peut-être une semaine, peut-être plus. Pourquoi ? »

Plongé dans ses pensées, Panuel ne répondit pas. François saisit machinalement la chope que le serveur lui amenait. Puis ses yeux s'arrondirent :

« Qu'est-ce qui se passe ? s'exclama-t-il, s'adressant à Panuel. Tout à l'heure, j'en suis sûr, nous étions dans un pub anglais décoré façon fin du XIXe siècle, et… Regardez maintenant ! »

Il montrait les tables de bois brut, le sol de terre battue, les murs recouverts de torchis, les étranges vêtements portés par les serveurs et les clients.

Relevant la tête, Panuel poussa un profond soupir. « N'y faites pas attention. C'est Sylvia et sa fixation névrotique sur le Moyen Âge. Tout va rentrer dans l'ordre.

— Sylvia ?

— N'y faites pas attention, je vous dis. »

Subjugué par le ton de son interlocuteur, François obéit et se plongea dans la contemplation de la mousse qui couvrait sa bière. Quand, au bout d'une minute à peine, il releva les yeux, ce fut pour constater qu'il se trouvait à nouveau dans un pub décoré façon XIXe siècle. Curieux, quand même, qu'il ait pris tout à l'heure pour de l'acajou massif ce qui n'était qu'un revêtement plastique plus ou moins bien imité…

Illusion. Je vis au milieu d'illusions. Combien de temps la réalité mettra-t-elle encore pour m'apparaître ?

Et cette Sylvia dont ce gros bouffi m'a parlé, qui est-ce ?

« Je suis Sylvia, dit la femme en rouge.

— Ah… François hocha la tête d'un air entendu. Alors, c'est vous qui faites une fixation sur le Moyen Âge ? »

Elle renifla avec dédain.

« Qui est-ce qui vous a dit ça ? Panuel ? Niklos ? »

Nicholls, faillit rectifier François. Niklos n'existe plus. C'est un personnage issu d'un passé dont nous sommes très peu nombreux à nous souvenir.

Sans répondre, il rajusta son pantalon autour de ses hanches. « Je suis désolé, dit-il. Pour tout à l'heure, je veux dire. »

Un petit rire de gorge.

« C'est sans importance. D'ailleurs, tu… vous êtes souvent sujet à ce genre de défaillance, si je me souviens bien. Et puis, c'était une erreur de ma part, de croire que…

— Attendez ! l'interrompit-il. Vous voulez dire que nous avons déjà fait l'amour ensemble ? »

Elle parut considérer sa question comme une plaisanterie et partit d'un grand rire. « N'y pensez plus, fit-elle lorsqu'elle se fut calmée. Ce n'est pas pour *ça* que mes fidèles vous ont amené à moi. J'ai besoin de votre appui.

— Mon appui ? ricana-t-il. Dans ce monde que je ne parviens toujours pas à comprendre, de quelle utilité puis-je être ?

— Ce pouvoir, dont nous parlions tout à l'heure, vous vous rappelez ? Eh bien, vous pouvez m'aider à l'établir. »

De quelle sorte d'aide voulait-elle parler ? François n'était pas sûr de pouvoir lui être d'un quelconque secours, mais ce qu'il savait, c'est qu'il n'avait aucune envie de l'aider. Il haussa les épaules : « Quelles raisons aurais-je de le faire ? »

Une forte explosion empêcha Sylvia de répondre. Ils se retournèrent. Au cœur du brasier situé à une dizaine de mètres d'eux s'élevait une boule de feu. Aveuglé, François mit un long moment avant de distinguer les silhouettes des millénariens. La plupart avaient entrepris une ronde grotesque autour de ce qui lui sembla être un champignon atomique en miniature. Quelques-uns se roulaient sur le sol, tentant apparemment d'étouffer les flammes qui leur dévoraient le corps. Personne ne faisait attention à eux.

Entre ses doigts, il y eut un grouillement animal pareil à celui d'innombrables vers. Les dents serrées sur une nausée subite, il résista à la tentation de se débarrasser de cette vermine. D'ailleurs, le phénomène dura à peine deux secondes. Ses paumes reprirent leur aspect coutumier.

Dans la main droite, il tenait à présent un long fouet de cuir ; dans la gauche, des rênes.

À son tour, la moto venait de disparaître. François était debout sur une petite plate-forme montée sur deux grandes roues de bois, et dont l'avant relevé formait une sorte de rambarde contre laquelle il pouvait s'appuyer. Crinières au vent, quatre chevaux blancs galopaient devant.

Un char antique. Baissant les yeux, il constata que son torse était maintenant revêtu d'une cuirasse de métal terne ornée d'incrustations de cuivre. D'épaisses bandes de cuir attachées à sa taille lui faisaient une manière de jupe probablement destinée à lui protéger le ventre et les cuisses. Plus bas encore, des plaques de fer gainaient ses jambes du genou jusqu'au talon. Les techniciens qui ont élaboré cette illusion sont vraiment allés très loin dans la reconstitution des détails, songea-t-il avec amusement.

Mais l'heure n'était pas à l'ironie. Premier problème : conserver l'équilibre sur l'étroite plate-forme atteinte de la danse de Saint-Guy. François se débarrassa du fouet qui l'encombrait et se retint de la main droite à la rambarde. Le second problème était plus difficile à résoudre : il concernait la maîtrise de son équipage. Jouant sur les rênes, le jeune homme parvint à faire comprendre à ses chevaux qu'ils devaient ralentir l'allure. Il était temps : à moins de deux cents mètres de son char se dressait une large colonne de pierre autour de laquelle il comprit intuitivement qu'il lui faudrait effectuer un demi-tour.

C'est alors que, du coin de l'œil, il vit arriver les chevaux noirs qui le dépassaient sur sa droite.

Son premier mouvement fut de regretter d'avoir jeté son fouet. Puis il se rappela la façon dont, en début de course, Nicholls avait failli lui faire manquer le premier virage et poussa sa complaisance jusqu'à se ranger sur la gauche pour permettre à son adversaire de le dépasser plus facilement.

Au passage, Nicholls, vêtu lui aussi d'une cuirasse et d'une jupe de cuir, voulut visiblement lui crier quelque chose. Mais ses paroles se perdirent dans le martèlement des sabots et les grincements de roues.

Nicholls l'avait déjà dépassé de deux bons mètres et se trouvait à la hauteur des chevaux blancs lorsque François s'aperçut que les roues de son adversaire étaient munies de larges lames semblables à des lames de faux. Il vit le char ennemi se rapprocher de son équipage, comprit en un éclair le but de la manœuvre. Tira à mort sur les rênes.

Lorsqu'il parvint à la colonne de pierre, Nicholls était déjà reparti dans l'autre sens avec cent cinquante mètres d'avance. Un goût amer de défaite dans la bouche, François encouragea de la voix ses chevaux à reprendre de la vitesse. Ah ! pensa-t-il, si je me trouvais aux commandes d'un char à voile ! Il ferma les yeux à demi, croyant presque sentir la caresse de la brise marine sur son visage.

Débouchant de la ruelle juste en face de la vitrine, François ne pouvait faire autrement que d'y jeter un regard, même machinal, même désintéressé.

Il s'arrêta pile, sidéré.

(La maison abritait l'échoppe d'un tisserand, et l'artisan exposait dans cette vitrine couvre-lits et pièces d'étoffe qui sortaient tout droit de son métier. Mais, à la distance où il se trouvait, François ne pouvait pas distinguer ce qu'il y avait du côté des petits carreaux de verre.)

Dans la vitrine qui faisait office de glace, il voyait un vieillard décharné trottinant aux côtés d'une fille belle et élancée en laquelle, sans l'ombre d'un doute, il reconnaissait Julie.

Ce vieillard… c'est *moi ?*

Réminiscence : un autre miroir, derrière un bar sur lequel une fille un peu soûle s'est endormie, avec ses mèches de cheveux dressées telles des épines, on dirait un oursin d'une taille improbable. Dans le miroir, chevelure blanche et clairsemée, peau parcheminée où s'imprime un réseau serré de rides, le visage d'un vieillard… Le même que celui-ci ?

Dans le monde immatériel où l'UTO m'a fait échouer, je n'avais que vingt-deux ans. Mais dans le monde réel vers lequel je me dirige, je suis peut-être plus âgé. Beaucoup plus âgé.

Quelle que fût la réponse, il voulait la connaître. « Quel âge me donnes-tu ? » s'entendit-il demander.

Julie l'examina avec perplexité. « Drôle de question. Tu sais, je n'ai jamais été très forte à ce petit jeu-là. Mettons quarante-quarante-cinq ans. Je me trompe ? »

Il ne répondit pas. Quarante ans ! Dix-huit années envolées en quelques secondes… Et encore beaucoup plus, si j'en crois ces images que me renvoient les miroirs. Inconsciente de la blessure qu'elle venait d'ouvrir en lui, Julie se mit à fredonner.

Stupéfait, François regardait la voile qui claquait au-dessus de lui.

Un char à voile ! Mais il est fou, ce Nicholls, il m'offre la victoire sur un plateau ! Ou alors… Oui, il était peut-être sincère, lorsqu'il parlait de combattre à armes égales. Jusqu'à présent, tous les véhicules utilisés l'ont avantagé. Maintenant, nous allons nous battre sur mon terrain. Juste retour des choses…

Là encore, les techniciens avaient fait du beau travail. Très loin devant lui, il apercevait la pointe effilée de l'Épingle. Sur sa droite moutonnaient des dunes aux formes familières, probablement celles de Donville.

Une fraction de seconde pour apprécier vitesse et direction du vent, pour juger de la dureté du sable, une autre pour régler l'angle de la voile.

Dans un grand glissement silencieux, il passa auprès de Nicholls empêtré dans des manœuvres foireuses et le salua d'un grand éclat de rire. Virage autour de l'Épingle. Pas d'imprudence, pas une seconde de perdue non plus. Je m'assagis. C'est peut-être l'âge.

Quarante ans…

François refoula cette pensée tout au fond de son esprit. Il aurait tout le temps de l'examiner plus tard, lorsque la course serait terminée.

En retournant vers l'Estrade, il croisa son adversaire qui s'escrimait toujours avec les commandes de son char. Au moment où il passait à sa hauteur, son appareil perdit tout à coup de sa consistance tandis qu'un brouillard très dense envahissait brusquement le décor.

Ce n'est pas vrai ! s'insurgea-t-il. Ça ne va pas changer une nouvelle fois ! Je veux terminer la course en char à voile !

Les écharpes de brume se dénouèrent. François poussa un soupir de soulagement : ni le véhicule ni le décor n'avaient changé.

Si, tout de même, un élément avait été rajouté. Une banderole suspendue au-dessus du circuit et sur laquelle, en lettres géantes, se détachait le mot ARRIVÉE. François l'avait déjà dépassée de quelques dizaines de mètres quand il se rendit compte qu'il pouvait s'arrêter.

La course était finie.

Il avait vaincu Nicholls.

À peine son char s'était-il immobilisé que des mains se portèrent autour de son cou, lui ôtèrent son casque.

Hébété, il considéra le visage hilare de Simon pendant plusieurs secondes sans le reconnaître. Cette course n'était qu'une illusion, se répétait-il sans vraiment parvenir à s'en persuader. Pendant tout le temps qu'elle a duré, je suis resté immobile, sanglé sur ce siège…

« J'ai gagné », marmonna-t-il.

Ce n'est qu'alors qu'il vit les larmes qui brillaient dans les yeux de son mécanicien.

Qu'il entendit les cris de la foule, si différents des bravos habituels. Des cris où perçait une joie féroce.

Il sursauta lorsque s'y mêla le crépitement hystérique des mitraillettes. Cela ne dura qu'un très bref instant, puis les cris reprirent. Mais c'étaient à présent des cris de colère.

Se dressant hors de son baquet, François vit la foule déferler sur les rangées de fakos censés protéger la plate-forme, les mettre en pièces. Littéralement : au-dessus de la mêlée, parmi des objets divers, armes, casques, pièces d'uniforme, il vit jaillir un bras que l'on venait d'arracher d'un torse. Plus près, c'était un corps sans tête dont s'échappaient par intermittence de longs geysers de sang et qui oscillait d'avant en arrière comme s'il ne parvenait pas à décider de quel côté il allait tomber.

Bizarrement, François ne ressentit à cette vision ni peur ni nausée. L'atrocité de la scène était trop ostentatoire, artificielle. Il avait l'impression d'assister à un spectacle bien réglé, non à une véritable émeute.

La rue qui dévalait vers le port était déserte. Seul y résonnait l'écho de leurs pas, renvoyé par les façades à encorbellements. Julie marchait devant, apparemment pressée d'atteindre un but dont François n'avait aucune idée. (Qui plus est, il n'éprouvait même pas le désir de savoir où elle l'emmenait ; ballotté comme il l'était à l'intérieur de séquences pour lui dépourvues de sens, il se sentait de plus en plus étranger à tout ce qui pouvait lui arriver ; la schizophrénie, songeait-il, ça doit ressembler à cette profonde absence d'intérêt.) La rue était déserte, et tout à coup une douzaine d'individus surgis de nulle part l'entourèrent. Des millénariens, nota-t-il machinalement en remarquant les robes noires, les crânes rasés. Nulle agressivité dans leur attitude : ils se contentèrent de lui barrer la route. Dans leurs yeux, il n'y avait rien d'autre qu'une totale indifférence, une vacuité telle qu'ils semblaient regarder à l'intérieur d'eux-mêmes

Vaguement inquiet, François appela Julie. Mais celle-ci, qui ne se trouvait pourtant qu'à quelques mètres de lui, ne parut pas l'entendre.

Deux êtres étrangement semblables sous leurs soutanes couleur de nuit vinrent l'encadrer de si près que leurs épaules touchaient les siennes. Hommes ou femmes ? Ni l'un ni l'autre peut-être, comme si, en se soumettant à la volonté de leur papesse pourpre, il avaient abandonné toute humanité. Puis ils se mirent en route, contraignant François à les suivre. Devant eux marchait Julie, visiblement inconsciente de ce qui venait de se passer. On dirait même qu'elle a oublié que j'existe…

Arrivés sur les quais, ils continuèrent tout droit, vers la gare maritime, alors que Julie obliquait sur la droite. François la suivit des yeux pendant quelques instants, mais la jeune fille ne se retourna pas.

C'est à peine s'il parvint à reconnaître les lieux. La configuration générale des bâtiments érigés par les compagnies maritimes était toujours la même, mais leur aspect avait été subtilement modifié. Les murs naguère crépis de blanc sur lesquels, en lettres géantes, s'étalaient les sigles des entreprises de tourisme, avaient laissé la place à de sévères façades de béton nu.

Ils longèrent une bâtisse et s'arrêtèrent à une porte que François reconnut. C'était celle contre laquelle, quelques jours ou des éternités plus tôt, avait été suspendue la pancarte indiquant que la compagnie, jusqu'à nouvel ordre, n'assurerait plus les voyages à destination de Jersey.

Jusqu'à nouvel ordre.

Existait-il encore une île appelée Jersey ? Cette île avait-elle seulement eu de réalité ailleurs que dans son imagination ? De plus en plus pesante s'implantait en lui une certitude irraisonnée : celle que Granville constituait la totalité de l'univers. La France, la Terre… étaient devenus des mots creux.

Passé le seuil, ils lui firent suivre un étroit corridor délimité d'un côté par le béton nu du mur, de l'autre par une lourde draperie de couleur sombre. En levant les yeux, il constata que tout ce qui ne constituait pas la carcasse du bâtiment, cloisons, plafonds, avait disparu. En un éclair, il comprit où les millénariens l'emmenaient. Le puzzle recouvrait peu à peu son unité. Quelques pièces encore, et les heures chaotiques qu'il venait de vivre lui livreraient peut-être leur sens.

Les tentures s'écartèrent. Il vit le brasier, la femme qui l'attendait, debout au milieu de la vaste salle.

Il se dégagea de son escorte, et s'avança vers elle : « Vous êtes Sylvia, vous comptez me demander mon appui pour obtenir je ne sais trop quel pouvoir. Inutile de tout recommencer, voulez-vous ? Ma réponse est non. »

Stupéfaite, la femme le dévisagea sans répondre.

Un saut dans le temps, encore un. Mais cette fois, le décor reste le même, à quelques détails près.

Autour du brasier s'est formée une sorte de ronde. Les ombres portées des êtres qui la composent dessinent une bacchanale imprécise tout au long des tentures.

Tout près, quelques corps maintenant immobiles achèvent de se consumer.

Sylvia a ôté sa robe de pourpre. Nue, sa peau se pare des reflets orange et rouges des flammes vers lesquelles elle s'avance avec une démarche empreinte de majesté.

Au moment où elle va l'atteindre, la ronde se fige. Se défait pour lui laisser le passage. Sylvia s'avance toujours. Aucune expression n'anime son visage. Elle paraît rêver.

François frémit involontairement lorsque les pieds nus se posent sur les premières braises. Mais la femme, elle, ne marque aucune hésitation. Un pas encore. Puis un autre. Encore un autre. Parvenue au centre du bûcher, elle s'arrête enfin. Les flammes lèchent son corps qu'on dirait à présent constitué d'or liquide. Soudain, sa chevelure s'embrase.

De ses orbites vides s'écoulent deux ruisselets de lumière.

D'un coup, l'esprit de François se libère de l'hébétude où l'irréalité de cette scène l'avait plongé. Il court le long des tentures, essayant désespérément de se souvenir de l'endroit par lequel on l'a introduit dans la salle. À la fin, il soulève l'étoffe, se glisse en dessous. Trouve une porte. Fermée. Puis une autre : ouverte. Il sort.

Se retrouve ne sachant trop comment dans l'avenue du port, juste en face d'un bar, y entre d'un pas machinal. Voit les boiseries sombres, les suspensions de cuivre. Salue d'un signe de tête Panuel qui l'attend.

Qui l'attend.

Une autre pièce du puzzle, songe-t-il.

Déception : la séquence suivante ne paraissait pas s'intégrer dans cette mosaïque.

Il se tenait debout au milieu d'une large avenue bordée d'immeubles bas et de villas particulières pour la plupart construites à la normande, avec un lacis de poutres brunes délimitant de froides figures géométriques qui lui causèrent un trouble étrange, tant était grand le contraste qu'elles offraient avec le laisser-aller manifeste du reste du décor.

Un monde en ruine. Tout part en couilles. À commencer par moi.

Près d'une minute de contemplation lui fut nécessaire pour remarquer que ce qu'il avait pris pour le sommet d'une côte était en fait une interruption brutale de la chaussée. Un mur indistinct paraissait avoir été construit en travers de l'avenue ; se prolongeant de part et d'autre, il coupait par le travers les maisons avoisinantes. Un mur, ou…

Le dôme ?

L'amenuisement du dôme, déjà observé ces derniers jours, n'a pas cessé. D'heure en heure, la surface protégée de l'extérieur se réduit. L'extérieur ? Tempêtes et cyclones. Puits de néant. Les Açores, l'Alaska, le Tibet, New York

(à supposer – ce qui n'a rien d'évident – que des lieux portant de tels noms aient jamais existé)

finis bouffés rayés de la carte ANÉANTIS. Merde merde merde.

La Grande Peur a donc une origine très matérielle, ce n'est pas le simple syndrome névrotique que tu imaginais. Le monde, l'univers retrécissent. Voilà ce que les UTO t'ont fait oublier. Mais, bon Dieu, on ne peut pas oublier ÇA !

À l'instant même où il pensait cela, il sut qu'il n'avait pas oublié – ou plutôt que, depuis le début, il possédait la clef des changements qui affectaient l'univers. Sa main se porta à sa médaille, ses doigts en explorèrent la surface. É-trait-6. Dieu sait par quel hasard, Julie est tombée pile lorsqu'elle a prononcé É, non E. É-trait-Six. Hêtraie Six…

… Et les limites du monde s'*étrécissent.*

L'inscription de ma médaille n'était pas seulement destinée à m'indiquer la nature du traitement que j'avais subi. Il y avait bien un code, mais celui-ci pouvait être lu de plusieurs façons différentes. Il devait aussi guider mes pas hors du Palais des Glaces en me désignant la caractéristique principale de l'univers que je devais me préparer à affronter. Seulement moi, je n'ai pas su le déchiffrer au bon moment. Les rêves procurés par l'UTO « Hêtraie 6 » avaient encore trop de poids. Comment aurais-je pu croire un seul instant qu'ils ne constituaient pas la réalité ?

Il se retourna, aperçut le grand bâtiment cylindrique qui dépassait le faîte des maisons basses. L'Estrade ! pensa-t-il. Mais je ne suis pas à Donville. Qu'est-ce qu'elle fout ici ? Puis il vit la fumée qui s'échappait à gros bouillons de ses fenêtres brisées et comprit à quel endroit du puzzle cette séquence avait sa place.

« Une belle course, apprécia Nicholls, la mine pensive. J'ai bien failli vous avoir à plusieurs reprises, mais…

— … mais vous avez quand même perdu », termina François pour lui. Odeurs de sang et de poudre, hurlements de douleur, cris de haine. À deux mètres d'eux à peine, un officier en uniforme gris se cassa en deux, fauché par une rafale de mitraillette.

« Oui, dit Nicholls, à mi-voix, sans paraître accorder d'attention à ce qui se passait autour d'eux. Oui, j'ai perdu. Un coup d'œil en coin à François : ces fichus chars à voile ! Je n'aurais pas cru que vous seriez capable de…

— Vous l'avez bien cherché ! Cette idée, de me mettre un char à voile entre les mains ! En le faisant, vous avez signé votre défaite. Vous l'ignoriez ?

— Ah… » Le général le dévisagea avec ce qui ressemblait à de l'ahurissement. « Non, ce n'est pas possible ! Vous n'avez toujours rien compris, vraiment ? Vous avez fait tout cela sans le vouloir ? »

Un autre officier tomba, encore plus près. Il s'abattit sur la rambarde, sa calotte crânienne enfoncée laissant passer de gros morceaux de matière molle, grise et rouge, semblable à d'énormes glaires. Bizarre. Nous sommes mêlés à une effroyable tuerie, et nous devisons comme si de rien n'était, nous parlons chars à voile, quelqu'un viendrait nous servir le thé que je n'en serais pas surpris… Je devrais me sentir concerné, tout de même ! Je dois toujours être ce dangereux terroriste dont les fakos faisaient si grand cas… Un meneur d'hommes, en tout cas : cette foule ivre de vengeance, en dessous de nous, c'est de moi qu'elle attendait le signal de l'émeute, si j'avais perdu, il ne se serait rien passé, la dictature de Nicholls s'en trouverait au contraire renforcée… Mais non, rien. Moi qui me croyais trouillard comme pas deux, je n'ai même pas peur. La seule chose que j'éprouve, c'est une vague excitation, semblable à celle que peut procurer un spectacle particulièrement réaliste. L'acteur est là, devant moi, qui parle, s'affaire, souffre… et moi, je me contente de regarder, je ne parviens pas à me persuader que lui et moi ne faisons qu'un.

Adossé à la rambarde, Nicholls considérait le cadavre avec une curiosité teintée de dégoût. Il secoua la tête, accablé. « Quel gâchis !... » Une seconde, François crut que le général s'apitoyait sur les victimes de l'émeute, et il fut presque étonné de l'entendre exprimer des sentiments où perçait l'humanité. « C'est à cause de vous, tout ce... Bon sang, une telle pagaille me met hors de moi ! »

Le désordre. Oui, bien sûr, c'est ça qui le gêne. Uniquement ça. Qu'il y ait des morts, il s'en fout pourvu qu'ils trépassent dans le plus strict alignement.

Ils restèrent près d'une minute sans échanger la moindre parole. « Bon, articula enfin Nicholls avec effort. J'ai commis une erreur, j'ai sous-estimé votre connaissance intuitive de la situation. Autant pour moi. Mais il n'est pas trop tard pour... Que diriez-vous d'une alliance, hein ? À nous deux, vous n'avez pas idée de la puissance que nous pourrons détenir... »

Interloqué, François éclata de rire. « Vous aussi ? Vous vous êtes donné le mot, ou quoi ? Décidément, tout le monde désire mon aide, aujourd'hui ! » Il n'y a que moi qui ne réclame rien, et pourtant, bon Dieu, s'il y a quelqu'un qui aurait vraiment besoin d'aide...

Les yeux de Nicholls se plissèrent. « Ah !... Ainsi, je ne suis pas le premier... » Un ricanement de mépris. « Sylvia et sa bande de tordus, Panuel et son fric... Qu'est-ce qu'ils représentent ? Rien. Rien du tout. Le pouvoir n'appartient qu'à ceux qui ne font confiance qu'à eux-mêmes. » De la main, il montra la foule en contrebas.

« Il faudrait plus que ça pour m'abattre. Une émeute, ça n'est qu'une péripétie sans importance... » Il se plia en deux, chargea les jambes ballantes du cadavre sur ses épaules puis, d'une poussée, le fit basculer dans le vide. « Un mort, ça se remplace, une armée aussi. » Une petite boule de cervelle grisâtre était tombée sur son col. Il la chassa d'une pichenette.

Lumières sourdes, ambiance feutrée d'un pub victorien.

Les yeux dans le vague, Panuel paraissait réfléchir. François détailla un instant ses traits bouffis de graisse qui, lorsque le visage était au repos, lui donnaient l'allure d'un très vieux nourrisson. Nicholls, Sylvia, Panuel… Des trois, c'est peut-être toi que je préfère, mon gros, en fin de compte. Mais je me méfie : tu es sans doute le plus dangereux. Les fakos de Nicholls, ils me font moins peur à présent. Ce ne sont que des machines, et comme j'ai vaincu leur chef… Les millénariens, eux, je ne les comprends pas du tout, mais leurs messes noires sont plutôt ridicules, si l'on prend la peine d'aller au-delà de la mise en scène de film d'épouvante un peu débile dont ils s'entourent… En apparence, c'est toi qui m'es le plus proche. Pas d'armée ni de secte, des allures patelines… Oui, n'était cette répulsion instinctive ressentie dès notre première rencontre, il se pourrait que je te fasse confiance. Mais qui es-tu, en fait ? Le PDG des PDG, le type qui, au travers des primsocs, est arrivé à asservir tout le monde ? Si ce que m'a dit Julie sur le système économico-politique qui prévaut dans ce monde reflète bien la réalité, alors là tout change. Car cela signifie que les deux autres ne sont que des lampistes qui, consciemment ou non, exécutent tes volontés…

Sa chope de bière était devant lui, aux trois quarts vide. Il avala ce qui restait, faillit s'étouffer : ce que le récipient contenait, ce n'était plus de la bière, mais du bourbon.

Le sourire aux lèvres, Panuel attendit que sa toux se soit calmée. « Allons, dit-il. Vous n'aviez donc rien remarqué ? »

Suivant son regard, François vit les épaisses moquettes, le bar qui couvrait maintenant tout un pan de mur. Sur sa gauche, une étroite scène avait été aménagée. Alors qu'il regardait de ce côté, les rideaux s'écartèrent. Deux couples firent leur apparition tandis que naissaient les premières notes d'une musique faite pour l'essentiel de halètements. Les quatre personnages se déshabillèrent puis, après quelques préliminaires hâtifs, entreprirent de copuler sans entrain excessif.

« Non, murmura-t-il. Non, je n'avais rien remarqué. Quand donc avons-nous changé de bar ? » Il observait les efforts méritoires dépensés en pure perte par l'un des deux hommes pour sodomiser sa partenaire. Pourtant, le bord de l'anus brillait sous la lumière crue des spots, signe qu'on l'avait abondamment oint afin de faciliter l'intromission, mais la verge, trop molle, refusait de s'y installer.

« Nous sommes toujours dans le même bar, bien sûr, répondit Panuel. J'ai simplement remédié aux quelques modifications que Sylvia avait fait subir à notre décor. Vous ne vous en souvenez pas ? C'est pourtant vous qui me l'avez fait remarquer. »

Subjugué par les tentatives désespérées de l'artiste sur scène, François ne répondit pas. La chose aurait pu durer encore longtemps mais la femme, après avoir ondulé de la croupe et caressé les testicules sans résultat apparent, se saisit de la queue indocile de son partenaire et la dirigea vers des lieux plus accueillants où elle s'enfouit sans problème.

François détourna les yeux, adressa à Panuel un sourire empli de candeur. « Alors ? Qu'est-ce que vous attendez ?

— Ce que… ? Je ne comprends pas, dit Panuel, les sourcils froncés.

— Allons, ricana François. Vous ne m'avez tout de même pas entraîné ici pour jouer les voyeurs, hein ? Ce que vous vouliez me demander, c'est mon aide pour conquérir je ne sais trop quel pouvoir. Eh bien, il est inutile de nous faire perdre notre temps à tous les deux. Ma réponse est non. »

Là-dessus, il se leva, sortit du bar. Sur le trottoir l'attendait Julie qui se précipita dans ses bras. « J'avais tellement peur que tu sois déjà parti à… Tu as vraiment l'intention d'affronter Nicholls ?

— Bien sûr, sourit-il. Et je suis sûr de le vaincre. » Elle gémit, la tête nichée au creux de son épaule. L'ennui, songea-t-il, c'est que je suis incapable de lui expliquer de quelle façon m'est venue cette certitude…

La chaleur du corps de Julie contre sa poitrine, et puis… plus rien.

Des cris, encore. De la fumée, beaucoup de fumée, un début d'incendie peut-être.

Nicholls était parti, de même que ses officiers, à moins qu'ils n'aient été tous massacrés par la foule. En tâtonnant, François parvint à retrouver l'entrée du boyau qui permettait de passer de la salle à la plate-forme. Il descendit les marches une à une, avec d'infinies précautions. Un clapotis gluant ponctuait chacun de ses pas, mais il se refusait à imaginer ce que pouvait être ce liquide qui recouvrait uniformément le sol. Il atteignit le fond du passage, puis trouva les marches qui menaient à la salle.

Buta contre un corps qu'une nappe de fumée lui avait caché.

Tomba sur le cadavre.

À ce moment, la fumée se dissipa. Ce visage, qu'il tenait presque embrassé, il le reconnut.

Simon.

Le mécanicien serrait entre ses doigts le cou d'un fako. Celui, sans doute, qui lui avait déchiqueté l'abdomen d'une rafale de pistolet mitrailleur tirée à bout portant.

Assis sur les marches, François resta de longues minutes à contempler le visage de son ami, à s'imprégner de son souvenir. Puis il ferma de ses doigts les yeux révulsés, gomma sur sa bouche le rictus de douleur.

L'esprit vide, il traversa la salle comme un automate, marcha le long d'une rue encore toute pleine des échos de l'émeute.

Le déclic ne se produisit qu'au moment où il s'avança au milieu du carrefour voisin. Il vit l'avenue qui montait en pente douce, brutalement interrompue par un mur qui paraissait n'avoir aucune limite.

Une autre pièce du puzzle.

L'univers est une peau de chagrin

l'univers est une peau de chagrin

l'univers est une peau de chagrin

(Curieux : cette phrase, il avait beau se la répéter sur tous les tons, il n'arrivait pas à se pénétrer de son sens profond. Elle ressemblait maintenant à une de ces comptines qui ne valent que par une heureuse juxtaposition de sons articulés.)

Et pourtant, bordel ! c'est la réalité. Chaque jour qui passe voit la surface inscrite dans le dôme se réduire. Demain, seul le centre de Granville subsistera. Après-demain…

Planté au milieu de l'avenue dans le jour déclinant, François eut tout à coup l'impression que la paroi grise qui constituait le dôme (mais depuis quand celui-ci était-il devenu visible ?) s'avançait vers lui, que des pans entiers de chaussée disparaissaient, inexorablement grignotés.

Agir. Il faut que je fasse quelque chose. Mais quoi ?

Alors, seulement, le puzzle se mit vraiment en place ; alors seulement, il y distingua des lignes directrices.

Sylvia est obsédée par les atmosphères médiévales, et des constructions moyenâgeuses surgissent à tous les coins de rue, un bar prend des allures de taverne. Mais Panuel ne partage pas les mêmes goûts ; la taverne se mue en club sélect où s'exhibent les acteurs du pornobiz. À cause des trucages de Nicholls, je sais que je perdrai la course. Ma seule chance serait que l'on me donne un char à voile à piloter. Et, dans la seconde qui suit…

Et tous ces gens qui sollicitent mon aide. Parce que, sans le savoir, je dispose de pouvoirs supérieurs aux leurs ?

Ces pensées, ces interrogations n'étaient que la partie visible de l'iceberg. Dans l'inconscient de François, tout avait été plus rapide. Par-delà les questions et les demi-certitudes, le désir brut suscitait l'action. Désir de préserver ce qui pouvait encore l'être : ce monde, même réduit à une insignifiante portion, la réalité présente, même si elle n'était pas encore tout à fait la vraie réalité.

François/individu conscient en était encore aux spéculations lorsque la nuit tomba d'un coup, comme si le dôme avait été transformé en un linceul noir d'une extrême opacité.

Il demeura plusieurs minutes immobile, la peur au ventre, à scruter les ténèbres. Puis les lumières de la ville vinrent, l'une après l'autre, calmer ses angoisses. Il se mit en route vers son appartement, cherchant à se convaincre que, vraiment, ce n'était qu'une nuit comme les autres.

VII
Échappée sur sol mouvant

D'abord, François pensa n'avoir dormi que deux ou trois heures. Il étendit le bras sur sa gauche, rencontra l'épiderme tiède et rassurant de Julie endormie à ses côtés. Il se coula contre elle, le visage enfoui dans ses cheveux aux senteurs de pomme verte, la poitrine collée à son dos, le ventre épousant la déclivité de ses fesses rondes. Calquant sa respiration sur celle de la fille, il chercha le sommeil. Il l'avait rencontrée alors qu'il rentrait chez lui. Le hasard. Un hasard de plus. Il se revit, sortant du bar après son tête à tête avec Panuel. Là aussi, la première personne qu'il aperçoit, c'est Julie. Le hasard. À l'issue de sa nuit passée dans le QG des fakos, qui vient le délivrer ? Julie. Non, là ce n'est sans doute pas le fait du hasard, il doit y avoir une explication logique à son apparition dans ce lieu. N'empêche que tous ces hasards insignifiants mis bout à bout... voilà de quoi se mettre à croire au déterminisme – ou à la Providence, ce qui revient au même. Comment pourrait-il croire, par exemple, qu'au sortir du temple de l'Église de la Terreur Blanche aucune volonté extérieure ne l'a guidé vers le pub où l'attendait Panuel ? Le hasard a bon dos, mais quand même.

Ces spéculations avaient chassé les dernières ombres de sommeil. En fait, il se sentait parfaitement reposé. Courbatu, mais reposé. D'habitude, six ou sept heures au moins de sommeil par nuit lui étaient nécessaires... Il se pencha hors du lit, tâtonna un instant à la recherche de son bracelet-montre, qu'il se souvenait d'avoir jeté sur la moquette.

Neuf heures. Du soir ? Impossible : à cette heure, il sortait tout juste du bâtiment cylindrique livré aux émeutiers. Neuf heures du matin, alors… Mais la lumière d'un jaune glauque qui filtrait à travers les persiennes n'avait rien de commun avec la clarté diurne ; à l'évidence, ce n'était que celle que diffusaient les lampadaires de la rue. Cette foutue montre débloque à son tour ! décida-t-il en l'expédiant à l'autre bout de la chambre. Mais le doute était en lui ; il rejeta le drap d'un geste rageur et se leva. Ses membres craquèrent sous l'effort qu'il leur imposait et les courbatures revinrent, plus douloureuses. On dirait que j'ai passé la journée d'hier à m'entraîner au marathon… Il se rassit sur le lit et se massa les cuisses et les mollets. Ses muscles lui parurent inhabituellement durs ; sa peau était sèche sous ses doigts.

Quarante ans, se souvint-il tout à coup. J'ai quarante ans, maintenant. Mon corps ne possède plus les facultés de récupération qui étaient encore les siennes il y a seulement deux ou trois jours…

Quarante ans. Saloperie. Dix-huit années qui ont foutu le camp d'un coup, sans que je m'en aperçoive. Je sortais à peine de l'adolescence, et me voilà adulte. Dans la force de l'âge, comme on dit. Ben merde ! Si j'en juge par mes crampes, la force de l'âge, ça ressemble déjà bigrement au déclin.

Après avoir effectué quelques mouvements gymniques sans excès de conviction, il alla jusqu'à la fenêtre qu'il entrouvrit. Un brouhaha confus lui parvint. Des noctambules en quête de distractions, sans doute. Il écarta les volets.

À quatre étages en contrebas, la rue avait des allures de fourmilière. Les vitrines des boutiques brillaient de tous leurs feux, les trottoirs étaient noirs de monde. Au milieu de la chaussée avaient été dressés des étals garnis d'une alléchante profusion de fruits et de légumes. Des noctambules, ces ménagères encombrées de cabas, ces enfants qui couraient entre les passants ? N'eût été le ciel d'un noir uniforme, rien ne différait d'une matinée comme les autres.

Perplexe, François examinait la scène lorsqu'il sentit une présence à ses côtés. Il se retourna. Julie s'étira en bâillant. « Quelle nuit ! J'ai l'impression d'avoir dormi des journées entières ! »

Oui, c'est peut-être l'explication, pensa-t-il en la serrant contre lui. Puis, presque tout de suite, lui vint la certitude qu'il n'en était rien : il se savait incapable de dormir plus de douze heures d'affilée. Et d'ailleurs, ça n'aurait pas expliqué cette foule qui faisait son marché en plein milieu de la nuit.

« Je ne sais pas ce qui se passe », dit-il. Il lui raconta l'épisode de la montre. « Je commence à croire qu'en fait, elle ne débloquait pas du tout. Il est vraiment neuf heures et des poussières. Mais comment se fait-il que le jour ne soit pas encore levé ? »

D'un geste vif, Julie s'écarta de lui. « Le jour ? s'exclama-t-elle. Levé ? »

François resta un instant sans comprendre. Puis il se prit la tête dans les mains et ferma les yeux afin d'échapper au regard terriblement candide, désespérément sincère de Julie.

Elle ne joue pas la comédie. Elle ignore ce que veut dire l'expression *le jour se lève.*

Ou plutôt, elle l'a oublié.

Aujourd'hui, le jour a oublié de se lever.

AuJOURd'hui… À savoir si ce mot possède encore une signification…

Il est neuf heures du matin, et il fait nuit noire.

Dans ce monde ne règnent que les ténèbres.

Longtemps après, lorsqu'il trouva la force de rouvrir les yeux, il vit que Julie n'avait pas bougé d'un pouce. Dans son regard se lisait toujours la même interrogation. L'espace d'une seconde, il eut le désir de lui expliquer ce qu'était le jour, de la questionner à son tour pour apprendre d'elle les lois qui régissaient ce nouvel avatar de l'univers, mais il y renonça avant même d'avoir ouvert la bouche. Entre nous deux, il n'y a plus de communication possible. Nous croyons vivre l'un à côté de l'autre ; en réalité, des années-lumière nous séparent.

Nous n'avons pas eu de chance : à peine nous sommes-nous connus qu'une lente dérive s'emparait de moi, m'emportait toujours plus loin… Oh, Julie ! Je ne sais même plus si je t'aime ou si je me contente de rêver que je t'aime. Bien sûr, il y a ces contacts épisodiques entre nos corps, mais combien de temps encore nous faudra-t-il pour nous en lasser ?

Le temps. Oui. Dans la réalité qui n'en finit pas de se mettre en place, le temps est peut-être une notion qui n'a plus cours. Cette hypothèse n'est après tout pas plus idiote que toutes celles que j'ai pu formuler jusqu'ici. Et puis, elle serait bigrement utile pour expliquer le vieillissement subit de mon corps.

Toutes ces suppositions ne mènent à rien, songea-t-il un peu plus tard, alors qu'il s'aspergeait le visage d'eau glacée. Ton ignorance est telle qu'aucune n'a de chance d'approcher la vérité, alors vaut mieux abandonner le petit jeu des hypothèses. La seule chose qui te soit permise, c'est de te laisser ballotter au gré des événements. La seule que tu puisses tenter, c'est de conserver un minimum de lucidité au sein de la tempête. À supposer, bien sûr, que tu sois encore sain d'esprit, ce dont tu es le premier à douter.

En relevant la tête, il surprit son reflet dans le petit miroir accroché au-dessus du lavabo. Son cœur lui parut s'emballer, et il se plia en deux, les bras noués autour de sa cage thoracique, craignant un malaise cardiaque. Lorsque enfin les coups sourds qui ébranlaient sa poitrine eurent diminué d'intensité, il s'écarta du miroir afin de ne plus risquer d'y rencontrer l'image qui à présent le hantait.

Ce visage… Celui d'un homme de quarante ans, vraiment ? Cinquante ans, oui, peut-être même soixante.

En même temps, il prenait conscience de signaux émis par ce corps qu'il n'arrivait plus tout à fait à considérer comme le sien. Un goût amer dans la bouche, signe d'une mauvaise dentition ou d'une digestion défectueuse. Des tiraillements dans la région abdominale, et qui provenaient peut-être d'une vieille cicatrice. Une très légère ankylose du cou…

Rien ne va plus. Jusqu'ici, je me sentais étranger au monde qui naissait sous mes yeux. Maintenant, je le suis à mon propre corps.

Il se rasa à l'aveuglette, mais ne put éviter de remarquer les poils gris qui s'étaient amassés sous la lame. En s'habillant, ce fut encore pire. La peau blême et flasque de son ventre se plissait sous ses doigts, molle, obscène.

Ce n'est que lorsqu'il fut prêt, la main déjà posée sur le loquet de la porte, qu'il se souvint de l'existence de Julie. Allongée sur les draps, nue, elle paraissait s'être rendormie. Il resta un long moment à la contempler, se demandant vaguement s'il n'allait pas la réveiller. Mais à quoi bon faire durer cette situation ridicule ? Julie n'avait plus rien à faire avec le vieux bonhomme qu'il était devenu. Il sortit, referma doucement la porte derrière lui.

Une sensation de malaise demeurait, qu'il mit plusieurs minutes à s'expliquer. Tout au fond de lui, il savait que Julie ne dormait pas vraiment. Et il avait la certitude qu'elle feignait le sommeil parce qu'elle avait cru comprendre qu'il désirait se débarrasser d'elle en douceur. Il faillit revenir sur sa décision, mais le souvenir du reflet entraperçu dans le miroir l'en retint. Pardonne-moi, Julie. C'est pour toi que je m'en vais.

Vu de la rue, le ciel était toujours tel qu'il avait pu l'observer de la fenêtre. Un linceul d'un noir terne. Nulle impression de profondeur, d'immensité, mais au contraire celle d'être enfermé sous une sorte de cloche faite d'une matière qui absorberait la lumière…

Alors, il y a peut-être une explication logique à ces ténèbres, se dit François. Le dôme. Pour une raison inconnue, il ne laisse plus passer les rayons lumineux.

Il s'éloigna à travers la foule. C'est vrai, pensa-t-il, s'il ne faisait pas nuit, rien ne différerait de ce que j'ai connu *avant.* Un jour de marché comme les autres. Les gens flânent, discutent d'événements insignifiants, se grisent d'odeurs maraîchères. On feint de s'étonner du prix de la laitue, on se demande des nouvelles du petit dernier, celui qui a eu une mauvaise rougeole… Difficile d'imaginer que ces personnages fermement ancrés dans le quotidien sont peut-être les mêmes que ceux que j'ai vus atteints de cette folie collective entretenue par les millénariens… ou mieux, qu'ils ont participé à l'émeute d'hier !

À un moment, il aperçut deux hommes en uniforme, debout dans la lumière d'un lampadaire. Inquiet, il pressa le pas. Mais ce n'étaient que des agents aisément reconnaissables à leurs képis. François sentit une onde de gratitude le traverser : comparés aux fakos, ils paraissaient tellement humains, si peu menaçants…

Comme d'habitude, il y avait foule autour des marchands de crustacés. Il s'attarda le temps de voir un chargement d'araignées de mer que l'on déversait dans de grands paniers d'osier et reconnut parmi les badauds une jeune voisine qu'il salua d'un clin d'œil désinvolte. Pour toute réponse, la fille fronça les sourcils et se pencha vers une femme d'âge mûr qui l'accompagnait, vraisemblablement sa mère. Celle-ci prononça tout haut une phrase qui fit se retourner vers lui les autres personnes présentes. Cette phrase, François n'en saisit que deux mots, mais ces deux mots suffirent pour qu'il prenne la fuite sous les regards réprobateurs. *Vieux cochon…* Bon Dieu, il faudra bien que j'arrive à me mettre dans l'idée que je ne suis plus exactement ce qu'il convient d'appeler un jeune homme ! Cette fille, je pourrais être son grand-père, à présent. Sur le plan physique, du moins, parce que côté mental… Un corps blet, un esprit à peine sorti de l'adolescence : c'est ce contraste qu'il me faut gommer sous peine de voir ce genre de scène se reproduire à longueur de journée. Il faut que je m'habitue à ma condition d'homme de soixante ans… Et en même temps que je n'y pense pas trop, sinon je ne pourrai plus éviter le désespoir qui affleure à chaque instant. Parvenu au bout de la rue, il tourna sur sa droite, en direction du port. Un simple automatisme : en fait, il n'avait envie d'aller nulle part. L'ennui, c'est qu'il ne pouvait plus rentrer chez lui.

L'avenue du port présentait son aspect habituel. Terrasses de cafés brillamment illuminées, cohortes de touristes musardant le long des quais… Ici, la noirceur du ciel ne provoquait aucun sentiment d'étrangeté. La scène était identique à celles qui s'y déroulaient chaque soir. Mais la montre de François marquait onze heures du matin…

Il alla jusqu'au bout du quai, marcha encore pendant plusieurs minutes avant que l'information ne parvienne jusqu'à son cerveau :

La mer avait disparu. Les bassins du port étaient vides.

L'instant d'après, il révisa cette première appréciation. Ce n'était pas seulement la mer qui avait disparu, mais tout ce qui se situait au-dessus du niveau moyen des eaux. Ainsi la jetée dont les parois de béton reflétaient les lueurs du port et qui se trouvait pile en face de lui paraissait-elle avoir été coupée à mi-hauteur, faisant ainsi penser à une passerelle construite au-dessus de –

– au-dessus de quoi ?

Je rêve, se dit François. Encore et toujours. La mer est là, bien sûr, ce qui donne l'illusion de son absence, c'est qu'aujourd'hui aucune vague ne vient en troubler la surface. Aujourd'hui, elle a l'apparence d'un miroir, un simple miroir reflétant la noirceur du ciel.

Quand même, cette immobilité, ce silence, ce n'est pas normal. Il se courba, choisit un petit galet et le lança dans le bassin, à ses pieds.

Arrivé au point où la trajectoire du projectile était censée croiser la surface de l'eau, le galet disparut mais aucun bruit, aucun clapotis ne ponctua sa chute.

« Alors, l'ancien, on médite ? »

L'ancien… La voix était familière. Théo et la bande habituelle paraissaient s'être matérialisés en une fraction de seconde. Leurs regards allaient de l'ironie au respect. Tant qu'à faire, je crois que je préfère l'ironie, pensa François. Bon sang, si seulement l'un d'entre eux pouvait se souvenir qu'il y a deux jours j'avais encore leur âge…

« Désolé, les gars, dit-il en se détournant. Vous pouvez me laisser ? J'ai envie d'être seul. »

Qu'est-ce que je suis censé être pour eux, à présent que mon âge représente trois fois le leur ? Un mentor, une sorte de référence ou de protecteur ? Ou au contraire un vieillard que l'on s'amuse entre soi à entendre radoter ?

Ils étaient toujours là, derrière lui. Désolé, oui désolé, mais pitre ou statue du Commandeur, je ne jouerai aucun rôle. Alors qu'il commençait à s'éloigner, il y eut un bruit de pas à ses côtés.

« Tu te sens bien, tu es sûr ? C'était la voix ténue, un peu rauque de Nath. Je veux dire… Tu préfères vraiment rester seul ?

— Je suis encore capable de savoir ce que je veux ou pas ! » Sitôt prononcés, il regretta ces mots, inutilement agressifs.

Un silence embarrassé. Mais elle s'obstina à le suivre.

« Tu sais, risqua-t-elle enfin. Ce n'est pas très prudent, ce que tu fais. Le maire ou le chef de la police pourraient bien profiter de ce que tu te trouves seul pour… »

Le maire ? Le chef de la police ? Les paroles de Nath semblaient indiquer qu'il s'agissait de nouveaux ennemis…Il eut un petit rire. Lorsqu'on a vaincu le général Nicholls et soulevé la foule contre les fakos, lorsqu'on a répondu par le mépris aux offres de la prêtresse et de ses crânes rasés, lorsqu'on ignore celles du grand patron des primsocs, quelques adversaires de plus ne sont pas pour faire peur. Même si l'on ne dispose que d'un corps usé par les années.

« Tu es gentille, Nath, dit-il en posant sa main sur la nuque de la jeune fille en un geste qu'il voulait affectueux et qui lui parut ridiculement paternel. Mais ne t'en fais pas pour moi : je ne risque absolument rien. »

Elle lui adressa un regard suppliant, mais n'insista pas. Lorsqu'il repartit, elle demeura immobile, hésitant visiblement à rejoindre les autres en le laissant seul. Pourtant, deux ou trois minutes plus tard, il se retourna et constata qu'elle avait disparu.

Le port de plaisance offrait un aspect inaccoutumé. En descendant l'escalier de bois, François se demandait en quoi exactement résidait l'étrangeté qui l'avait frappé d'emblée ; bien sûr, l'endroit paraissait désert, mais ce n'était pas la première fois que François s'y retrouvait seul. Et puis, cette obscurité avait de quoi décourager les plaisanciers les plus acharnés… Il ne comprit qu'en arrivant à la hauteur des premiers yachts. Les mâts ne bougeaient pas d'un pouce. Pas le moindre raclement, grincement ou clapotement. Dans le port, tout n'était qu'immobilité et silence. On eût dit que les esquifs étaient pris dans un épais goudron qui leur interdisait tout mouvement.

Éclairés de loin en loin par de maigres lumignons, les lieux étaient vraiment sinistres. François se hâta vers son chriscraft en scrutant le sol pour éviter les cordages oubliés en travers de la passerelle. Il y monta sans sentir sous ses pieds le balancement coutumier. Fait plus curieux encore, lorsqu'il regarda par-dessus le bastingage, il ne put rien distinguer au-delà de la ligne de flottaison. Il se pencha, le bras tendu vers le bas, s'attendant à toucher la surface de cette manière solide qui avait remplacé la mer. Mais il n'y avait rien. Ni mer, ni goudron. Rien. Le vide. Il se souvint de l'impression ressentie alors qu'il longeait le quai, cette jetée pareille à une passerelle lancée au-dessus d'un gouffre sans fond…

Pris d'un doute, il chercha à atteindre la partie de la coque située au-delà de cette surface obscure et immatérielle. Là non plus, sa main ne rencontra aucune résistance. Hébété, il la vit pénétrer sans effort dans la paroi de plastique – ou plutôt à un endroit où, naguère, s'était trouvée une paroi de plastique. Celle-ci semblait avoir été coupée net et le rebord délimité par la ligne de flottaison avait le tranchant d'une lame de rasoir. François contempla un instant ses phalanges que la blessure barrait d'un trait net et rouge. Son esprit lui paraissait empli d'une matière cotonneuse qui s'opposait à toute activité mentale cohérente. Il fallut que la douleur lui parvienne enfin pour qu'il trouve la force de réagir.

La blessure n'était heureusement que superficielle ; l'épiderme seul avait été entamé. Les dents serrées, il s'aspergea les doigts d'alcool pharmaceutique, puis se mit en devoir de se confectionner un pansement de fortune en se servant de sa seule main gauche. Le résultat n'était guère probant, mais François s'en moquait, étonné de constater qu'il pouvait encore se préoccuper de détails aussi minimes que son propre bien-être alors que l'univers entier tendait de plus en plus à ressembler à la caricature de celui qu'il avait naguère connu.

En ressortant de la cabine, il ouvrit un coffre où, parmi d'autres accessoires rarement utilisés, se trouvait l'échelle de bord. Il la fixa aux montants prévus à cet usage et la regarda se dérouler. Le phénomène qui avait fait disparaître tout ce qui se situait au-dessous du niveau de la mer ne devait plus agir, car il vit les derniers échelons se balancer à deux mètres en contrebas de l'endroit où la coque de la vedette cessait d'exister. Une brève hésitation, puis il fit basculer son corps en dehors du bateau. Nulle peur en lui, simplement une très vague appréhension.

D'échelon en échelon, ses pieds dépassèrent la ligne de flottaison, puis ce furent ses genoux. À mesure qu'il descendait, son corps lui semblait devenir plus léger ; cette sensation, François la connaissait : c'était celle que l'on éprouve lorsque l'on s'enfonce dans un liquide. Bientôt, ses pieds quittèrent leurs supports de bois et se mirent à flotter tandis qu'il continuait à descendre en s'aidant seulement de ses mains.

Enfin, sa tête passa au-dessous de la ligne de flottaison. Les doigts serrés sur les montants de corde, il resta un long moment sans comprendre ce qu'il voyait. Son esprit refusait l'évidence…

Une image inversée du chriscraft.

À chaque relief de la superstructure correspondait un creux. Le bateau n'était qu'une coque vide coulée dans un métal dont l'épaisseur ne devait pas dépasser le micron et à l'intérieur de laquelle, visibles grâce à une lumière diffuse qui n'avait aucune source apparente, étaient reproduits les moindres détails de la surface externe. L'antenne fichée au sommet de la cabine de pilotage devenait l'intérieur d'un tube conique tandis que les rainures ménagées sur le pont afin d'évacuer l'eau s'étaient muées en protubérances hémicylindriques. De l'endroit où il se tenait, il pouvait voir les doubles inversés des hublots de la cabine ainsi que des larges baies du poste de pilotage ; quoique toutes ces surfaces vitrées lui apparussent uniformément noires, il eut l'intuition que s'il avait pu s'en approcher, il eût distingué au travers d'elles les boiseries façon acajou, les couchettes revêtues de tissu écossais de la cabine, le tableau de commandes, les parois tapissées de cartes marines du poste de pilotage…

Une cabine, un poste de pilotage qui avaient cessé d'exister. Du moins s'il en croyait ses sens.

Et pourtant, cette cabine, il était sûr d'y avoir pénétré tout à l'heure… D'ailleurs, s'il en avait douté, sa main bandée était là pour le prouver. Où était-elle, alors ?

Dans quel repli secret de l'univers était-il entré sans le savoir ?

Il n'éprouvait toujours aucune peur. Ces spéculations lui paraissaient trop abstraites : lorsqu'il avait poussé la porte et allumé les lampes, rien d'anormal ne l'avait frappé, il avait retrouvé le décor familier de la cabine avec ses parois revêtues de bois exotique, ses matelas posés sur des coffres, son coin-cuisine et sa table pliante. Ça, c'était du concret. Ce qu'il voyait maintenant…

Il passa sous la coque creuse afin de mieux examiner cette image surréaliste, posa une main à plat sur l'extérieur du bâtiment après avoir glissé le bras entre deux échelons (précaution surtout destinée à lui permettre de garder prise sur la réalité, du moins sur l'univers qui se rapprochait le plus de la réalité qu'il avait connue).

La première chose que son regard rencontra fut sa propre main. Ou plutôt *l'intérieur* de sa main…

Cela ressemblait à une de ces empreintes qu'enfant il s'amusait à prendre dans de la pâte à modeler, mais chaque détail, pores, rides, léger duvet, s'y trouvait sublimé par la même phosphorescence qui éclairait cette face du navire. À l'emplacement du poignet, il y avait un orifice elliptique que prolongeait une sorte de tube aux contours irréguliers. Il ne reconnut l'image inversée de son bras qu'en apercevant la montre qui ceignait le poignet. Montre qui semblait gravée en creux dans le verre et l'acier et dont le cadran lui apparaissait lui aussi inversé.

Instinctivement, il y porta sa main blessée. Ses doigts suivirent le vallon tiède et élastique des phalanges puis le léger sillon formé par les tendons, jusqu'à l'orifice du poignet… À ce moment seulement, il comprit ce qu'il était en train de faire. L'idée qu'il explorait l'intérieur de son propre corps lui parut d'abord absurde, mais à la réflexion… Et pourtant, comment se faisait-il que la main qui se trouvait être l'objet de ces explorations n'eût éprouvé aucune sensation, hormis celle, fraîche et lisse, de la coque de plastique sur laquelle elle était posée ?

Il se mit à rire. Cette fois, plus de doutes, je suis bien fou ! Mais dans la cloche que formait le chriscraft au-dessus de lui, le rire éveilla de lugubres échos. Il se tut. À présent, une crainte sournoise, quasi superstitieuse s'insinuait en lui. Le sentiment lui vint que peut-être l'aspect des choses qu'il avait découvert eût dû lui rester fermé à tout jamais…

D'une poussée, il sortit de sous la coquille creuse. Dans ce mouvement, et pour la première fois depuis qu'il était descendu en dessous de l'ancien niveau de la mer, son regard se posa sur la ville.

La faible distance qui l'en séparait l'empêchait de saisir le paysage dans sa totalité, mais cette phosphorescence trouble qui l'éclairait par en dessous ne laissait aucun doute : Granville, comme son chriscraft, n'était plus qu'une coquille creuse. Un gigantesque moule fait d'une matière plus fine qu'une feuille de papier.

Il demeura un long moment sans bouger, essayant d'imaginer l'aspect de Granville inversé d'après ce qu'il avait pu observer sur son bateau. Les gouffres parallélépipédiques formés par les immeubles, les rivières courant sur le faîte des talus, les hautes colonnes qu'on hésite à appeler puits… Et, dans les trottoirs en creux, des orifices qui béent par intermittence, un peu comme une respiration régulière et multiple, et qui matérialisent les pas des piétons…

Reprenant pied sur le chriscraft, il se dirigea machinalement vers la cabine. La main posée sur le loquet, il eut une hésitation. Cet endroit qui n'existait pas tout en existant quand même… Peut-être valait-il mieux éviter d'y entrer. Puis il se dit qu'il y avait déjà pénétré sans se trouver pour autant rejeté dans les limbes d'une autre dimension. Et d'ailleurs, les Granvillais qui étaient chez eux ou vaquaient à leurs occupations à l'intérieur d'un endroit clos affrontaient sans le savoir la même situation…

La cabine offrait son aspect habituel, rassurant et intime. Il s'allongea sur une couchette. Au bout de quelques minutes, il commença à ne plus croire vraiment à ce qu'il venait de voir. Peut-être trompé par l'obscurité toujours aussi pesante, il sentit qu'il commençait à s'assoupir. En s'endormant, il tenta d'imaginer une femme inversée. Le corps en creux, une paire de coupes pour les seins, une légère protubérance pour le nombril. Pour le sexe, faute de connaissances anatomiques suffisantes, François le vit comme une sorte de bite un peu aplatie. Quant à l'homme, il doit être pourvu d'un vagin à dimensions variables… Tout ça n'est pas simple. Il songea qu'il serait vraiment intéressant d'observer comment un couple inversé s'y prendrait pour faire l'amour.

VIII
Défaut d'adhérence : dérapages

François courait.

Au fur et à mesure qu'il essayait de forcer l'allure, l'air s'épaississait, devenait pareil à une mélasse onctueuse qui lui opposait son inertie. Bientôt, il n'avança plus du tout mais n'en continua pas moins de brasser cette matière visqueuse de ses jambes et de ses bras. Aux vloutch ! vloutch ! produits par ses tentatives se mêlait un martèlement puissant.

Les soldats approchaient.

À aucun moment François n'avait aperçu ses poursuivants, et pourtant il pouvait décrire leur aspect en détail. De grands casques évoquant un peu ceux des fakos, mais munis à l'avant de deux pointes d'argent recourbées qui accentuaient l'apparence insectoïde de l'ensemble. Une visière d'un noir opaque descendait plus bas que le menton, et rejoignait les plaques supérieures d'une lourde cuirasse dépourvue d'articulation visible. Toutefois les hommes ne semblaient nullement gênés dans leurs mouvements. Des armes étranges et barbares, pourvues de lames multiples qu'ornaient des festons de barbures ciselées. Et puis ces chaussures anachroniques, sortes de spartiates dotées de semelles de bois et qui, frappant le sol, produisaient ce lourd martèlement.

Enfin, l'air céda avec un bruit qui ne fut pas sans évoquer un arc en train de se détendre. François partit droit devant lui, beaucoup plus vite qu'il ne l'eût désiré.

Il savait que cette soudaine libération cachait un piège.

Il ne fut donc pas surpris de constater qu'un gouffre jusque-là invisible s'ouvrait largement à moins d'un mètre de lui.

À peine le temps de se dire qu'il en était trop près pour pouvoir s'arrêter. Déjà, il tombait.

Il tombait.

Tombait.

Se réveilla, le souffle court. Pensa vaguement que, décidément, tous les cauchemars se terminaient de la même façon par une chute dans un précipice sans fond. Cette chute, ce n'était d'ailleurs peut-être que la traduction onirique des sensations physiques provoquées par le réveil.

Curieusement, il n'avait pas l'impression d'être tout à fait sorti du rêve. Un élément de celui-ci demeurait, qui…

Le martèlement.

Il était toujours présent, plus fort même, lui sembla-t-il, que dans le cauchemar. Les fakos ! s'alarma-t-il. Ils viennent pour m'arrêter… Dans le même instant, il cherchait à se raisonner. Cette certitude qu'il avait de se trouver placé au centre de chaque événement, n'était-ce pas un symptôme évident de paranoïa ? Les fakos (s'il s'agit bien d'eux !), tu vas voir, ils ne vont même pas s'intéresser à moi, ils vont poursuivre leur chemin. Ils effectuent une ronde, c'est tout.

Mais le martèlement parvint à la hauteur du chriscraft. Et s'arrêta.

Dans le profond silence qui s'ensuivit, François crut entendre son cœur battre à coups redoublés. Oh non ! ça ne va pas recommencer, gémit-il. Je suis si vieux maintenant… Jamais je ne pourrai supporter d'être à nouveau emprisonné !

Des coups sourds ébranlèrent la coque du navire. « Monsieur Rossac ! » cria une voix.

Plié en deux par la douleur qui lui ravageait à présent la poitrine, François ne répondit pas. Plusieurs dizaines de secondes lui furent nécessaires pour parvenir à reprendre son souffle, mais des flèches de feu continuèrent à lui lacérer le thorax. Un malaise cardiaque, sans doute. Merde, je suis donc si délabré que ça ! La pitié éprouvée envers son propre corps se mua immédiatement en colère dirigée contre ceux qui étaient à l'origine du malaise. Il se redressa du mieux qu'il put, ouvrit la porte de la cabine.

L'obscurité le surprit. Il avait oublié que le jour, ce matin, avait refusé de se lever. D'autres choses encore lui revinrent, images d'un monde aberrant qu'il refoula dans les limbes de son esprit.

Sortant de l'ombre du roof, il fut aveuglé par l'éclat dur d'une torche électrique.

« Monsieur Rossac ? François Rossac ?

— Qui voulez-vous que ce soit ? bougonna-t-il. Le pape ? » Ça, c'est vraiment idiot, pensa-t-il avec amusement. Dans un monde où sévit une papesse rouge, existe-t-il encore un pape ?

Il clopina vers l'avant du bateau. Quittant son visage, la torche éclaira le sol devant lui. Cette marque de prévenance l'étonna : les fakos l'avaient jusqu'ici habitué à moins de courtoisie.

« Monsieur Rossac, reprit la voix. Voulez-vous nous suivre ? Nous sommes chargés par le maire de vous amener à l'hôtel de ville. »

Le maire, l'hôtel de ville… Qu'est-ce que c'était que cette histoire ? Il se rappela fugitivement l'avertissement prodigué par la petite Nath quelques heures auparavant mais décida de n'en pas tenir compte. Le maire… le titre avait quelque chose de rassurant. Allons ! Après les péripéties qu'il venait de vivre, il pouvait bien se permettre une petite entrevue avec un élu local…

On lui tendit la main pour l'aider à franchir le sombre ravin qui séparait le chriscraft de la passerelle. Ils étaient six. Les deux plus proches (dont celui qui tenait la torche) arboraient l'uniforme de la police, les quatre autres portaient des vêtements civils.

Ils se mirent en route en direction du quai. Deux hommes en civil, étrangement semblables, ouvraient la route ; il venait derrière eux, escorté de chaque côté par un agent de police ; les deux derniers suivaient à peu de distance. Finalement, songea-t-il avec ironie, les uniformes de fakos en moins, c'est exactement la scène de mon arrestation par les sbires de Nicholls qui se répète.

Il sentait les lattes de bois ébranlées par leur marche vibrer sous ses pas. Faites attention ! faillit-il s'écrier. Le monde est creux ! Tout est creux… Moi aussi, je suis creux. Nous ne sommes que des enveloppes plus fines que des ballons de baudruche, et en nous il n'y a que du vide !

Mais il ne dit rien. Il savait bien que s'il parlait de ce qu'il avait vu tout à l'heure sous le chriscraft, personne ne voudrait le croire.

Après avoir péniblement monté le grand escalier de pierre qui donnait accès au quai, il dut s'asseoir sur une vieille caisse oubliée là par l'équipage d'un chalutier. La douleur irradiait à nouveau au creux de sa poitrine, plus intense que lorsqu'ils l'avaient tiré du sommeil. Il sentait maintenant comme un noyau dur logé entre ses poumons et qui enflait, enflait… J'ai encore vieilli, comprit-il avec désespoir. Ce matin, j'avais déjà soixante ans, bon poids, et depuis, je n'ai pas cessé de vieillir. Une année perdue par demi-heure écoulée, peut-être plus, va savoir… Quatre-vingts ans, cent peut-être. Oui, cette fois, je suis vraiment un vieillard.

Il regarda ses mains tordues et décharnées où des taches brunes dessinaient des continents inconnus. Le pansement qu'il s'était confectionné deux ou trois heures plus tôt avait dû se défaire pendant son sommeil, et la blessure, à laquelle adhéraient encore de menus caillots bruns mêlés à de la gaze, apparaissait comme une fente d'une pâleur cadavérique dans la lumière trouble des lampadaires. Terriblement amaigris, ses poignets flottaient dans les manches de son pull-over de laine.

En relevant les yeux, il rencontra le regard de l'un des civils qui composaient son escorte. La pitié qu'il y lut lui fit l'effet d'un coup de fouet. Il se releva et repartit, s'astreignant à marcher très droit. Mais bientôt, il se rendit compte que les hommes qui l'accompagnaient devaient s'efforcer d'avancer avec lenteur afin qu'il pût les suivre.

Comme ils longeaient les terrasses des cafés, il aperçut Théo en conversation avec trois autres jeunes gens qui ne lui étaient pas inconnus. Visiblement passionnés par leur discussion, ils ne prêtèrent aucune attention à ce groupe étrange. François en fut soulagé. La compassion, il l'acceptait à peine lorsqu'elle était le fait d'inconnus ; venant de ceux qui, il n'y avait pas si longtemps, lui étaient si proches, il savait qu'il n'aurait pas eu la force de la supporter. Il souhaita n'avoir pas à rencontrer Julie…

À peine un quart d'heure de marche : pour lui, un interminable calvaire. Il voyait venir l'instant où l'un des membres de son escorte allait lui proposer, avec une désespérante bonne volonté, de le porter… Ils parvinrent enfin à la place de l'Hôtel-de-Ville, se dirigèrent droit vers la mairie. Obsédé par la fatigue qui durcissait ses membres, essoufflé, luttant contre cette douleur qui n'en finissait plus d'enfler, François était presque arrivé à la hauteur de la fontaine qui marquait ce centre approximatif du terre-plein lorsqu'il s'aperçut que l'endroit était redevenu tel qu'en ses souvenirs. Plus de cohortes de fakos manœuvrant comme à la parade ni d'emphatique déploiement de matériel de guerre. Simplement une vingtaine de marronniers disposés en carré, quelques bancs de bois pour la plupart abandonnés. Assise sur le bord de l'un d'eux, une femme d'un âge incertain éparpillait des miettes que des pigeons peu farouches venaient se disputer. Le quotidien reprend ses droits… Il s'étonna fugitivement de l'indifférence avec laquelle il accueillait cette constatation, puis se dit que rien ne pouvait plus le toucher vraiment. Un vieillard, ça se détache de ce qui l'entoure pour ne plus concentrer son attention que sur la précarité de sa propre existence…

Ah si, tout de même, quelque chose avait changé : au-dessus de la porte de l'ex-hôtel Saint-Jacques, de l'ex-QG des fakos, était inscrit, en lettres dorées, le mot POLICE.

Ils franchirent l'entrée monumentale de l'hôtel de ville. D'instinct, ses yeux se portèrent sur les glaces qui tapissaient le fond du hall. Ridiculement petit et maigre, le vieillard qui s'y découpait lui adressa un regard chargé de détresse. C'était le même personnage que celui qu'il avait déjà aperçu par deux fois : dans un miroir chez Théo, dans une vitrine avec Julie. Mais, cette fois, il savait que le reflet ne mentait pas, qu'il n'anticipait pas sur son délabrement.

Un escalier effroyablement long et raide, pour François du moins, puis une porte qu'une plaque de cuivre désignait comme celle de la Salle des Commissions. L'un des agents de police frappa contre le panneau de chêne clair. Le vantail s'ouvrit.

Installés derrière une longue table, lui faisant face : Panuel, Sylvia, Nicholls.

L'homme des primsocs se leva à son entrée. « Donnez un fauteuil à notre ami ! s'exclama-t-il avec ironie. Il paraît en avoir bien besoin… »

La vision de François se brouilla. Il se laissa choir sur le siège qu'on lui présentait et ferma les yeux. Fatigué, oh ! si fatigué…

« Ah non ! fit une voix dure que François reconnut comme celle de Nicholls. Inutile de nous jouer la grande scène du malaise ! Vous ne vous en tirerez pas si facilement ! »

Mais je suis vraiment malade ! voulut-il protester. Vieux et malade. Curieusement, au moment même où il pensait cela, la douleur parut refluer. Sa vision redevint nette.

« Bien, dit Panuel qui s'était rassis. Et maintenant, nous pouvons peut-être passer aux présentations…

— Inutile, murmura faiblement François. Je vous ai déjà rencontrés tous les trois à tour de rôle, vous le savez bien. » En même temps, son regard allait de l'un à l'autre, incrédule. Mon Dieu, comme ils ont vieilli ! Au moins autant que moi, plus peut-être. Les joues naguère rebondies de Panuel formaient des plis qui rejoignaient la peau tremblotante du double menton. L'épiderme luisant de son crâne se marbrait de taches sombres, malsaines. De la bouche édentée de Sylvia filtrait un sifflement rauque et de rares mèches blanches dessinaient une auréole immatérielle autour de son visage parcheminé. Quant à Nicholls, il paraissait flotter dans un uniforme marine au moins deux ou trois fois trop grand pour lui.

« Inutile, vous croyez vraiment ? ricana Panuel. Il s'inclina avec cérémonie : Panuel, dirigeant de Motomat, la plus grande entreprise locale. Quinze cents ouvriers, un chiffre d'affaires en constante expansion. Ah, j'oubliais ! Je suis aussi maire de Granville.

— Sylvia, dit la vieille femme. En ce qui me concerne, vous avez raison, au moins dans les grandes lignes. Je suis toujours la grande prêtresse des millénariens, mais je dois avouer que l'Église de la Terreur Blanche a vu son influence décliner singulièrement ces derniers temps.

— Nicolas, dit Nicholls/Niklos. Eh oui ! Je continue à adapter mon patronyme aux circonstances. Je dirige le corps de police de cette ville. Une grimace de dégoût : Quand je pense que j'ai eu une armée entière sous mes ordres… ! »

François haussa les épaules. Pour lui, cet étalage de titres et de qualités restait sans signification. Certes, Panuel lui paraissait à présent plus proche, plus… terre-à-terre que lorsque Théo le désignait comme le dirigeant occulte de toutes les primsocs, mais comme il avait toujours ignoré ce qu'étaient en réalité ces primsocs, cela ne changeait pas grand-chose. « Le monde n'est qu'une coquille creuse », marmonna-t-il, apparemment hors de propos.

« Le monde ! s'exclama Sylvia avec une sorte de dégoût. Il ose appeler *ça* le monde !

— Un lopin de terre, vous voulez dire, reprit Nicholls-Nicolas. Un ridicule lopin de terre perdu dans le néant. »

L'incompréhension devait se lire sur son visage, car Panuel intervint à son tour. « Vous n'avez pas l'air de savoir de quoi nous parlons, dit-il avec calme. Vous vous êtes quand même rendu compte de la disparition de l'univers, non ?

— Comment pourrait-il l'ignorer ? grinça Sylvia. C'est lui qui l'a fait disparaître, lui et lui seul ! »

Tourné vers elle, Panuel parut réfléchir une seconde. « Ce n'est peut-être pas si simple que ça, dit-il enfin. Il est possible qu'il ne se soit rendu compte de rien. Après tout, son inconscient a pu réagir de lui-même à nos tentatives… Une sorte de réponse automatique à une agression. »

Nicolas manifesta son impatience par un coup de poing sur la table, d'une vigueur dont François n'eût pas cru le vieillard capable. « Quelle importance ? gronda-t-il. La seule chose qui compte, c'est qu'il l'ait fait !

— De quoi m'accusez-vous, au juste ? demanda François.

— D'avoir tout détruit, soupira Panuel. L'univers, la Terre, tout, sauf cette ville minuscule dont nous sommes maintenant les prisonniers. Vous l'ignoriez ? »

Non, bien sûr, François ne recherchait qu'une confirmation. Il s'aperçut avec stupeur que quelque part au fond de sa mémoire, enseveli sous les tonnes et les tonnes d'interdits qu'il y avait amassés comme un rempart contre la folie, se trouvait le souvenir du moment exact où il avait renvoyé l'univers au néant. Il se revit dans la rue qui jouxtait le bâtiment circulaire dans lequel Niklos/Nicholls/Nicolas et lui s'étaient affrontés. Fasciné, il observait la lente avancée du dôme. Et son esprit refusait cette réalité, il ne voulait plus de cette menace. *Sauver ce qui peut encore être sauvé,* voilà ce qu'il avait pensé. Et la nuit était tombée d'un coup.

Mais, bon Dieu ! tout avait commencé avant, bien avant ! Les Açores, le Groenland… Ces cyclones dévastateurs, ce n'était pas lui, il ne les avait pas désirés !

Puis il se rappela la réflexion que venait d'émettre Panuel à son sujet.

L'inconscient.

Inconsciemment, pour une raison que j'ignore, j'aurais pu désirer que ces cyclones ravagent la Terre, et…

Merde ! Mais je suis tout bonnement en train d'admettre que je possède le pouvoir d'agir sur la matière par ma seule pensée ! Je m'égare. Il faut que je m'en tienne à l'hypothèse qui m'a guidé jusqu'ici. La réalité se met en place pièce après pièce, et sur elle, je ne dispose d'aucun pouvoir.

« Je n'ai jamais voulu que le monde devienne une coquille vide, répondit-il, stupide.

— Ça, sourit Panuel, c'est votre problème. En d'autres temps, je vous aurais conseillé de vous faire psychanalyser, mais…

— Vous ne m'écoutez pas ! s'entêta François. J'ai vu à quoi ressemble Granville… C'est vraiment une coquille creuse ! Une coquille si fine qu'on peut s'attendre qu'elle cède au moindre choc. De plus, je vous signale qu'à chaque fois que nous entrons dans un endroit clos, nous pénétrons dans… » Il se tut un instant, cherchant les mots qui lui permettraient d'exprimer ce qu'il avait vu de son chriscraft… « Une sorte de non-espace, un lieu pris dans l'épaisseur infinitésimale de cette coquille… En ce moment, par exemple, la pièce où nous nous trouvons n'a aucune existence réelle ! »

Panuel souriait toujours. Il s'en moque, compris François, essoufflé par cette tirade. Après tout, il a sans doute raison. Si j'ai vraiment créé ce microcosme, il ne dépend que de moi de rendre au monde son aspect antérieur.

La bouche de la vieillarde s'ouvrit soudain sur un gémissement inarticulé. Saisi, François frissonna : on aurait cru le vagissement d'un nouveau-né. « Un suicidaire ! éructa-t-elle enfin. » Elle prit ses deux voisins à témoin. « Vous ne voyez donc rien ? Ce vieillissement qu'il s'impose – et qu'il nous impose à nous aussi, par la même occasion ! – cette dégradation progressive de l'univers… Il recherche la mort, et il nous…

— Taisez-vous ! coupa Panuel d'un ton dur. Nous l'avons tous compris, inutile de… » Son regard revint à François. « Il soupira : Vous aussi, vous l'avez compris, n'est-ce pas ? Sinon, quelles raisons auriez-vous eu de retourner à l'état mental qui était le vôtre avant votre entrée dans le Palais des Glaces ?

— Mais je n'y peux rien, vous le savez aussi bien que moi ! se récria François. Je… Tout ce qui concerne les UTO m'est encore en grande partie inconnu, mais c'est tout de même à vous que je dois d'avoir découvert que j'y avais été enfermé ! Ensuite, je n'ai pas eu grand mal à comprendre que ces aberrations qui affectaient l'univers, c'était la réalité qui reprenait progressivement sa place sans que je puisse y faire quoi que ce soit. Bon Dieu, ça doit bien être la même chose pour vous, non ? Depuis mon réveil, le monde dans lequel je vis comporte des plages de réalité, d'autres qui sortent tout droit de mes rêves, et je ne parviens pas à établir la ligne de frontière entre les deux… C'est peut-être l'état mental auquel vous faites allusion. C'est à cause de lui qu'on m'a enfermé dans le Palais des Glaces, n'est-ce pas ? Eh bien, je suppose qu'on m'en a laissé sortir sans attendre la guérison complète. »

Un profond silence accueillit ses paroles. Dans le triple regard posé sur lui dansait la même lueur de perplexité amusée. L'ambiance s'était subtilement modifiée, comme si la tension qui jusque-là avait marqué l'entretien s'était évaporée d'un coup.

« Nous ne savions pas… » commença Panuel, qu'un accord tacite paraissait désigner comme le porte-parole des trois vis-à-vis de François. Il hésita : « Savez-vous à quel moment vous êtes sorti de votre UTO ?

— De façon très approximative, oui. Disons que le décor a commencé à se dégrader il y a environ une semaine. Pourquoi ?

— Oui… » murmura le vieillard. Ses bajoues lui conféraient la comique dignité d'un dindon. « Ça correspond à… Bien ! Il consulta les deux autres du regard. Nous avons une proposition à vous faire, dit-il en revenant à Rossac. Vous allez nous aider à rebâtir le monde que vous avez détruit. »

François ne répondit pas tout de suite. « En somme, vous sollicitez une nouvelle fois mon aide, fit-il enfin remarquer d'une voix qui se voulait sarcastique. Le refus opposé séparément à chacun de vous ne vous a donc pas suffi ?

Panuel balaya l'argument. « La situation était tout à fait différente. Nous pouvions nous permettre une certaine…

concurrence, si vous voulez. À présent, notre intérêt commun, c'est de réparer au plus vite ce que vous avez fait. Vous acceptez de nous y aider, oui ou non ?

— Je ne crois pas, dit François après un court moment de réflexion. J'ai la certitude que vous ne jouez pas franc-jeu avec moi. Vous gardez des atouts, dans un but que j'ignore encore…

— Vous n'êtes pas en position de marchander, l'interrompit Panuel. Alors ? C'est oui ou c'est non ?

— C'est non.

— Dans ce cas, avant toute chose, nous allons être contraints de vous éliminer ! s'écria Nicolas d'une voix sifflante. C'est ça que vous cherchez ?

— Bon, dit Panuel en se levant. Au revoir, Rossac. Un conseil : tâchez de changer d'avis avant qu'il ne soit trop tard. »

François se leva et quitta la salle. Dans le corridor, il passa devant les hommes qui, il y avait un peu moins d'une heure, l'avaient escorté du port jusqu'à la mairie. Un détail le frappa : parmi les six membres que comptait le groupe, deux faisaient partie de la police, deux autres, vêtus de noir, appartenaient probablement aux millénariens. Quant aux deux derniers, leurs complets gris clair, leur allure compétente et décidée leur conféraient le profil type du cadre d'entreprise privée. Deux hommes de Nicolas, deux de Panuel, deux de Sylvia. L'alliance conclue entre ces trois personnages n'empêchait pas la suspicion…

Bizarre, tout de même, ce revirement à la fin de l'entrevue. Au début, ils demeuraient dans l'expectative, leur nervosité transparaissait dans la moindre de leurs attitudes. Et puis, tout à coup, ils se foutent ouvertement de ma gueule, passent aux menaces… J'aurais dû me méfier davantage, ne pas me laisser aller aux confidences, ne pas leur parler des doutes que j'entretiens sur ma santé mentale. Oui, c'est sûrement ça. Maintenant, ils savent que je ne comprends rien à tout ce qui m'arrive. Ils se disent qu'ils n'auront aucun mal à m'éliminer.

Oui. Ils l'ignorent, mais à moi aussi, cette petite conversation a fait du bien. Tout à l'heure, je n'avais plus envie de lutter. Dans un sens, Sylvia n'a pas tort, la vie ne présentait plus aucun intérêt pour moi. Est-ce une forme dévoyée de l'esprit de compétition ? À présent, je me sens de taille à lutter. Oui, malgré la vieillesse. Bon Dieu, ce ne sont pas une sorte de commissaire de police mégalomane, un patron de petite entreprise et la prêtresse d'une secte de tordus qui vont me faire peur !

Il arrivait à la grande porte de l'hôtel de ville. Il se figea sur les marches supérieures du perron, stupéfait.

Sur la place qu'éclairaient de puissants projecteurs, c'était à nouveau la scène à laquelle il avait assisté une nuit précédente. Des chars noirs et immobiles, dont les canons prenaient en enfilade les rues qui aboutissaient au terre-plein. Des groupes de fakos marchant au pas, comme à la parade.

Le premier instant de surprise passé, il s'aperçut que certains éléments du décor n'avaient pas le même poids de réalité que les autres. Seuls les immeubles qui ceignaient la place semblaient dotés d'une indiscutable stabilité. Pour le reste, l'image qu'il en recevait demeurait un peu floue, fantomatique, et se dégradait encore sur le périmètre de sa vision. Droit devant lui, le métal dont étaient constitués les chars paraissait dense, d'une dureté qu'il n'eût pas songé à contester ; mais les véhicules qu'il percevait du coin de l'œil n'étaient que des formes plutôt vagues au travers desquelles il continuait de voir les bancs de bois, le tronc des marronniers.

La femme qui tout à l'heure distribuait des miettes de pain aux oiseaux se leva et s'en fut, comme si de rien n'était. Au passage, elle traversa un groupe de fakos et la masse apparemment compacte d'un char. Pris d'un subit accès de tendresse, François dut se retenir de s'élancer derrière elle pour la remercier.

IX
Le char, une illusion. Le circuit, un mythe.

Devant lui, le sol se brouilla. Il marchait sans but, effleurant parfois d'un regard distrait les devantures des magasins qui lui apparaissaient comme des oasis de lumière éparpillées dans l'ombre vaguement menaçante de l'avenue, lorsque la surface jusqu'ici parfaitement inerte du trottoir fut parcourue d'un frémissement, pareille à un plan d'eau troublé par une brise infime et éphémère. Cela ne dura qu'une seconde. Puis le béton découpé en larges dalles disparut d'un coup. Devant lui, il y avait un quadrilatère d'un noir absolu, aux arêtes régulières – un gouffre de néant.

Comme dans mon rêve ! songea François, frappé par la coïncidence. Mais dans son rêve, il courait, terrorisé par les fakos lancés à ses trousses. Ici, il avançait à pas lents, soucieux de ménager son corps usé. Il aurait donc pu s'arrêter, contourner le gouffre sombre. Au lieu de cela, il continua tout droit, comme poussé par une étrange fatalité.

Au moment de franchir les derniers centimètres qui le séparaient de l'abîme, une autre pensée lui vint. La coquille a finalement cédé… C'est de ma faute : j'ai eu tort de repousser leur offre. À nous quatre, nous aurions pu rendre au monde son épaisseur, sa densité.

Il tomba.

Trop faible, son organisme se révolta contre cette chute, et il eut la sensation de perdre connaissance. Quand il recouvra ses esprits, toute impression de chute avait disparu. Il lui semblait à présent qu'il flottait au sein d'un fluide. Curieusement, sans que rien ne vînt justifier cette certitude, il sut que le mouvement qui l'entraînait n'avait pourtant pas cessé. Il continuait de s'enfoncer au cœur des ténèbres, toujours plus loin de Granville, de la coquille creuse en laquelle l'univers tout entier s'était résorbé.

Il leva la tête, mais ne distingua aucune phosphorescence qui lui eût indiqué sa position relative par rapport à Granville. Puis il se dit que dans ce milieu inconnu où les notions de bas et de haut avaient perdu toute signification objective, la coquille creuse pouvait tout aussi bien se trouver sous lui… Il continua à chercher, ne vit partout qu'une nuit impénétrable, se lassa enfin de cette quête absurde.

La peur n'avait aucune prise sur lui ; il avait dépassé le stade où l'on éprouve encore des sentiments.

Des éternités s'écoulèrent, puis un brouillard laiteux fit refluer les ténèbres. François sentit les muscles de son ventre se crisper lentement : la pesanteur reprenait possession de lui. Il en conçut une violente contrariété, ayant presque atteint le point où une relation quasi osmotique entre lui-même et cette désespérante absence de décor devenait possible. Le vide intérieur reflétait le néant extérieur.

Mais

lumière

sensations olfactives, auditives, tactiles : il tombait.

S'écroula, sa chute stoppée net par une surface incroyablement dure et froide. Resta un bon moment sans pouvoir ouvrir les yeux – refusant d'ouvrir les yeux.

D'ailleurs, il n'en avait nul besoin ; il savait déjà où il se trouvait.

Mélopée funèbre, monotone, pareille au lourd battement d'une gigantesque machine à vapeur. Le clergé de la Terreur Blanche.

Sur l'écran de ses paupières, des lueurs vacillantes, couleur de sang. Les flammes d'un grand brasier.

La douleur le surprit alors qu'il se décidait enfin à ouvrir les yeux. Comme une lame émoussée, rouillée, fouaillant l'intérieur de sa cuisse, lacérant les chairs et brisant les os, traversant le bassin, les poumons pour atteindre le cœur qu'elle se contentait d'agacer de la pointe. Instinctivement, sa main se porta à la hauteur du genou. Le simple contact de ses doigts le fit défaillir. Il hurla.

Cette chute, si brutale. Mon corps, trop sec. Mes os, si friables. Étrangement, une partie de son esprit échappait aux dévastations de la souffrance, continuait à raisonner froidement, analysait, répertoriait, expliquait. Un phénomène de dédoublement, en quelque sorte : d'un côté François/acteur, terrassé par la douleur, hurlant-suppliant-pleurant ; de l'autre François/spectateur, logique, lucide, froid et dur comme le roc. Et puis une voix. Celle de Sylvia, bien sûr :

« Vous avez mal, Rossac ? Ne criez pas trop, gardez vos forces pour plus tard. Vos ennuis ne font que commencer… »

Séquence.

Torturé par la vive clarté des flammes qui occupent tout son champ de vision, François tente désespérément de clore ses paupières, mais il ne réussit qu'à se blesser : de minuscules pinces tiennent la peau écartée tout autour de l'œil qu'irrigue en permanence un mince filet de liquide. Il repose sur une planche ou une couchette rigide à laquelle ses membres sont fixés par des liens coupants et raides, probablement du fil de fer.

Il commence tout juste à s'interroger sur les raisons que peut avoir Sylvia de l'avoir installé dans cette position quand son support se met à pivoter latéralement. Dans ce mouvement, les flammes disparaissent sur sa droite, et il lui semble apercevoir plusieurs silhouettes non loin de lui, mais ses yeux trop irrités ne lui permettent pas de distinguer les traits de ces personnages.

Après une rotation de cent quatre-vingts degrés, la couchette s'immobilise un instant, puis la partie sur laquelle repose le torse de François se relève, lui permettant de voir son corps. On l'a dépouillé de ses vêtements. Un sentiment fugitif de honte l'étreint lorsqu'il constate les dégâts entraînés par la sénescence. Les côtes saillantes font de sa poitrine étriquée une sorte de coquillage trop longtemps roulé par les vagues, maintenant réduit à une mince enveloppe de nacre ; sa taille s'est creusée, mettant en évidence la crête iliaque ; distendue, la peau du ventre a l'apparence fripée d'une baudruche dégonflée ; son sexe doit pendre entre ses cuisses que les liens empêchent de se rejoindre, car il n'aperçoit de lui qu'un timide renflement ponctué d'un maigre buisson de poils blancs. Vieux, toujours plus vieux… Quel âge, à présent ? Cent vingt, cent trente ans… La prochaine fois que je me réveillerai, je me trouverai réduit à l'état de squelette.

Un progrès tout de même : François ne songe plus à s'apitoyer sur son sort. Il n'en aurait d'ailleurs pas le temps. Déjà, un personnage s'avance vers lui, venant du fond de la salle. Une cagoule noire percée de deux trous dissimule ses traits. Sur son épaule, une lourde hache à deux tranchants. Une francisque, croit se rappeler François. L'homme s'immobilise contre le bord de la couche. Il examine les jambes du vieillard, puis sa main se dirige vers le genou blessé, cassé peut-être.

Une nouvelle fois vaincu par la douleur, François/acteur hurle tandis qu'un tourbillon frénétique emporte sa conscience. Mais avant de se laisser entraîner, François/spectateur a le temps de voir la hache, portée à deux mains, s'élever au-dessus de lui.

Séquence.

Ni surprise, ni effroi : lorsque François revient à lui, il se contente de constater qu'il n'a plus, à la place de sa jambe gauche, qu'un moignon tranché net dont un sang noir et épais s'échappe par saccades.

François/spectateur cherche François/acteur, qui se terre au-delà de la conscience. Entre les deux, l'unité se reconstruit patiemment. Mais cette fois, François/spectateur occupe la position clef.

Tout ceci n'est qu'un jeu inventé par des malades, pense-t-il. En réalité, la douleur que je croyais ressentir n'existe pas. Je n'ai même pas à lui échapper : il me suffit de la nier.

Il sourit.

« Vous avez vu ? Il a souri », s'étonne une voix, toute proche mais si faible qu'on croirait un soupir.

Sa tête immobilisée lui laisse peu de possibilités, mais il parvient à entrevoir trois silhouettes sur sa droite. Panuel, Nicolas, Sylvia, sans doute. Mais les vêtements qu'ils arborent, éclairés par la lueur dansante des flammes auxquelles il se trouvait tout à l'heure exposé, lui ont paru très différents de ceux qu'ils portent d'habitude. Une ample cape chamarrée, un couvre-chef qui ressemble à une couronne ou à une tiare…

« Oui, dit une autre voix. Les mutilations ne suffisent pas. Passons au programme suivant. »

Séquence.

Son premier regard est pour sa jambe, miraculeusement reconstituée. Il en fait jouer les muscles sans que la douleur revienne. Les os cassés, ce n'était aussi qu'une illusion ?

Sa couchette doit être munie de poignées, sans doute situées derrière sa tête, car elle se met à nouveau à pivoter sans qu'il ait vu quelqu'un approcher. Cent quatre-vingts degrés : il se retrouve face au grand feu. Un lent mouvement de translation suit.

« Vous allez brûler vif. Une voix dénuée de tout sentiment, parfaitement impersonnelle. La peau de vos pieds commence à roussir, à se craqueler. La douleur va vite devenir insupportable, mais nous ferons en sorte que vous demeuriez lucide jusqu'au bout. »

Très loin à la limite de sa conscience, un sursaut d'effroi. François/acteur voudrait se révolter, mais François/spectateur, pour la seconde fois, le fait taire.

Déjà, les flammes lèchent la plante de ses pieds. Les chairs grésillent. Une atroce odeur de viande brûlée commence à empuantir l'atmosphère. Puis la peau cède, des liquides indéfinissables s'écoulent. À la fois horrifié et mû par un intérêt morbide, François observe la patiente destruction de son corps. Maintenant, ses pieds ne sont plus qu'un enchevêtrement d'os en train de se consumer, les flammes montent, attaquent les jambes, de la cheville à la cuisse. Curieux : le métal terne qui constitue la couchette ne paraît pas être affecté par le feu, il est toujours aussi froid contre le dos du vieillard.

Malgré ce qui a été annoncé, toujours aucune douleur.

Le bassin, à présent. La peau du ventre se tend puis éclate comme un fruit trop mûr, libérant un bouillonnement répugnant de masses spongieuses qui s'ouvrent à leur tour sur des flots de sanie.

Puis la poitrine, un instant éclairée de l'intérieur par les poumons embrasés, pareille à un lumignon exotique.

La tête, enfin. Ouvertes sur la langue desséchée qui obstrue la gorge, les lèvres de François dessinent la forme d'un sourire.

Séquence.

Auprès de sa couche, Sylvia, Nicolas et Panuel attendent. Du moins François suppose-t-il qu'il s'agit bien d'eux, car leurs traits demeurent cachés : l'espèce de tiare dont ils sont coiffés surmonte des masques grimaçants forgés dans le métal et qui ressemblent un peu à ceux dont s'affublaient les acteurs de l'Antiquité. Une impression de déjà-vu revient solliciter la mémoire de François. Mais où donc aurait-il pu rencontrer ces personnages apparemment issus d'un autre âge ?

« Vous souffrez, n'est-ce pas ? » s'enquiert l'un d'eux. Amplifiées par le masque, ces paroles éveillent une cascade d'échos métalliques.

« Non, répond François après un instant de réflexion. La seule chose qui me gêne, ce sont ces pinces qui me tiennent les yeux ouverts. »

Son corps est étalé sur la couchette, dépecé avec un soin maniaque. Il a déjà assisté à des dissections d'animaux et n'est donc pas surpris par l'aspect que peuvent revêtir ses organes exposés sur la peau, que des bouts de sparadrap maintiennent tendue contre le métal.

Tout à coup, ses yeux s'arrondissent.

« Enfin ! » murmure l'un des observateurs.

Mais François ne ressent toujours aucune douleur et la peur qu'il aurait pu éprouver s'est diluée au fil des séquences tant celles-ci lui paraissent être l'œuvre d'un médiocre metteur en scène. S'il sort un instant de son indifférence, c'est qu'il se rappelle enfin les circonstances de l'une des premières apparitions des trois personnages…

La plage de Donville, les dunes noires de spectateurs enthousiastes, les chars à voile qui glissaient silencieusement et lui-même, en tête bien sûr, qui jouait avec les vents et les distances, sûr de lui, sûr du monde qui l'entourait… Et ces trois êtres à l'allure étrange, immobiles au milieu de la piste, qui l'empêchaient de terminer la course…

Le monde était beau, alors. Connu. Sans surprise. C'était il y a une semaine, dix jours peut-être. Depuis lors, des éternités se sont succédé.

Séquence.

« Voilà, énonce l'un de ces personnages de tragédie grecque. Je vais vous arracher le sexe et vous laisser ainsi. Vous perdrez tout votre sang et, à chaque goutte, ce sera un peu de votre vie qui s'en ira. » Il exhibe un long couteau à la lame recourbée.

» Attendez ! s'écrie François. En quelle époque vivons-nous ? Je veux dire… Toute cette histoire de Grande Peur de l'An deux mille, le fait que jusqu'à présent j'aie vraiment cru vivre à la fin du XXe siècle… tout ceci ne signifie pas grand-chose, n'est-ce pas ? En quelle année sommes-nous réellement ?

— Quelqu'un en sait-il encore quelque chose ? » ricane son interlocuteur. Soudain, sa voix se durcit : « Ainsi, vous avez quand même fini par comprendre *cela ?*

— Et pas mal d'autres choses encore, répond François avec suavité. Pendant que vous jouez à me faire peur, j'ai tout le temps de réfléchir. Vous ne l'aviez pas prévu ? »

L'homme (?) hésite. Mais, conscient du regard ironique de François fixé sur sa dague, il finit par plonger celle-ci dans le bas-ventre du vieillard qui, à cet instant précis, éclate de rire avant qu'une fois de plus sa conscience ne lui échappe.

Il sait.

Oui, nous l'avons entendu comme vous. Eh bien quoi ? Cela fait partie du jeu, non ? Et d'ailleurs, si l'on fait la part de ce qu'il sait, de ce qu'il ignore encore…

Mais il ne se souvenait de rien – c'est nous qui, par goût du risque et parce que notre victoire paraissait trop facile, lui avons permis de comprendre certaines choses. Il nous faut arrêter de jouer, sinon… Nous avons rencontré tant de succès dans le passé – avant de tomber sur Rossac, je veux dire… Nous avons tendance à oublier que c'est notre existence qui est en jeu !

Si nous ne suscitions pas nous-mêmes le danger, notre existence n'aurait aucun intérêt, c'est pour cela que nous avons inventé ce jeu… et aussi parce que nous n'aurions pas supporté longtemps de nous voir tels que nous sommes réellement. Vous voulez que je vous donne des détails ?

Je me souviens, oh oui ! je me souviens… Notre mission était grande et belle. Nous étions les Gardiens chargés de veiller sur l'humanité.

Mégalomanie. Nous étions les Gardiens, seulement les Gardiens. De simples exécutants.

Vous caricaturez – ou alors vous avez oublié, mais je ne crois pas. Ah ! Bien sûr, ce serait confortable ! Plus de remords…

Des remords ? De quoi parles-tu ? Nous sommes au-delà, bien au-delà. La culpabilité… Seuls les perdants la ressentent – s'ils perdent, c'est même à cause d'elle.

Des regrets, alors. Ceux pour qui le Palais avait été créé se contentaient de dormir. Nous, les Gardiens, n'y étions enfermés que pour nous assurer que rien n'advenait au cours de leur sommeil…

Belle façon de minimiser notre rôle ! S'assurer qu'ils dormaient bien, cela signifiait également faire en sorte qu'ils rêvent *bien.*

Exactement. Une bien belle mission, non ? Rappelez-vous : nous avions été choisis en fonction de nos compétences. La crème de la recherche, venant de plus de trente pays différents. Une centaine de chercheurs pour veiller sur huit dormeurs et diriger leurs rêves…

Et nous avons réussi. Tous, chercheurs et rêveurs, collectivement.

Pas tous. Certains rêves étaient trop… trop dangereux. La mort de ces dormeurs a sans doute été une chance. Les univers qu'ils avaient créés auraient menacé ceux des autres rêveurs.

Menacé *? C'est bien pire, tu le sais bien : ils les ont* infectés. *Personne ne l'avait décelé, mais l'esprit de ces dormeurs était corrompu et cette corruption s'est étendue aux univers qu'ils créaient en rêve, puis aux univers des autres dormeurs…*

Jusqu'à l'univers réel, *rien n'a été épargné.*

Mais le pire a été évité. Grâce à nous, qui avons pris l'initiative de détruire les esprits malades, de mettre un terme à la corruption. Ensuite, il nous a fallu trancher dans le vif, éliminer sans pitié tous les foyers de contagion, même seulement potentiels.

Période de noir désespoir. Rappelez-vous la haine de nos anciens collègues qui ne comprenaient pas, ne voulaient pas comprendre, ne voyaient ni la corruption ni la justesse de notre action prophylactique. La mort dans l'âme, il nous a bien fallu nous en séparer.

Alors nous nous sommes retrouvés trois. Les trois Gardiens. Trois Gardiens pour cinq dormeurs survivant. Mais quelle certitude pouvions-nous avoir que leurs rêves n'avaient pas été touchés par le mal ?

Un geste pour fracturer la serrure magnétique d'une longue boîte de plastique translucide. Un autre pour faire basculer un corps.

Le couvercle se referme. Liés tous trois par la fatalité de ce meurtre indispensable, nous prenons possession d'un monde.

Surtension – le génUM n'est pas conçu pour abriter plusieurs hôtes. Une autre boîte de plastique. Un autre corps dégagé de sa gangue… Nous aurions dû nous séparer. Ainsi, pas de surtension. Nous aurions brisé ce cercle infernal.

Oui. Nous nous serions substitués aux autres, ceux sur lesquels nous étions chargés de veiller. Nous aurions été semblables à eux, aussi vulnérables qu'eux. Et cette idée seule nous était insupportable.

C'est alors que nous avons découvert qu'il suffisait de quelques branchements. Oh ! pas grand-chose… une dizaine de fils à raccorder.

Mais ainsi, de vampires sordides, nous devenions conquérants. C'est cela, le jeu.

Nous luttons l'un contre l'autre, et en même temps contre celui qui nous héberge malgré lui.

Mais Rossac… Il refuse les alliances que nous lui proposons, il résiste au traitement que nous lui faisons subir. Pis :grâce à nous, il est maintenant plus fort qu'il ne l'a jamais été.

Péripéties ! Notre jeu a ceci de particulier que les gagnants en sont toujours les mêmes. La connaissance, voilà notre atout. Sans elle, ceux contre qui nous luttons n'ont que des armes dérisoires à nous opposer.

Celui-ci nous tient pourtant en échec.

Ce n'est qu'une question de temps, il finira bien par sombrer dans la folie, par perdre les quelques pouvoirs qu'il possède encore. Qu'est-ce que le temps pour nous ? Je lui ai annoncé que nous le mangerions, vous vous en souvenez ? Eh bien, nous le mangerons – même si c'est d'une façon qu'il ne peut pas comprendre.

Nicolas, tu n'es qu'un immonde vampire ! Je…

Et toi, Sylvia, et toi, Panuel, qu'êtes-vous ? Des hypocrites. Moi, je suis réaliste. La faim que je ressens, je n'essaie pas de la travestir. Je joue, comme vous, mais je ne me laisse pas abuser par le jeu. J'assume mes actes.

J'en ai assez, songea François, étonné d'avoir jusqu'ici tout supporté. Cette fois-ci, je ne marche plus. Je ne sais pas encore cc que je vais faire, mais qu'ils ne comptent plus sur moi pour leur petit théâtre de l'absurde.

Sur sa droite, il y avait le groupe masqué, immobile, silencieux, à deux mètres environ de sa couchette. Sur sa gauche, mais plus loin, le grand feu autour duquel une dizaine de millénariens aux cranes rasés dansaient une ronde grotesque.

Devant lui, dans l'angle que formaient ses jambes nues, une petite table ronde sur laquelle étincelait la lame courbe d'un long poignard. Celui que l'on venait d'utiliser contre lui, sans aucun doute. D'ailleurs, cette tache noire étalée tout le long du fil, c'était probablement du sang. Son sang.

Comme hypnotisé, son regard revenait sans cesse à l'arme. Elle avait un rôle à jouer dans la séquence qui allait suivre, c'était une certitude ; sinon, pourquoi eût-elle été placée aussi en évidence ?

Et les secondes, les minutes passaient. Ou peut-être le temps s'était-il figé. François, la dague, les tortionnaires : des trois, c'était la dague, sur l'acier luisant de laquelle jouaient les lueurs du feu, qui paraissait la moins inerte, la plus vivante.

Brusquement, François sut que ses membres n'étaient plus entravés. Libre ! Une bouffée de joie le parcourut, mais ce sentiment ne fut qu'éphémère : cette liberté, que pouvait-il en faire ? Puis une idée naquit, se précisa. Il venait de décoder le message que lui adressaient les flammes reflétées par le poignard.

Bondir. Se saisir de l'arme, se la plonger dans le cœur. Si les autres ne pouvaient ou ne voulaient pas le faire mourir, peut-être cela lui était-il possible… Ainsi, du moins, tenterait-il de mettre un terme à leurs jeux.

Descendre de cette sorte de table de métal où il était allongé lui parut prendre des heures. Son corps était si faible, si fatigué, ses membres si usés… Par bonheur, les trois personnages masqués ne semblèrent prêter aucune attention à ses pitoyables efforts et demeurèrent strictement immobiles, pareils à des statues coulées dans le bronze.

Enfin, François atteignit la petite table. Posée sur le plateau de marbre, la lame luisait d'un éclat plus intense encore que tout à l'heure, lorsqu'il l'examinait de sa couchette. Il prit le manche orné de pierres précieuses au creux de sa paume. Tout de suite, il sentit une onde d'énergie irradier à partir de sa main, comme si l'arme était parvenue à lui insuffler la volonté, la force qui lui avaient jusqu'ici fait défaut.

Alors seulement, il vit clair en lui ; comprit que s'il avait désiré s'approprier ce poignard, ce n'était pas pour se tuer. C'en était fini de subir. À présent, il voulait agir.

Le plus proche de ses trois tortionnaires se tenait à un mètre à peine de lui ; sur la lame, il voyait se refléter le visage grimaçant…

L'être n'eut aucune réaction lorsqu'il se précipita sur lui ni même lorsqu'il le frappa – à tel point que François fut presque surpris de ne pas entendre le tintement du poignard contre la pierre ou le métal d'une statue, de sentir au contraire des chairs s'ouvrir sous sa morsure.

Comme animé par une volonté propre, le couteau creusa un sillon sanglant du bas de l'abdomen jusqu'à la gorge, qu'il trancha. Un gargouillement, puis le corps vacilla. Dans la chute, la tiare se détacha du crâne, le masque glissa, découvrant un visage de cauchemar dans lequel seuls les yeux, pareils à des billes de verre tintinnabulant dans l'orifice trop large des orbites, paraissaient encore vivre. Pour le reste, ce n'était plus qu'un squelette recouvert d'une peau si fine et sèche qu'elle ne se distinguait plus des os. Réduites à un mince bourrelet corné étiré autour des gencives grises, les lèvres formaient un horrible sourire que François pensa lui être dédié.

Ces traits rendus méconnaissables par une inconcevable vieillesse, François, inexplicablement, sut qu'ils appartenaient à Sylvia. Je l'ai tuée, songea-t-il, stupéfié par son propre geste. Je voulais me retirer du jeu, je n'ai fait qu'y tenir le rôle que, sans doute, ils désiraient me voir jouer… Il considéra un instant la lame qu'il tenait encore à la main et sur laquelle le sang de la prêtresse se mêlait à présent au sien, puis la laissa tomber sur les dalles de pierre où elle se brisa en menus éclats comme si elle avait été faite de verre.

Trop faibles, trop vieux peut-être pour pouvoir réagir face à une situation imprévue (mais, bon Dieu, moi j'ai eu la force de tuer Sylvia, et jusqu'à présent, nos vieillissements étaient parallèles…), Panuel et Nicolas conservaient leur immobilité de statue. Peut-être avaient-ils espéré le même sort que Sylvia. Mais il était trop tard, maintenant, l'arme était inutilisable. Et d'ailleurs, François savait qu'il n'eût pas pu frapper deux fois.

Il revint au corps étendu à ses pieds. Les vêtements déchirés par le poignard s'étaient écartés, de même que les lèvres de l'entaille. Le flot de sang s'était tari, et les organes apparaissaient avec une netteté surréelle. Les poumons, masses rosâtres agitées de folles pulsations ; l'intestin, énorme ver d'un blanc malsain ; le cœur, qui n'en finissait pas de se contracter, pompant les dernières gouttes de sang que pouvait encore recéler ce corps…

L'impression éprouvée à de nombreuses reprises lors de séquences antérieures revint, plus forte peut-être. L'impression d'assister à une autopsie, pas à un véritable drame le mettant en cause directement. Trop propre, trop léché. L'accumulation de l'horreur désamorçait l'effet recherché par le metteur en scène de ce spectacle. Une nouvelle fois, François abandonna le rôle d'acteur pour devenir simple spectateur.

Sur le sol, le corps de Sylvia s'agitait en une grotesque caricature de la vie qui l'avait animé. Ses doigts s'ouvraient et se refermaient, ses jambes se pliaient et se détendaient avec force, pareils aux membres d'une grenouille morte réagissant à un courant électrique. Simultanément, ses entrailles s'étaient mises à grouiller, débordant maintenant de la blessure pour se répandre sur les dalles de pierre.

Frissonnant malgré lui, François dut se résoudre à regagner sa couchette afin d'éviter d'être pris dans le flot. Car à présent, le cadavre avait presque disparu sous la marée cancéreuse. Seule la tête demeurait visible, trop légère peut-être pour être engloutie, avec ses billes de verre toujours fixées sur lui avec obstination et ses lèvres béantes qui n'en finissaient pas de sourire…

Tout se passait très vite, trop vite. Comme un film projeté en accéléré. L'impression d'assister à un spectacle s'en trouva encore accrue. François regardait ce qui se passait autour de lui, mais ses pensées voguaient très loin de là. Il s'apercevait qu'à son insu, les dernières connexions s'étaient mises en place, lui apportant les dernières réponses qui lui manquaient.

À présent, il savait pourquoi cette sinistre comédie avait été montée à son intention. Il savait pourquoi ceux qui l'avaient orchestrée faisaient aussi grand cas de sa personne.

Il savait qu'en réalité ils avaient peur de lui.

Et ils avaient de bonnes raisons de le craindre.

Car les souvenirs n'en finissaient pas d'affluer – de se reconstituer, plutôt. Peu à peu se tissaient les fils qui lui permettaient de comprendre les règles qui régissaient l'univers – *cet* univers. Bientôt, il aurait accès à l'ultime connaissance, celle de lui-même.

Il attendit encore quelques minutes, sentant une chaleur nouvelle irradier le long de ses muscles desséchés, puis il se mit debout sur la couchette ballottée par l'immonde cloaque. Du haut de son esquif, il vit que les viscères avaient cédé, libérant une marée de merde et d'urine dans laquelle les millénariens avaient dû s'engloutir, car personne ne dansait plus autour du brasier qui grésillait, assailli par le flot de sanies. Il chercha un instant Panuel et Nicolas, s'aperçut qu'ils avaient perdu leurs tiares et leurs masques. Seules leurs têtes dépassaient encore de l'élément semi-liquide, si semblables à celle de Sylvia qu'il douta tout à coup de l'identité réelle du personnage qu'il venait d'éventrer. Mais cela ne présentait aucune espèce d'importance.

Maintenant, six billes de verre fixaient leur iris sur lui. Ils continuaient de l'observer. Même Sylvia, qu'il était pourtant censé avoir tuée. Bien sûr. De la même manière qu'ils ne pouvaient pas vraiment l'assassiner, lui-même ne pouvait rien contre eux.

Pas de cette manière, du moins.

Sur la face racornie des trois têtes de mort, les lèvres paraissaient dessiner un rictus de peur. Ils ont compris, pensa François. Ils me voient tel que je suis maintenant, non plus dans le corps d'un vieillard, mais dans celui, plein de vigueur et d'orgueil, d'un homme de vingt-deux ans, ils savent que pour eux, c'est la fin du jeu.

Il prit une profonde inspiration :

« Sortez de mon univers ! cria-t-il. Ce monde n'est pas le vôtre. Je vous ordonne de disparaître ! »

Cet ordre, il lui eût suffi de le penser ; mais le prononcer parut à François consacrer en quelque sorte sa victoire.

Il y eut comme un soupir. Même pas : le silence, brusquement, succéda aux bruits liquides engendrés par le flot de chairs avariées, de merde et d'urine.

Puis, tout aussi brusquement, d'autres bruits naquirent. Conversations, cliquetis de machines à écrire, grondements lointains des grues du port, sifflement d'un hovercraft…

« Monsieur ? »

François considéra l'expression hébétée de l'homme qui lui faisait face, la petite pièce aux murs clairs et les rangées de classeurs. C'est vrai, pensa-t-il, j'avais presque oublié que ce bâtiment, avant d'être travesti par Sylvia en temple de l'Église de la Terreur Blanche, abritait les bureaux des compagnies de navigation…

Tout est redevenu normal – du moins selon des critères qui n'appartiennent qu'à moi.

« Je sais, dit-il à l'employé qui paraissait à présent s'interroger sur l'attitude à adopter à son égard. Je sais. Je suis nu comme un ver. Et alors ? »

Je pourrais aussi bien décider que les vêtements n'existent pas, songea-t-il, et à la seconde même, tout le monde se retrouverait à poil sans même se souvenir de la signification du verbe s'habiller.

Mais il n'en fit rien. Il décida au contraire de faire cesser l'illusion.

Devant lui, l'homme prit des allures de fantôme. À travers sa chemise bleu ciel, il distinguait un plan de Saint-Hélier épinglé contre le mur. Puis ce fut au tour du mur de s'effriter en grands lambeaux de rêve.

X
La vie comme une course de chars à voile

Gris, le ciel ; grise, la mer - du moins, cette morne étendue qui déroulait de paresseuses ondulations dans la direction où, naguère, se trouvait la mer ; grises, les ruines, à perte de vue.

Le paysage était une funèbre symphonie de gris, du presque noir au presque blanc, du gris-jaune au gris bleuté. Pas une seule teinte vive pour le réveiller. Une tristesse infinie s'en dégageait, si poignante, si matérielle que François ne put se retenir de frissonner.

Un paysage mort, sans aucun doute. Le silence était là pour confirmer la première impression, silence implacable, d'une qualité telle qu'un sourd grondement lui parut emplir ses oreilles ; plusieurs secondes lui furent nécessaires pour comprendre que ce vacarme régulier n'avait de réalité que pour lui, que sa source était à rechercher dans la circulation de son propre sang.

Il resta un long moment sans bouger à observer les lieux, cherchant instinctivement à retrouver dans la disposition anarchique des ruines le sage ordonnancement de la ville qu'il avait connue. Là, un pan de la citadelle avait résisté, coiffé d'une moitié de toit, pareil à un décor de théâtre inutile et absurde ; ici, c'était une église dont François ne se souvenait pas, mais c'était sans doute que des immeubles maintenant effondrés l'avaient cachée aux regards. Énorme insecte accroupi sur ses arcs-boutants au milieu des décombres qui figuraient les restes d'un inconcevable repas, elle tenait fixé sur la mer l'œil unique et aveugle de sa rosace brisée.

Le port n'avait pas mieux résisté. Rongés de l'intérieur, les quais étaient jalonnés de larges excavations au fond desquelles croupissait un liquide malodorant à l'apparence huileuse. Quant aux jetées, elles s'étaient écroulées, formant devant Granville une manière de lagon désolé.

Enfin, il se mit en route vers un point situé à mi-pente de la colline jadis couronnée par la citadelle. Plusieurs heures lui furent nécessaires pour y parvenir, tant la configuration des ruines lui imposa de détours. D'ailleurs, il ne mettait aucune hâte dans sa marche. À quoi bon se presser ? Il ne cherchait qu'une confirmation. Intuitivement, il savait ce qui l'attendait là-haut. Ou alors, sa mémoire le lui avait soufflé, ce qui revenait au même.

En débouchant sur la plate-forme de granit, il fut pourtant surpris par le nombre de constructions semblables à des blockhaus qu'il y découvrit. Pourtant, cela aussi, il aurait pu le prévoir. Un seul Palais des Glaces n'aurait pas pu suffire à accueillir toute la population de Granville. Il en avait fallu des dizaines, des centaines peut-être, disséminés à travers le territoire de la commune.

Et comme ça partout. Sur toute la Terre, des stèles en forme de blockhaus, dernier geste de dérision de l'humanité envers elle-même. Le monde, un immense cimetière.

Car non seulement la planète n'abritait plus que des morts, ou plutôt des esprits clos sur eux-mêmes, ce qui ne valait guère mieux, mais l'énergie nécessaire au fonctionnement de toutes ces UTO avait fini par accélérer l'agonie de la Terre elle-même. Son périple à travers les ruines lui avait laissé tout loisir de le vérifier : aucune vie végétale ou animale ne paraissait subsister.

Un immense cimetière, oui.

Combien d'années, de siècles peut-être, s'étaient-ils écoulés avant que le processus de la mort atteigne cet ultime stade ?

Ou, en formulant la question d'une autre façon : depuis combien de temps les hommes avaient-ils renoncé à la réalité pour s'enfermer dans ces UTO qui leur procuraient une existence subjective ?

« Qu'importe le temps ? fit une voix derrière lui. Années, siècles… ces notions ont-elles encore un sens ?

Il sursauta violemment et dut faire un effort pour se retourner, tant il redoutait ce qu'il allait découvrir. Mais, assis sur une grosse pierre tombée d'une murette, il n'y avait qu'un vieillard, si parfaitement fondu dans la grisaille du paysage qu'il paraissait attendre à cette place de toute éternité. François s'approcha de lui ; l'autre, le menton posé sur ses mains jointes autour du pommeau de sa canne, ne fit pas un mouvement pour venir à sa rencontre.

« Combien ? demanda François. Combien d'années ? »

Ou de siècles, ajouta-t-il en lui-même, pris de vertige.

« Qu'importe ! répéta le vieil homme avec un bref haussement d'épaules. Un peu… Beaucoup. Pas du tout ? » Il éclata d'un rire qui évoquait le grincement acide d'une charnière. Sa voix grimpa d'un ton dans l'aigu : « Un peu, beaucoup, pas du tout ! »

Un fou, pensa François, à peine déçu. Qu'est-ce que j'aurais pu trouver d'autre ici ? Et pourtant, les yeux qui l'épiaient sous les sourcils broussailleux démentaient cette impression… Après tout, c'est sans doute lui qui a raison, le temps écoulé, je n'en ai rien à fiche – ou plutôt, cette question n'est qu'accessoire.

« Exact ! s'exclama le vieillard. Le temps est accessoire ». Il releva la tête, tendit le bras en direction des rangées de blockhaus. Trop vastes pour lui, ses vêtements flottaient autour de ses membres. « L'essentiel, c'est peut-être de savoir pourquoi ces machins-là existent, non ? »

François ne put retenir un sourire. « Tu lis dans mes pensées ?

— Moi ? » Une fugitive expression de ruse passa sur les traits de son interlocuteur. « Alors, c'est que tu pensais tout haut…

— Peut-être. » François n'insista pas. Il désigna à son tour les alignements d'UTO. « Parle-moi de *ça*.

— Pourquoi ? Tu sais tout ce qu'il y a à savoir. Enfin, pour autant que tu veuilles vraiment te souvenir… » Le menton du vieillard vint se reposer sur les mains nouées autour de la canne. Sans répondre, François s'assit sur le faîte irrégulier du muret. L'autre soupira : « Mais il faut que ce soit moi qui raconte, c'est ça ?

— Parle-moi de la Grande Peur, dit François.

— La Grande Dégringolade, tu veux dire… Pas grand-chose à voir avec ce que Sylvia a cherché à te faire croire. Bien sûr, il y a eu l'apparition de sectes plus ou moins bizarres, mais ce n'était qu'un épiphénomène, et d'ailleurs on voit se produire ce genre de chose à chaque époque de troubles. L'essentiel, ça a été la disparition de l'instinct de vie. Alors, il n'y a plus eu que l'instinct de mort – et ça n'avait sans doute rien à voir avec une quelconque psychose millénarienne. L'instinct de mort, seulement lui. Comme les lemmings, mais en plus complexe : l'homme n'a jamais pu se résoudre à la simplicité.

« Oh ! On a évidemment enregistré une vague de suicides sans précédent, mais sans commune mesure avec l'étendue de la névrose – l'homme, en plus, possède rarement le courage nécessaire à l'accomplissement d'actes définitifs…

— La folie, murmura François. Sombrer dans la folie, c'est un peu comme se suicider.

— Bravo ! Un petit rire aigrelet. Tu vois : il suffit de te mettre sur la voie pour que tu te souviennes de tout… Eh oui, la folie, c'est la mort non assumée. Quand on n'ose pas aller jusqu'au bout de ses pulsions… Faute de mourir physiquement, on s'éteint mentalement. Un beau jour, on décide de ne plus affronter la réalité, alors on achète des armes et des munitions, on se barricade dans son appartement et on tire sur tout ce qui a l'apparence de la vie. Ou alors on se mure dans un monde intérieur bien propre, bien net, que l'on contrôle parfaitement. Ou encore on régresse jusqu'au stade fœtal, parce que c'est à cette période de l'existence seulement que l'on n'avait aucun contact avec l'extérieur. Paranoïa, schizophrénie, temperdu… Pourquoi tant de noms divers pour désigner un seul et même désir de fuir le réel ?

— Le tourbillon hystérique du futur en marche », murmura François. Cette phrase, sa mémoire la lui montrait imprimée. Le titre d'un livre, celui d'un article de presse ? Impossible de préciser ce souvenir. Et cependant, ces mots, il lui semblait bien les avoir lus quelque part. *Avant.*

L'homme se libère peu à peu des peurs primitives. Il façonne le monde, le met en équations. À la magie, à la métaphysique succéde la science. Aux croyances, les certitudes.

Mais parallèlement, les sociétés qu'il a mises en place deviennent de plus en plus complexes. Leurs structures, les mécanismes qui leur permettent de fonctionner perdent la transparence de leurs origines. Bientôt, il faut créer de nouvelles sciences pour en décrypter les procédures et justifier leur existence ; mais ce ne sont plus des sciences exactes, et les explications qu'elles donnent, quelquefois contradictoires, restent toujours fondées sur des hypothèses. À la réalité connue s'en superpose une autre, floue, subjective, malléable. Si malléable qu'elle autorise toutes les manipulations : ceux qui détiennent le pouvoir d'informer ne s'en font pas faute. Nouvelle superposition, mais cette fois, c'est une fiction (ou plutôt une multitude de fictions) qui vient épouser les contours de la réalité et en même temps l'occulter. Vous croyez être libre, vous vivez en fait à l'intérieur d'un vaste camp d'internement. Votre existence vous paraît sans saveur ; la civilisation du faux-semblant est là, qui va vous faire oublier la grisaille quotidienne.

Une constante fuite en avant. Si l'homme s'était arrêté pour regarder/analyser le présent, peut-être serait-il parvenu à déchiffrer ce qui l'entourait. Ah oui, mais alors quelque chose se serait grippé. Une société humaine, c'est une construction fragile – une mécanique, surtout. Pour que tout fonctionne au mieux, il faut éviter les temps morts. Le mouvement crée le mouvement, encore et encore, pas question d'aller à l'encontre de cette force d'inertie, tout doit au contraire l'entretenir. Et tant pis si l'individu se trouve submergé par ce flot qui l'entraîne vers un futur à coup sûr encore moins transparent que le présent. Ou tant mieux parce qu'ainsi il sera plus docile. Mais avait-on prévu qu'en chemin il y perdrait aussi le goût de vivre ?

Le plus beau, c'est que personne n'a trouvé le moyen de se soustraire au fléau, ce qui tendrait à prouver que les manipulations de la vérité avaient atteint un tel niveau que ceux qui les utilisaient pour asseoir leur pouvoir s'étaient laissé prendre à leur propre jeu. Juste, quoique tardif épilogue…

« Ho ho ho ! s'esclaffa le vieillard, postillonnant à qui mieux-mieux. C'est vraiment ce que tu crois ?

— Euh… non », reconnut François.

Trop simple en effet – simpliste même. Les explications paranoïaques font partie du mal lui-même. Bien sûr, certains ont tenté de profiter de la situation, mais l'homme est fait ainsi, c'est plus fort que lui, dès qu'il repère un malheur chez son voisin il se demande quel profit il pourra en tirer.

Alors oui, tout le monde a failli, l'homme de la rue incapable de tendre la main à la personne qu'il vient de croiser et dans les yeux de laquelle il vient de lire le désir de mort tout comme les autres, placés un peu plus haut et qui n'avaient qu'une idée en tête : accroître ou au moins préserver pouvoirs et fortunes. On s'est dit que ce n'était qu'une mauvaise passe ; l'humanité en avait déjà traversé un bon nombre, souvent des pires, et elle était toujours là, non ? Il suffisait d'attendre en faisant le gros dos.

« Pas mal », approuva le vieillard. Continue.

On construit les UTO, on y enfourne hommes, femmes et enfants afin qu'ils y attendent les jours meilleurs en sécurité…

« Tout le monde ? Un sifflement admiratif : Beaucoup plus fort que Noé, ton truc ! Elle est immense, ton Arche. Bon, c'est vrai, tu ne t'embarrasses pas des animaux, mais quand même ! »

On construit les UTO. N'y ont accès que ceux qui peuvent payer. Les autres…

« Voilà ! C'est beaucoup mieux. » Le vieillard se redressa avec difficulté et brandit sa canne vers la ligne de blockhaus. François eut l'impression que quelque chose clochait, puis il se rendit compte que le nombre de constructions de béton avait sensiblement diminué.

« C'est mieux, mais il y en a encore beaucoup trop.

— Tu pourrais arrêter de lire dans mes pensées ? C'est… désagréable.

— Non. » L'ancêtre s'était réinstallé dans sa position favorite, le menton posé sur la poignée de sa canne. Son état d'épuisement avait empiré depuis le début de la conversation. « Tu sais bien que non. » Il planta son regard dans celui de François : « Tu le sais, n'est-ce pas ? Tu sais pourquoi je ne peux pas faire autrement que suivre le cours de tes pensées ?

Oui, reconnut François. Bien sûr, que je le sais ! Tu ne lis pas mes pensées, c'est toi qui penses.

« C'est nous, corrigea son interlocuteur. Mais tu possèdes un grand avantage sur moi : si tu ne me supportes plus, si tu en as assez de mes postillons, tu peux me faire disparaître… C'est toi qui décides de tout, c'est toi le patron.

— Mais pourquoi … ? Pourquoi ce délabrement, pourquoi… » François se mit à rire : « Pourquoi ces postillons ? J'aurais pu imaginer un alter ego plus… plus sémillant, non ?

— Plus sémillant… répéta le vieillard avec une mine gourmande. *Comme toi ?* » Il gloussa, postillonnant de plus belle, puis se calma brusquement : « Mais la question n'est pas là, pas pour le moment. Où en étions-nous, déjà ? Ah oui, l'instinct de mort et toutes ces sortes de choses…

— Les UTO », dit François. Il tendit la main vers les blockhaus. « Tout à l'heure, il y en avait plus, beaucoup plus. Leur nombre a diminué lorsque j'ai supposé que tout le monde n'y avait pas accès, que seuls les plus riches ou les plus puissants le pouvaient. Et selon toi, il y en a encore trop ?

— Ton hypothèse n'est peut-être pas la bonne. Pourquoi ces bâtiments si bien protégés de l'extérieur, si tout le monde est à l'intérieur ?

— Pas tout le monde, seulement les plus riches.

— D'accord. Mais les riches, on les imagine dans des résidences autrement plus huppées que ces cubes de béton, non ? »

Je vois où tu veux en venir, l'ancêtre. Normal, puisque tu es un autre moi-même. « Ceux qui sont enfermés là ne sont ni des malades ni des individus cherchant à échapper à une maladie, dit-il à haute voix. Ce sont… Des chercheurs ? Des scientifiques ?

— Oui, mais que cherchent-ils ?... Et surtout : sur quoi travaillent-il ?

— Euh… des médicaments ? »

Kkhii, kkhii… À trop rire, le vieillard avait expulsé toute sa réserve de postillons ; la gorge asséchée, il toussait à présent sans parvenir à reprendre son souffle. Compatissant, François se força à penser à du miel, à du sirop pour la toux.

« Merci, murmura le vieil homme. Cette fois, j'ai bien cru que…

— Faux, dit François. Tu n'as rien cru du tout. Tu es moi – tu *savais* donc que j'allais t'empêcher de t'étouffer.

— Normal. Tu as besoin de moi… Je suis toi, c'est vrai, mais je sais des choses que toi, tu as préféré oublier. Sans moi, tu ne te les rappelleras pas. »

François soupira. « Écoute, l'ancêtre, finissons-en avec ce petit jeu de devinettes. Dis-moi tout ce qu'il m'est nécessaire de savoir – tout ce que j'ai préféré oublier. »

— Trop facile ! protesta le vieillard. Tu dois trouver les réponses toi-même ! » Puis il eut comme un hoquet, lâcha sa canne et pressa sa poitrine de ses mains décharnées. « Mal… » gémit-il, les yeux révulsés.

« Je sais. Et crois-moi, j'ai mal de te faire mal. Alors tu vas répondre gentiment à toutes mes questions. D'accord ? »

Le vieil homme acquiesca d'un signe de tête. Il aspira avec bruit à plusieurs reprises puis ramassa sa canne et reprit sa position familière, les deux mains posées sur le pommeau.

« Les UTO, dit François. Qui se trouve à l'intérieur ? Et qu'y font-ils ?

— *Les* UTO ? » sourit le vieillard. Derrière lui, il n'y avait maintenant plus qu'un seul blockhaus – celui, se souvint François, que Panuel avait voulu lui montrer. Le Palais des Glaces. « Tu l'as dit, il y a des scientifiques – une équipe pluridisciplinaire de très haut niveau. Et puis d'autres individus, endormis ceux-là. Les Rêveurs, sélectionnés en raison de leur aptitude à créer sur commande des univers cohérents.

— Des mondes oniriques…

— Et alors ? Où commence le rêve, où s'arrête-t-il ? Et le monde que tu considères comme réel, n'est-il pas lui-même issu d'un rêve ? »

Spéculations hasardeuses et gratuites, pensa vaguement Rossac. Son interlocuteur haussa les épaules : « Peut-être bien, oui… Mais peut-être que non. Tu es pourtant bien placé pour le savoir, à force de te baguenauder d'un univers à l'autre afin d'affronter tes ennemis intimes… »

C'est vrai, dut convenir François. Même les paysages les plus étranges, les moins conformes aux souvenirs que j'en ai paraissent réels.

« Et le Rêveur, poursuivit le vieillard, implacable, tu sais qui il est, bien sûr. »

François hocha la tête. « Je suis donc à la fois ici et dans ce Palais des Glaces ? »

Nouvelle explosion de postillons. « Quoi d'étonnant à ça ? Être à la fois endormi à un endroit et en train d'accomplir une action dans un autre, n'est-ce pas le propre du rêve ?

— Et… je pourrais voir cet autre moi-même, celui qui rêve ?

— Tu le peux. »

Le vieillard prit appui sur sa canne. François s'attendait à le voir se déplier, mais il n'était pas plus grand debout qu'assis. Guère plus d'un mètre, à vue de nez.

« Il suffit de de demander. Suivez le guide, mon prince ! »

Il le conduisit au pied d'une paroi de béton mangée par un lichen jaunâtre puis il prit sa canne par l'extrêmité opposée à la poignée et, après avoir étudié la muraille avec attention, frappa à un endroit précis. Sans un bruit, sans un frottement, un bloc de maçonnerie glissa à l'intérieur de la bâtisse, révélant une ouverture envahie par l'obscurité.

« Après toi », dit l'ancêtre en désignant le passage d'un geste plein d'emphase.

Mais François ne réagit pas tout de suite. Quelque chose luisait faiblement dans la pénombre, face à lui. Des lettres, scellées dans le mur. Entrée 6. Mais la rouille avait dû ronger les tenons de métal, car le n, qui n'était plus fixé que par un seul scellement, pendait au-dessous des autres caractères.

« Entrée Six ! » murmura-t-il. Il jeta un regard à son guide, mais celui-ci ne paraissait pas avoir compris le sens de son exclamation. Voici donc où m'amenaient tous les signes disposés dans les méandres de mon univers intérieur… Il fit un pas en avant. Curieusement, l'ombre lui parut soudain moins épaisse. Il distingua les premières marches d'un escalier qui s'enfonçait sous terre. Sans un mot, ils commencèrent à descendre. François, qui venait le premier, s'arrêtait tous les cinq ou six degrés pour permettre au vieillard qui clopinait derrière de le rejoindre.

Ils parvinrent ainsi à un premier palier. À gauche et à droite béaient les gouffres enténébrés de larges couloirs. D'un signe de tête, François interrogea son compagnon, mais celui-ci répondit par la négative, et il continua de descendre. Ils passèrent ainsi plusieurs étages sans s'arrêter et arrivèrent au cinquième sous-sol.

« Ici ! » dit alors le vieillard. Il désignait le corridor de droite ; docile, François s'y engagea. L'obscurité refluant au fur et à mesure de sa progression, il constata que ce qu'il avait pris pour un couloir constituait en fait une étroite pièce bordée de niches dans lesquelles reposaient des coffrets translucides assez semblables par leur forme à des cercueils.

« Les génUM. » À bout de souffle, le vieil homme prit appui contre le boîtier oblong. Son couvercle avait été forcé et, à l'intérieur, on distinguait un enchevêtrement de fils noyés dans une sorte d'épaisse gelée blanchâtre. Au pied de la niche, comme tassé contre le mur, il y avait un corps ridiculement petit, recroquevillé dans la position du fœtus et que le temps avait réduit à l'état de momie.

« Une victime des gardiens ? » demanda François, le cœur au bord des lèvres. Le vieillard acquiesça silencieusement, puis le poussa une nouvelle fois en avant. « C'est là. Regarde. »

D'abord, Rossac ne remarqua rien de spécial. Des niches, semblables à la première. Mais les ténèbres parurent refluer encore, et il vit les fils qui, à cet endroit, couraient sur le sol. Ils reliaient quatre cercueils entre eux – ou plutôt reliaient trois d'entre eux au quatrième. Impulsivement, il posa le plat de la main sur celui-ci. Un faible fourmillement lui agaça la paume. « On dirait…

— Oui, ce génUM est sous tension.

— Ce qu'il contient… *ça* vit ? »

Le vieil homme ne répondit pas. François passa d'un génUM à l'autre puis revint au premier. Seul celui-ci vibrait sous ses doigts.

« Je ne comprends pas, marmonna-t-il. Les couvercles des trois autres sont fermés, eux aussi. Ils doivent donc être sous tension, tout comme celui-ci. » Puis il distingua les petits corps desséchés poussés au fond des niches, hors des cercueils.

»Ceux qui habitent ces génUM en ce moment n'en sont que les hôtes occasionnels, dit le vieillard avec un petit rire. Tu devrais en ouvrir un pour voir. Celui-là par exemple. »

François se dirigea vers le génUM désigné par son compagnon. Il glissa ses doigts sous le rebord du couvercle et tenta sans succès de le soulever.

« Qu'est-ce que tu crois ? Ce ne sont pas de simples boîtes… » Le vieil homme se contenta d'effleurer une zône légèrement irisée à la base du cercueil. Le couvercle s'entrebâilla avec le bruit d'une ventouse qu'on arrache. Dessous, les traits bizarrement déformés par la gelée qui emplissait le génUM mais néanmoins reconnaissable, il y avait Panuel, les jambes repliées faute de place. François l'examina un bref instant avec répulsion, puis se détourna. « Referme cette boîte ! » dit-il d'une voix blanche. Le couvercle retomba dans un chuintement. « Je crois… Il n'a même pas ouvert les yeux. Les rêveurs n'ont pas conscience de ce qui les entoure ?

— Les Rêveurs ? Ils rêvent, point final. Mais lui, ce n'est pas un Rêveur, il aurait dû se réveiller lorsque le génUm s'est ouvert – seulement voilà, il n'est plus en état de se réveiller. Cest la raison pour laquelle son génUM n'est plus sous tension. À quoi bon continuer de fonctionner si l'hôte a cessé de vivre ? »

François eut une seconde d'hésitation :

« Tu veux dire que Panuel est mort ?

— Comme Nicolas, comme Sylvia… Tu ne le savais pas ? C'est pourtant toi qui les as tués. Le rire aigrelet résonna brièvement. Cet épilogue, ils ne l'avaient sûrement pas prévu ! En leur refusant l'accès à ton univers, tu les as rejetés dans le néant – c'était ça, le danger de vouloir conquérir des mondes intérieurs élaborés par d'autres au lieu de bâtir les leurs !… Leur génUM a constaté l'absence de pulsion mentale et en a déduit la mort.

— Et celui-ci ? demanda François, désignant le dernier cercueil.

— Ah, celui-là… »

Leurs regards se croisèrent. Rossac s'approcha du cercueil, posa son front contre la paroi de plastique. Amplifié par les os de son crâne, un faible bourdonnement naquit à l'intérieur de ses oreilles. Le génUM était sous tension, aucun doute là-dessus. S'écartant, il repèra la surface irisée à la base du génUM. L'effort qu'il dut fournir pour en approcher sa main lui parut mobiliser toute son énergie. Puis il y eut l'écoeurant bruit de succion et le couvercle se releva lentement.

François eut un mouvement de recul.

« Mais c'est…

— le Rêveur.

— Un gnome ! Pas plus grand qu'une poupée… et vieux, si vieux ! » Il se tourna vers son compagnon : « On dirait… *toi* !

— C'est bien moi, dit le vieillard. C'est *nous*. La progéria, tu connais ? Bien sûr que tu connais ! Tu voudrais l'oublier, mais on n'oublie pas aussi facilement dix années de maladie…

— Le syndrome de Mathusalem, murmura François.

— Le syndrome de Hutchinson-Gilford, corrigea l'ancêtre. Dû à une anomalie génétique. Vieillissement accéléré. Espérance de vie en général réduite à douze-treize ans…

— Tais-toi. Tout cela je le sais, bien sûr.

— … Mais les enfants atteints de progéria ont une activité onirique particulièrement intense et structurée, d'où leur intérêt pour les créateurs du génUM.

— Ils en sont morts, tués par les Gardiens.

— *Presque* tous. Toi, tu as vaincu les Gardiens. Tu peux encore sauver ce qui peut l'être. »

François scruta le visage de son vis-à-vis. « Qu'est-ce que tu cherches à me dire ? »

Le vieillard lui rendit son regard. « Rien que tu ne saches déjà. Tu restes le seul Rêveur en vie. De toi dépend le sort des rescapés de la Grande Dégringolade. À toi de décider si tu fais ton boulot ou si tu te défiles. L'alternative est simple.

— Ces rescapés, ils ont besoin d'autre chose que d'un rêve pour s'en sortir. Ils vivent dans le réel, eux !

— Mais ceux qui ont initié l'opération génUM partaient de l'hypothèse que la réalité n'est qu'une forme de rêve – à moins que ce ne soit l'inverse. Et ils avaient raison, bon Dieu ! Réels ou oniriques, les univers interagissent entre eux… Alors, tu te décides ? »

François ouvrit la bouche pour formuler l'une des innombrables questions qui lui venaient en même temps à l'esprit, mais il la referma sans avoir proféré le moindre son, faute d'interlocuteur : le frêle vieillard avait soudain disparu. Tu as raison, l'ancêtre, pensa-t-il. Tu as honorablement rempli ton rôle de guide. Tu m'as obligé à me souvenir de choses que je préférais oublier, tu m'as placé face à mes responsabilités. Je ne suis pas sûr de partager ton optimisme – mais si toi et moi ne faisons qu'un, cela ne signifie-t-il pas que je crois moi aussi à une chance, aussi infime soit-elle ?

Autour de François, tout se brouilla. Ce fut comme si les murs de l'UTO, les niches, les cercueils, les corps qu'ils contenaient s'étaient soudain mis à fondre. Il sentit la progression d'un flot boueux le long de ses jambes, autour de son bassin, puis de son torse. Lorsque cette marée huileuse atteignit son visage, il commença à suffoquer. Il se débattit, chercha avec désespoir à se maintenir à la surface.

Il s'aperçut tout à coup qu'il n'avait pas besoin de respirer. Il occupait maintenant une position horizontale et le liquide dans lequel il baignait nourrissait directement ses cellules, leur apportait l'oxygène que son organisme réclamait.

Il sentit la pression d'une calotte métallique contre son crâne, se rappela les fils de section infinitésimale qui parcouraient son cuir chevelu et plongeaient à travers l'os pour explorer la moindre sinuosité de son cerveau.

C'est la fin du voyage, songea-t-il vaguement. Mon univers qui n'en finissait pas de rétrécir épouse à présent les dimensions du génUM. Le rêve et la réalité coïncident enfin, mais pas comme l'ancêtre semblait le penser. La réalité a la peau dure, elle a eu raison de mon pauvre rêve

Face à lui, à quelques centimètres de ses yeux, apparemment gravée sur la face interne du couvercle translucide, il y avait une inscription. La gelée qui emplissait le cercueil l'empêchait de la distinguer avec netteté, mais François n'avait pas besoin de la lire pour savoir en quoi elle consistait.

Elle n'était composée que de deux caractères. Un E et un 6, séparés par un tiret.

La dernière étape. Je prononce cette formule – ou plutôt je la pense très fort – et le rêve s'estompe, définitivement. Le couvercle s'ouvre sur le monde réel.

Je suis libre de mon choix.

E, pensa-t-il. Puis il s'interrompit. Est-ce vraiment cela, mon choix ? La réalité n'est peut-être pas aussi sombre que celle que décrivait mon alter ego, mais je n'y ai pas ma place. Je suis un enfant, mais mon corps décrépit est celui d'un homme de… combien ? Cent ans, cent-cinquante ans ?

Si je retourne au monde réel, combien de temps me reste-t-il à vivre ? Peut-être à peine celui de voir le couvercle du génUM s'entrebâiller et puis, pouf ! plus rien…

Tu vois, l'ancêtre, je vais suivre ton conseil. Mais pas pour les bonnes raisons que tu as évoquées. Pas par bonté d'âme, pour aider mes semblables – d'ailleurs mes semblables, les vrais, ont été froidement liquidés pendant leur sommeil par ceux qui étaient censés veiller sur eux. Non, pour une très mauvaise raison : par égoisme, tout simplement. Et tant pis si, accessoirement, j'améliore ainsi le sort des rescapés d'une éventuelle Grande Dégringolade. Ou tant mieux – mais à vrai dire, je m'en fous.

Sous son dos, il sentit la morsure minuscule de débris mêlés au sable. Des algues séchées, des coquillages. Il n'avait pas besoin de soulever les paupières pour voir les dunes de Donville moutonnant sous le soleil du matin. Il s'étira et sourit : bientôt, ce serait l'heure de la course. En ce moment, Simon devait vérifier une dernière fois le char à voile…

Mais le programme de la journée lui parut tout à coup trop bien balisé. Il ouvrit paresseusement les yeux, localisa en quelques secondes un nodule qui se balançait pile à sa verticale. *Simon*, pensa-t-il.

La voix du mécanicien résonna immédiatement dans son oreille : « Tout est prêt, mon gars ! Il ne manque plus que toi. »

Eh bien, on attendra demain. Pour aujourd'hui, tu annules ma participation.

Mais… Le public…

Il attendra demain, le public. Aujourd'hui, je me repose. Désolé, mon vieux Simon.

Il mit fin à la communication sans attendre de réponse. Simon se fera une raison, il a l'habitude. Du repos ? Il n'y croit pas une seconde, il me connaît trop bien, le bougre ! Doit penser à une admiratrice plus entreprenante ou plus délurée que les autres.

Mais non, François n'avait aucun projet de la sorte. À vrai dire, il n'avait aucun projet du tout. Il resta de longues minutes à se prélasser au soleil, puis se dit qu'aller déjeuner à Jersey avec quelques copains, ça ce serait une chouette idée. Il fixa des yeux le nodule toujours fiché dans le dôme au-dessus de lui. « Théo ? Rendez-vous au chriscraft dans une demi-heure. Préviens quelques amis. »

Excellente idée, jugea Théo. François n'en fut pas surpris : Théo trouvait *toutes* ses idées excellentes. Et il n'aurait aucun mal à rameuter quelques estivants en quête de distractions. Des estivantes, surtout, esseulées, oisives. Disponibles. L'une d'elles s'appellerait Julie, pensa-t-il vaguement. Elle aurait des yeux verts et les cheveux blond vénitien.

Achevé d'imprimer par Finidr,
en janvier 2015.
Imprimé en République Tchèque